이 세상에

오직 하나

이 세상에 오직 하나

정준기

꿈꿀자유

목 차

2장. 일상에서 얻은 사색

3장. 인연으로 만난 사람들

4장. 의학 의료의 현장에서

5장. 불교 이야기

"수필집《이 세상에 오직 하나》에 붙여"

한광수(전 서울시의사회장, 한국의약평론가협회장)

십여 년 전, 의사 수필가 모임인 '박달회'에서 신입 회원이 된 정준기 교수를 처음 가까이서 보았다. 어렵사리 날짜를 잡아 정 교수는 당시 원장을 맡고 있던 서울대학교병원 의학박물관으로 박달회 동인들을 초대해서 그 많은 소장품을 소상히 소개했다. 조선왕조 마지막 임금이신 순종황제의 어보가 찍혀 있는 '대한 의원 개원 칙서' 카피본을 나눠주고, 단골 밥집에서 맛깔스러운 저녁까지 대접했다. 직업 군의관 출신 외과의사인 내게 그가 전공한 핵의학은 신비한 분야였고, 개인적 교분도 그만큼 더뎠다.

서울시의사회 기관지인 의사신문에 정 교수가 연재한 〈마로 니에 단상〉 칼럼이 100회를 맞아 축하의 글을 썼던 인연으로, 그의 여섯 번째 수필집《이 세상에 오직 하나》의 추천사를 부탁받았다. 수필문학을 전공한 것도 아니고, 정 교수의 내면이나 학문세계를 잘 알지도 못하지만, 좋은 인연이 되겠거니 하고 기꺼이 펜을 들었다.

《이 세상에 오직 하나》. 새벽 동트기 전부터 산에 오르기 시작해서 석양이 물들 무렵 정상에 다다른 등산가가 하루 종일 올라온 길을 되돌아보며 마음속에 피어났다 스러지는 온갖 상념을 적었다. 다섯 개 단원으로 묶인 절제된 글은 모두 다르지만 서로 어울려 산 모퉁이 길을 이룬다. 세상에 오직 하나밖에 없는 존재들이 서로 부대끼고, 사귀고, 사랑하고, 가르치고, 배운 소중한 사연이 그의 수필 속에서 영겁의 인연으로 피어난다.

지혜로운 부모님의 아들, 훌륭한 여인의 배우자, 사랑스러운 아이들의 부모로서뿐만 아니라 여러 번 고비를 넘긴 난치병 환자이자 의사이자 의과대학 교수로서 그가 겪은 사연들은 평소에 속독을 즐기는 내 발걸음을 멈추게 했다. 각 페이지마다 역시 하나뿐인 내 과거의 상념들을 되돌아보고, 모퉁이를 돌아설 때마다 벅찬 가슴으로 숨을 고르며 생명에의 외경을 느꼈다.

마하트마 간디와 법정 스님을 닮으려 하고, 슈바이처와 장기려 박사를 멘토로 삼는 정 교수는 늘 잔잔한 호수 같은 사람이다. 그러나 《이 세상에 오직 하나》 속에서 화톳불처럼 타닥타닥 불똥이 튀는 정열을 훔쳐보곤 놀랍고 반가웠다. 의과대학 정년 퇴임을 앞두고 평생 주고받은 이메일을 정리하면서 즐겁고 보람 있던 내용을 차마 지우지 못하는 것쯤이야 누구라도 그럴 법하지만, 불 같은 열정을 못 이겨 이길 수 없는 결투 끝에 불나방처럼 젊은 생을 마감한 러시아의 국민 시인 푸시킨의 시를 읽고는 아프고 괴로웠던 사연의 이메일도 지우지 않고 남겼다는 발상의 전환에 동질감의 환희를 느꼈다.

삶이 그대를 속일지라도
슬퍼하거나 노여워하지 말라
설움의 날을 참고 견디면
기쁨의 날이 오고야 말리니

마음은 미래에 살고
현재는 언제나 슬픈 것
모든 것은 순식간에 지나가고
지나간 것은 또다시 그리움이 되나니~

전공이나 성격에서 닮은 데가 별로 없던 정준기 교수와 앞으로 전개될 억겁의 인연을 기대하니 가슴이 설렌다.

"학문과 문화에 대한 열정을 느끼며"

이은숙(국립암센터 원장)

우선 정준기 교수님의 여섯 번째 수필집 발간을 진심으로 축하드립니다. 이에 즈음하여 우리나라 핵의학 발전에 헌신하신 선생님을 가까이에서 지켜본 후학으로서 많은 감회를 느낍니다. 그동안 정 교수님의 삶과 업적, 그리고 일상 생활을 통하여 많은 배움과 깨달음을 얻고 있기 때문입니다.

선생님과의 인연은 30여 년 전으로 거슬러 올라 갑니다. 캐나다에서 전문가를 초청해 영어 논문을 작성하는 일주일간의 워크숍에서 처음 만난 셋이지요. 당시 이미 핵의학을 대표하는 중견 학자이던 선생님이 "평생을 글 쓰며 연구하는 사람으로 남고 싶다."는 소신을 말한 기억이 납니다. 그 후 몇 차례 모임에서 학문과 문화에 대한 선생님의 관심과 열정을 엿볼 수 있었습니다.

우리나라 핵의학이 태동하고 발전하는 과정에서 선생님이 보여준 수많은 업적과 에피소드는 후학에게 살아있는 본보기였습니다. 특히 10여 년 전부터 쓰기 시작한 수필은 의학과 의료에 관한 성찰과 경험을 다루어 의료계에 잔잔한 반향을 일으켰습니다. 쉽고 부드러운 글에서 우러나는 바람직한 의사와 의학자로의 마음가짐과 행동에 자연스럽게 동의하게 됩니다. 다섯 권의 수필집 속에는 치열하게 공부하고 연구하는 과정 속에서도 삶에 대한 애정어린 시선과 날카로운 비판이 담겨 있습니다. 특히 만만하지 않은 지병을 이겨내고 서울대학교병원 의학역사문화원 원장이 된 이후로는 의료 분야뿐 아니라 사회와 생명계 전체를 포함하며 사고의 영역을 넓히고 있습니다.

2년 전에 정준기 교수님은 서울대학교를 정년퇴직했지만 여전히 의료계에서 일하고 있습니다. 왕성한 활동을 하면서 또 다시 여섯 번째 수필집을 탈고했다는 소식에 놀랍고도 반가운 마음을 금할 수 없습니다.

이번 수필집에서도 역시 교수님 특유의 감각과 혜안이 번뜩이는 지혜를 읽을 수 있습니다. 매양 같지 않은 삶 속에서도 나름의 해법과 해석으로 마주한 글들을 읽으며, 30여 년 전 영어 논문 클래스에서 첨 뵈었을 때가 문득 떠올랐습니다. 짧은 만남에서 초임 연구자인 제가 감동했던 학문과 문화에 대한 애착을 지금껏 유지하고 계십니다. 이 책을 읽으면서 지병에 굴하지 않고 노력하는 정 교수님의 모습을 새삼 반추하고 따라야 할 선배의 모범으로 되새기게 됩니다.

'새롭지만 새롭지 않은 세상에서, 하늘 아래 새로운 것은 없다.There is nothing new under the sun.'라는 속담이 있습니다. 진리 탐구의 소명 속에서 학자의 본분을 지키며 늘 새로운 글쓰기를 이어가시는 선생님의 행보에 박수와 함께 존경의 뜻을 표합니다.

1장.

문화와
예술의 향기

 인간이란 존재

　나는 살면서 괴롭고 힘든 일이 생기면 현실에서 두어 걸음 뒤로 물러나 불교의 잠언을 되새긴다. "인생은 우주의 영원한 세월 중 찰나의 순간이고, 갠지스강의 광활한 백사장을 덮고 있는 작은 모래 한 알에 불과하다." 나의 고민과 고생은 우주 전체로 보면 아무런 의미도 없다는 말은 소극적으로 들리지만 묘한 위안을 준다. 염세적이고 비관적인 위축이 아니라 세상사에 관한 거시적이고 올바른 안목을 되찾는 기분이 느껴지는 것이다.

　천체과학에는 문외한이지만 앞서 인용한 불경 구절을 증명해보고 싶어 인터넷에서 찾은 자료를 이용해 사람이 우주에서 차지하는 시간과 공간을 계산해보았다. 우주는 150억 년 전 한 차례의 대폭발(빅뱅)로 생겼고, 지금도 계속 팽창하고 있다. 30억 년 후에는 지구를 포함한 태양계가 블랙홀로 흡수되어 사라진다고 한다. 아인슈타인을 비롯한 천재 과학자들이 제안한 이 학설은 블랙홀을 촬영하고 실측하는 데 성공함으로써 입증되었다. 블랙홀에 흡수된 모든 것은 완전히 분해된 후 재조합되어 화이트홀에서 새로운 별로 탄생한다는 학설도 있다.

우리가 사는 지구는 46억 년 전에 생겨났다. 10억 년이 지나자 유기물로 구성된 원시 생명체가 나타나 진화를 거듭하면서 200만 년 전에 드디어 인류의 조상이 탄생했다. 원시 인류가 현생 인간으로 진화하는 데는 몇 세대가 걸렸을까? 당시 수명을 20세로 가정하면 $2\times10^6/20$하면 10^5, 즉 1십만 세대가 지났다. 실감나게 표현하면 각 세대주 이름을 A4 용지에 세로로 프린트해 연결하면 1킬로미터에 이른다. 지구가 존재하는 세월에서 내 삶이 차지하는 비율은 어떻게 될까? 앞으로 30억 년 뒤 지구가 사라진다면 지구의 수명은 76억 년이다. 인간의 수명을 80년으로 가정하면 10^{-8} 즉, 1억 분의 1이다. 1년은 3.1×10^7초(365일×24시간×60분×60초)이므로, 지구의 수명이 1년이라면 내가 사는 기간은 0.3초인 셈이다. 그런데 지구 또한 장구한 우주의 세월 속에서 보면 잠깐 나타났다 사라지는 떠돌이별에 불과하다.

이번에는 크기를 비교해보자. 현재 측정 가능한 우주 끝의 거리가 93×10^9광년이다. 광년은 빛의 속도로 1년 동안 갈 수 있는 거리다. 참고로 지구의 직경은 1.2×10^7미터이고, 빛의 속도로 지구에서 달까지 가는 데는 1.3초가 걸린다. 그러니 달은 지구에서 1.3광'초' 떨어져 있다. 빛은 1초에 3×10^8미터를 가므로 1광년은 $3 \times 10^8 \times 365 \times 24 \times 60 \times 60$미터, 즉 9조 4천억 킬로미터다. 우주의 직경은 $93 \times 10^9 \times 9.4 \times 10^{15}$미터 즉, 8×10^{26}미터다. 사람의 키가 1.8미터라고 하면 우주 끝까지 4.4×10^{25}명을 한 줄로 세울 수 있겠다. 우주를 원이라고 가정하면 원의 넓이는 $3.14 \times$반지름^{2}이므로 $3.14 \times (4 \times 10^{26})^2$ 즉, 6×10^{53}평방미터가 된다. 약 2평의 10^{53}이니까 2×10^{53}명의 사람이 누울 수 있는 공간이다. 내 지력으로는 이 숫자를 백사장 모래에 비유할 수 있는지 가늠조차 할 수 없는데 놀랍게도 인터넷에서 항하사恒河沙라는 단위를 찾았다! 인도 동쪽에서 1만리를 흐르는 갠지스강의 넓은 백사장에 널려 있는 모든 모래알의 개수를 합친 수로 10^{52}을 의미한다고 한다. 참고로 동양에서 수를 세는 단위는 1만배가 될 때마다 다음과 같다. 일, 만(10^4), 억(10^8), 조(10^{12}), 경(10^{16}), 해(10^{20}), 자(10^{24}), 양(10^{28}), 구(10^{32}), 간(10^{36}), 정(10^{40}), 재(10^{44}), 극(10^{48}), 항하사(10^{52}), 아승기(10^{56}), 나유타(10^{60}), 불가사의(10^{64}), 무량대수(10^{68}).

우주 속에서 내가 차지하는 공간의 비율은 갠지스강의 드넓은 백사장에서 모래 한 알이 차지한 공간과 같고, 그 값은 $1/10^{52\sim53}$ 수준이다. 불교에서 직관적으로 파악한 시공간 차원의 위상이 천문학적 계산과 일치하는 것이다. 수천년 전 이 개념을 생각할 당시에는 우주가 덜 팽창했을 테니 10^{52}에 더 가깝다고 아전인수 격으로 해석해 본다. 이처럼 광대하고 영원한 우주와 비교해 인간이란 존재는 상상조차 못할 정도로 미미하다. 나를 비롯한 모든 사람, 무생물인 모든 존재, 태양과 지구를 포함한 모든 별이 결국 죽고 사라진다. 그러나 우리 인간은 이성의 힘으로 이를 인식하고, 괴로워하며, 우리 존재의 가치를 의심한다. 프랑스 철학가 파스칼은 《팡세》에 이렇게 썼다.

인간은 자연에서 가장 연약한 것, 갈대에 불과하다. 하지만 논리적으로 생각하는 갈대다. 인간을 없애는 데 전 우주가 무장할 필요는 없다. 한 줌의 증기, 한 방울의 물이면 충분하다. 우주가 그를 죽인다 해도 인간은 여전히 우주보다 고귀하다. 왜냐하면 인간은 죽는다는 것과 우주의 힘이 우세하다는 걸 알지만, 우주는 이에 대해 아무것도 모르기 때문이다.

맞는 말이다. 우주에서 가장 귀중하고 위대한 존재가 인간이다. 인간의 존재는 시공간적으로 계산해보면 아주 미미하지만 그런 자신의 약점을 찾아내고 생각하는 능력이 있기 때문이다. 삶의 고통은 시공간 차원이 아닌 올바른 사유를 통해서만 해결할 수 있다.

인간의 존엄성은 전부 사유思惟 안에 있다. 스스로 높여야 하는 것은 여기서이지, 우리가 채울 수 없는 공간과 시간에서가 아니다. 올바르게 사유하도록 노력하자. 이것이 도덕의 원리다.

파스칼은 주관적으로 인간에게, 또 자기자신에게 최고의 가치, 절대적 가치를 부여하라고 강조한다. 나를 사랑하고 존중해 줄 사람은 바로 나 자신이다. 당연히 타인에게 인정받기보다 스스로 만족하며 사는 것이 더 중요하다.

어떻게 이런 자기 존중감을 키울 수 있을까? 가정교육에서 시작된다. "모든 어머니는 위대하다"는 말처럼 대개 어릴 적 느낀 따뜻하고 헌신적인 모정에서 자기애와 자긍심이 시작된다. 학교와 사회에서 작은 성공과 실패를 겪으면서 사물의 요점을 파악하고, 성공을 경험하면서 자신감이 생기고, 다른 사람의 인정을 받으면서 가치가 내면화된다.

한때 우리나라 사학의 대표였던 김옥길, 김동길 남매 교수의 어머니는 젊어서 남편을 잃고 가난해 수없이 셋방을 전전했는데 당신은 신문지로 벽을 바른 누추한 방에서 자도 아이들 방에는 도배를 하셨다. 이런 모성애의 기억은 강력한 힘으로 작용해 자식들이 어려운 상황을 극복하고, 선악의 갈림길에서 차마 나쁜 일을 못하는 자기 존중, 자부심으로 커간다. 자기 존중의 감정이야말로 인간중심의 세계관과 자연히 연결된다.

물론 이성적, 철학적인 훈련이 계속되어야 한다. 사람에 따라 다양하게 이런 사유를 수행한다. 종교적 수행과 기도, 참선, 명상, 독서, 요가와 운동 등이 그것이다. 이 글이 세상사를 인간 중심으로 관조하고 선정을 닦는 데 조금이나마 도움이 되기를 소망한다.

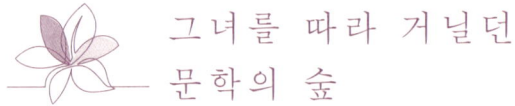

그녀를 따라 거닐던
문학의 숲

　《문학의 숲을 거닐다》는 2005년 출간된 고故 장영희 교수의 수필집이다. 베스트셀러가 된 이 책을 출간하고 4년 후 암으로 타계했으니 지난 2019년 5월이 10주기였다. 장 교수는 전공인 영문학에서 학문적인 업적도 크지만, 고전문학을 에세이 형식으로 소개하는 참신한 시도로 우리 사회를 정화한 공도 크다. 어려서 중증 소아마비로 힘들게 살고, 중년에는 유방암으로 고생했으나 "내 삶은 '천형天刑'은 커녕 '천혜天惠'의 삶"이라 했다. 아픔 속에서도 희망을 노래하고 타인에게 긍정의 힘이 되었던 전설적 생애를 본격적으로 다룰 능력은 내게 없다. 단지 암 투병 전에 쓴 에세이에서 그녀의 흔적을 느껴보고 정신적 성장의 자양제가 되었던 문학 이야기를 듣고 싶었다.

　책에서 그는 문학작품을 소개하고 그 작품에서 얻은 감동과 그것이 삶을 얼마나 풍요롭게 했는지 이야기한다. 같은 시대, 비슷한 환경에서 살았던 나는 많은 부분에서 공감하며 줄을 그어 가며 읽었다. 장영희 교수와 팔짱을 끼고 걸으며 정겨운 말투로 시와 소설에 대한 해설을 듣는 느낌이었다.

먼저 〈시와 사랑의 강〉에서 그는 인간의 속성으로서 예술의 위치를 강조했다. 타고르는 "과학과 예술은 둘 다 인간의 생물적 필요를 떠나 궁극적 가치를 지닌 우리 영혼의 표현이다."라고 했고 아인슈타인은 "이제껏 내 길을 밝혀주고 내가 계속해서 삶을 기쁘게 대면할 수 있는 새로운 용기를 준 세 가지 이상理想은 친절과 아름다움과 진리였다."고 했다. 누가 시인이고 누가 과학자인지 헷갈리는 말씀이다. 이렇게 한 분야에서 깊이 생각하고 노력하여 대가가 되면 세상만사를 꿰뚫는 안목이 생기는 법이다. 서로 존경하던 두 사람은 드디어 1930년 독일에서 만난다.

여러 예술 중 문학이 가장 직접적으로 우리 삶에 관여한다. 〈사랑과 생명〉에서 장 교수는 문학의 주제를 "어떻게 사랑하며 사는가?"로 정의할 수 있다고 했다. 인간人間이라는 한자의 뜻인 '사람 사이'에 사랑이 있다는 이야기다. 모든 존재에 작용하는 만유인력이 바로 사랑이 아닐까?

우리는 귀하고 가치있는 것을 좋아한다. 역으로 좋아하고 사랑하는 존재는 내게 의미와 가치가 있다. 《어린 왕자》에서 여우는 비밀을 가르쳐 준다. "서로 길들여지고 필요해지면서 이 세상에 오직 하나뿐인 존재가 되는 것이다." 어떤 존재의 가치는 본래 있는 게 아니라, 우리가 만들고 줌으로써 생기는 것이다. 먼저 소중하게 여겨야 한다. 주변 사람, 환경, 인연, 모두 마찬가지다. 그러나 때때로 진정한 사랑은 쉽지 않다. 릴케는 《젊은 시인에게 보내는 편지》에 이렇게 썼다. "한 사람이 다른 사람을 사랑하는 것도 어렵기 때문에 좋은 것이다." 그에 따르면 "누구를 사랑하는 것도 자격이 필요하다. 먼저 스스로 성숙한 세계를 이루어야 한다."

〈사랑의 힘〉은 영문학상 가장 유명한 사랑으로 알려진 브라우닝 부부의 이야기다. 유명한 시인이었으나 가족과 부와 영예를 다 버리고 여섯 살 연하의 무명 시인과 사랑의 도피를 감행한 엘리자베스 브라우닝이 남편에게 바친 시 구절이다.

내가 당신을 얼마나 사랑하느냐구요?
내 영혼이 닿을 수 있는
깊이만큼, 넓이만큼, 그 높이만큼 당신을 사랑합니다.

"인생에 있어 최고의 행복은 우리가 사랑받고 있다는 확신이다."라는 빅토르 위고의 말처럼 사랑을 확인받고 싶은 상대방의 애교 섞인 추궁에 고생하는 연인에게 희소식 같은 정답이다.

〈마음의 성역〉을 가장 재미있게 읽었다. 장 교수는 영어작문

수업 때 남녀 학생으로 나누어 짝을 지어 영어로 펜팔을 시켰다. 물론 서로 상대를 모르게 가명으로 하고, 교수는 전달만 했다. 도중에 여학생 한 명이 휴학을 하여 할 수 없이 장 교수가 대신 자리를 메웠다. 펜팔 상대는 시골서 올라온 성실하지만 내성적인 남학생으로 사법고시를 준비 중이었다. 펜팔이 계속되자 그는 점차 마음을 주기 시작했고, 그 감정을 원동력으로 공부에 매진했다. 1년 후 마침내 사법고시에 붙은 그는 장 교수를 찾아와 펜팔 학생을 만나게 해달라고 안타깝게 호소했다. 장 교수는 '마음의 성역'을 침범한 죄의식을 느끼면서 여학생이 유학을 가 연락이 안 된다고 거짓말을 하고, 추억으로 간직하라며 학생을 달래 보낸다.

장 교수도 편지를 쓰는 순간에는 잠시 남학생의 마음에 동조하고 때로는 속마음도 내보였을 것이다. 이성異性을 만날 때 간혹 나타나는 현상으로, 본인은 의식하지 못할 수도 있다. 감성을 키우고 몰입해야 하는 연예인에게 더 심하게, 더 자주 생긴다. 예를 들어 영화, TV 드라마, 뮤지컬 등에서 연인 역을 맡은 남녀 배우가 실제 사랑에 빠지는 경우가 있다. 이런 현상은 잘못이라기보다 자연스러운 일이고, 어쩌면 세상 사는 맛이다.

사랑은 고통과 함께 태어난 쌍둥이다. 〈시인의 사랑〉에서는 아일랜드의 대표 시인 에이츠를 소개한다. 아일랜드 독립투사인 여인을 향한 일방적 구애의 고통은 위대한 시가 되었다. 흔히 창

작은 상처받은 조개가 지독한 고통 속에서 진주를 빚어내는 과정에 비유된다. 진정한 예술가는 아픈 상처를 승화시켜 주옥 같은 걸작을 만든다. 일상도 마찬가지다. 세상사의 불행으로 힘들었던 사람이 타인의 고통을 감싸주고 같이 아파하면서 희망을 잉태시킨다. 장 교수도 이런 창작의 과정을 잘 알기에 투병의 아픔 속에서 기적의 끈을 발견했을 것이다.

도스토예프스키는 《까라마조프가의 형제들》에서 주인공 알료샤의 입을 통해 자신의 신념을 주장한다. "논리보다 앞서 우선 사랑하는 거예요. 사랑은 반드시 논리보다 앞서야 해요. 그때 비로소 삶의 의미도 알게 되지요." 작가의 뜻을 완전히 이해할 수는 없지만, 깊은 사랑을 받은 사람만이 갖는 삶에 대한 특별한 자긍심이 있다고 생각한다. 도스토예프스키는 서문에서 작품이 아직 미완성이며 이후 20년간 계속 생각을 넓혀갈 계획임을 밝혔으나 불과 2개월 후 급사하고 말았다. 〈내게 남은 시간〉에서 장 교수는 다음과 같이 안타까워하며 자신의 삶을 추슬렀다.

"내게 남은 시간은 얼마일까? 앞으로 내가 몇 번이나 더 이 아름다운 저녁노을과 가을을 볼 수 있을까? 확실한 건 사랑 없는 지옥에서 속절없이 헤매기엔 남은 시간이 너무나 짧다는 것이다." 그녀는 그토록 열정을 다한 제자들에게서 위안을 찾는다. "나는 백 번 죽었다가 깨어나도 위대한 작가가 될 수 없지만, 내가 가르치는 작품을 통해 내 학생들이 곧고 가치있는 삶의 실마리를 찾는다면 내 인생도 낭비만 한 것은 아니리라."

안네는 일기의 마지막 부분에서 자신의 이상理想을 말한다. "내가 이상을 버리지 않는 이유는 인간은 결국 선하다는 것을 믿기 때문입니다." 장영희 교수와 함께 걸은 문학산책이, 또 그녀의 삶이 감동을 주는 것은 아직도 사람들이 착하고 이상을 버리지 않았기 때문이다.

이해인 수녀는 10주기 모임에서 장영희 교수를 이렇게 추억했다. "능력있는 영문학자, 지혜로운 교수, 감칠맛나는 향기의 수필가, 그리고 자연과 사람을 따뜻하게 대한 휴머니스트였습니다. 살아있는 모든 날이 축복이고 생일이라고, 살아온 기적은 살아갈 기적이 된다고 말했습니다. 힘찬 파도처럼 생기있는 모습으로 다시 일어서게 하는 힘이 있었습니다."

모든 것이 안 보이고 죽고 사라진 것처럼 어두운 한밤중에도 그믐달과 별이 떠 있어 우리는 빛이 있고 한낮이 있음을 기억한다. 다시 동트는 새벽과 밝은 내일이 온다고 믿을 수 있다. 그녀는 점점 어두워지는 세상을 먼저 밝히고자 나온 샛별이었다.

시작(詩作)을 시작(始作)하며

찬바람이 불면

가을이 되어 찬바람이 불고
머리가 냉기로 시원해지면
나는 문득 외로워진다
바닷가에 던져진 존재의 의미

가을이 되어 찬바람이 불고
마음이 냉기로 싸늘해지면
나는 문득 따뜻해진다
서설瑞雪에 깊어가는 그대의 숲속

겨울이 되어 찬바람이 불고

가슴이 냉기로 차가워지면

나는 어느새 용감해진다

병든 몸에 남아있는 여정旅程의 의지

겨울이 되어 찬바람이 불고

영혼이 냉기로 얼얼해지면

나는 어느새 경건해진다

밤하늘에 반짝이는 이상理想과 소망

얼마 전 국문학 박사인 환자가 내 수필집을 읽고 시를 써보라고 조언했다. 시는 써본 적이 없다. 아내를 처음 만났을 때 연애편지에 시 비슷한 글을 한번 적어본 것이 전부다. 그 후 45년이 지나 권유에 힘입어 두 번째로 시도한 것이 위에 쓴 〈찬바람이 불면〉이다. 무덥고 지루한 여름이 지나고 가을이 되어 찬바람이 머리를 스치면 사람은 누구나 혼자 살아간다는 외로운 상념이 든다. 동시에 내가 살아 움직인다는 것을 더욱 실감한다. 살아야겠다고 정신이 번쩍 드는 것이다.

나는 세상을 움직이는 원동력이 결국 사랑이라고 생각한다. 남녀 간의 사랑뿐 아니라 다양한 유형의 사랑이 만드는 생명의 열기가 우리를 따뜻하게 하고 추운 겨울을 이겨내게 한다. 사랑은 사람 사이에 생기는 만유인력이다. 먼저 운명적인 상대방이 생기면서 사랑은 시작된다. 내가 애송하는 전원시인 로버트 프로스트의 〈눈 내리는 저녁 숲가에 서서〉라는 시를 인용한다.

이 숲의 주인이 누구인지 나는 알 것 같다.
하지만 그 사람 집은 마을에 있으니
눈이 쌓이는 숲을 바라보려고
내가 여기 서 있는 걸 알지 못하리라.

프로스트가 노래하듯 사랑하는 사람이 있고, 항상 그를 생각한다는 것만으로도 우리는 삶의 에너지를 얻는다. 이런 감상의 질량이 클수록 끌어당기는 힘도 강해진다. 상대방에게도 내가 있어야 하므로 거꾸로 내 존재의 이유가 된다.

'생로병사'라는 말처럼 인간은 늙으면 아프고 죽게 되어 있다. 왜 나이들면 병에 걸릴까? 존재의 의미를 생각하고 가치있게 만들 시간을 주기 위해서다. 질병이란 육체적으로 휴식과 회복을 갖기 위한 방어기전이다. 정신적으로도 삶을 되돌아보며 생각하는 계기가 된다. 투병하고 회복하는 과정을 거치며 생을 마치기 전에 목표를 재정립하자는 것이다. 사랑하는 사람의 존재가 내 존재의 이유가 되듯, 타인의 염려와 기원에서 병자는 회복의 이유를 찾는다. 그들이 만든 생명의 열기가 투병의 힘, 생의 애착이 된다.

투병의 에너지는 환자의 간절한 소망에서도 나온다. 한하운 선생의 〈보리피리〉는 이런 염원을 노래한다. 하늘이 내린 벌이라는 나병으로 아픔과 절망 속에 살던 시인에게 애타게 그리운 것은 평범한 인간살이었다. 지루하기만 한 속세와 번거롭다고 생각하는 인간사가 모두 그립다. 평범함에 대한 바람이 오히려 강한 생의 의지와 애착이 된다.

보리피리 불며

인환人患의 거리

인간사人間事 그리워

피-ㄹ 닐니리

삶의 방향 또한 중요하다. 머리가 멍할 정도로 매섭게 추운 겨울날 눈으로 얼어붙은 산하山河를 보노라면 모든 것이 정지된 악조건에서도 생명이 있으니, 반드시 그 존재 이유가 있을 것이다. 이런 반문은 이성과 지혜를 가진 인간만이 할 수 있는 특혜다. 그 대답도 건강과 질병, 기쁨과 슬픔, 성공과 실패 등 삶에서 얻은 경험과 생각에서 시작한다. 사유할 수 있는 인간의 생을 허용해 준 신에게 감사하고, 한번뿐인 내 삶의 부침과 굴곡 속에서 존재, 사랑, 생명과 이상理想에 대한 조그마한 깨달음이라도 얻기를 소망한다.

이 어설픈 시를 이비인후과 전문의이자 시인인 홍지헌 선생님
에게 보내어 교정을 부탁했다.

찬바람이 불면

가을바람에

머리가 시원해지면

나는 문득 외로워진다

바닷가에 던져진 존재의 의미

가을바람에

마음이 싸늘해지면

나는 문득 훈훈해진다

서설瑞雪에 깊어가는 그대의 숲속

겨울바람에

가슴이 차가워지면

나는 어느새 용감해진다

병든 몸에 남아있는 여정의 의지

겨울바람에

영혼이 얼얼해지면

나는 마침내 경건해진다

밤하늘에 반짝이는 이상과 소망

과연 전문가의 안목은 다르다. 작품이 더 산뜻해지고 또렷해졌다. 의미를 명확하게 전달하려고 하기보다는 독자들의 상상력을 자극하기 위한 모호한 표현이 더 시적이라고도 충고했다. 이 자리를 빌려 홍지헌 시인께 감사를 드린다. 유난히 무더운 여름이 물러나고 찬바람을 맞으며 어느새 생긴 시상詩想이다. 올해 가을과 겨울은 서로의 존재에 대한 사랑으로 조금 더 따뜻하고 씩씩하게, 한편으로 삶의 의미를 생각하고 찾아가는 계절이 되면 좋겠다.

 ## 〈갑돌이와 갑순이〉는 미완성

갑돌이와 갑순이는 한마을에 살았더래요

둘이는 서로서로 사랑을 했더래요

그러나 둘이는 마음뿐이래요

겉으로는 음─음─음─ 모르는 척했더래요

그러다가 갑순이는 시집을 갔더래요

시집간 날 첫날밤에 한없이 울었더래요

갑순이 마음은 갑돌이뿐이래요

겉으로는 음─음─음─ 안 그런 척했더래요

갑돌이도 화가 나서 장가를 갔더래요

장가간 날 첫날밤에 달 보고 울었더래요

갑돌이 마음은 갑순이뿐이래요

겉으로는 음─음─음─ 고까짓 것 했더래요

1965년 미모의 가수 김세레나가 꾀꼬리 같은 목소리로 불러 인기를 얻었던 〈갑돌이와 갑순이〉의 가사다. 지금도 들을 수 있는 이 노래는 전통음악과 서양음악이 혼합된 '신민요'로 일제시대 전기현 선생(1909-1945?)이 작곡한 〈온돌야화〉를 다듬은 것이라고 한다.

어떤 가요가 유행했다는 것은 많은 사람이 공감한다는 뜻이다. 하지만 어릴 때 나는 이 곡의 가사가 석연치 않았다. 서로 좋아하던 남녀가 마음을 감추고 눈치만 보다가 각자 다른 사람과 부부가 되었다. 슬픈 사연이다. 그런데도 가수는 예쁜 한복을 입고 날아갈 듯이 흥겹게 춤추며 노래했다. 나중에 어떻게 되었는지도 알 수 없다. 두 사람은 얼마나 사랑했을까? 마음만 있을 뿐 서로 모른 척하는 관계는 성숙한 애인 사이가 아니다. 한마을에 사는 청춘끼리 상대방에게 작은 호감을 가진 것에 지나지 않는다. 어릴 때부터 같이 놀고, 같은 학교에 다니며 자연스럽게 싹튼 우정 같은 애정이다. 사람은 만 6세가 되면 잠시 성호르몬 분비가 증가한다. 진화론적으로 해석하면 이때가 원숭이의 사춘기이기 때문이다. 잠시 이성에 끌리나 곧 송과샘에서 나오는 물질이 성호르몬 분비를 막아 한참 뒤에야 진정한 사춘기가 시작된다. 황순원 선생의 단편소설 〈소나기〉에서 보듯 이 시기에 또래 남녀가 특별한 감정을 가질 수 있으나 역시 진정한 사랑은 아니다.

이 노래의 주인공은 각자 다른 남녀와 짝이 되었다. 옛날에는 어른들이 결혼상대를 정했기 때문이다. 좋아하는 사람과 헤어지는 까닭에 마음속으로 울고, 한밤중에 달을 보고도 운다. '갑돌이와 갑순이'는 보통 선남선녀를 뜻하나, 형제자매 중 맨 위 첫째를 일컫는 말이기도 하다. 장남장녀는 부모가 예뻐하고 동생에게 모범을 보이도록 교육받기에 온순하고 집안을 우선으로 생각하여 내키지 않지만 부모 뜻에 따랐을 것이다. '을돌이와 을순이'라면 조금 달랐을지도 모르겠다. 하지만 정말 마음 깊이 서로 좋아하고 있었다면 어쩔 것인가? 원래 인생이란 뜻대로 되지 않는 괴로움의 바다다. 부처님도 2600년 전에 이미 "보고 싶은 사람과 헤어지는 것이 가장 큰 괴로움"이라고 하셨다. 그러니 이 가요는 인류가 보편적으로 공감할 만한 상황을 노래한 것이다.

그러면 중매결혼을 했던 우리 할머니, 할아버지는 평생 목석같이 살며 불행한 결혼생활을 했을까? 그렇지는 않다. 옛 무덤에서 간간히 발견되는 부부 간의 편지를 보면 오늘날의 연애편지 못지않다. 선남선녀, 즉 갑돌이와 갑순이도 처음에는 화가 났지만 세월이 흐르면서 각자 짝과 서로 적응하고 화합하여 아들딸을 낳아 기르며 잘 살았을 것이다. 그 옛날의 사랑은 점차 희미해지면서 잊혀지고...

나중에 이들은 어떻게 되었을까? 이 곡은 잘못된(?) 결혼을 노래한 3절까지만 있고 결론인 4절이 없다. 일부러 만들지 않았을 것이다. 이 노래를 듣는 사람은 옛사랑을 떠올리며 얼굴에 가벼운 미소를 띠거나, 가슴에 찡한 아픔을 느낄 것이다. 그러나 이제 와서 어쩌란 말인가? 김세레나의 흥겨운 노래와 예쁜 춤사위가 위안을 준다. 이 곡의 매력 포인트이자 오랫동안 생명력을 이어 가는 이유다. 뜨거운 불길 같던 정념도 시간이 지나면 모두 사그라지니 인생사 참 허무하고 속절없다. 영원한 첫사랑이란 고전문학에서나 찾을 수 있는 것인가! 그래서 인터넷에 4절 노랫말이 나돈다.

갑돌이와 갑순이는 딴 마을에 살았더래요
둘이는 평생토록 그리워했더래요
두 사람 마음은 변함이 없었대요
결국에는 음─음─음─ 하늘의 별이 되었더래요

그 아래를 보니 이 황량한 세상에 가슴 찡한 해피엔딩 버전도 하나쯤 있어야 한다는 댓글도 달려 있다.

갑돌이와 갑순이는 못 보고 살았더래요

늙어 늙어 두 사람 다 홀몸이 되었더래요

그러다 다시 만나 같이 살았대요

결국에는 음─음─음─ 사랑을 이뤘더래요

여러분도 이런 아련한 추억이 있나요? 그렇다면 4절을 어떻게 쓰고 싶으신가요?

〈옛 동산에 올라〉

내 놀던 옛 동산에

오늘 와 다시 서니

산천의구山川依舊란 말

옛 시인의 허사虛辭로고

예 섰던 그 큰 소나무

버혀지고 없구료

　일제 강압시절 노산 이은상 선생이 쓴 시에 홍난파 선생이 곡을 붙였다. 회고조의 가사에 슬프면서도 아름다운 곡조가 식민지 민중의 심금을 울려 만인의 애창곡이 되었다. 여기서 '옛 시인의 허사'란 고려 말의 충신 길재吉再가 나라가 망한 후 지은 시조를 말한다.

오백 년 도읍지를 필마로 돌아서니

산천은 의구하되 인걸人傑은 간데없네

어즈버, 태평연월太平烟月이 꿈이런가 하노라

　　인품과 학식으로 추앙받던 길재가 영화로웠던 옛 서울 송도松
都에 와 인재들이 흩어져 없어진 것을 보고 인생무상을 읊은 것
이다. 나라를 잃어 인간사가 바뀐 상황을 변함없는 산천과 비교
하여 서글픔을 강조했다. 이은상 선생은 〈옛 동산에 올라〉에서
누구나 아는 이 시조를 인용해 인걸뿐 아니라 산천초목도 쇠락
했음을 암시하여 망국의 한을 전한다. 그러나 광복하고 대한민
국이 세워진 후에 태어난 현 세대에게는 이런 뜻과 감정이 잘 전
달되지 않는다. 그저 자연환경도 인생살이만큼 빨리 변하는 것
을 노래했다는 정도로 알려져 있었다. 나도 그렇게 생각했으나
다시 살펴보니 은유적 표현으로 애국을 호소하는 기막힌 시와
가곡이 아닌가!

　　1988년과 1989년에 1년 반을 미국 수도인 워싱턴시 근교 미
국 국립보건원NIH 핵의학과에서 연구원 생활을 했다. 단일클론
항체를 이용한 암의 영상화와 치료가 연구 주제였다. 한국에서
임상의학을 전공한 나에게는 큰 변화의 시기였다. 환자 자료를
분석하여 논문을 쓰던 데서 한 단계 올라가 생물학, 화학, 분자
생물학적 기법을 이용한 실험실 연구를 할 수 있게 된 것이다.

이 분야의 지식과 테크닉이 많이 부족했기에 공부가 재미있었다. 특히 내 연구 책임자인 레이놀즈Reynolds 박사는 화학과 내분비내과를 전공해 아주 박식한 분이었다. NIH를 택한 것도 행운이었다. 선배 교수들은 명망있는 미국 동부 아이비리그 대학이나 교포가 많은 서해안의 대학을 택했다. 하지만 나처럼 어설픈 연구자에게는 일반에게 유명하지는 않으나 정부기관으로 자금이 풍부한 NIH가 적당했다. 실험 기자재를 사용하거나 물품을 구입하는 데 제약이 적어 비교적 자유롭게 연구할 수 있었던 것이다. 연수 중 세 가지 과제로 실험을 했지만 결과가 불완전하여 논문을 쓰지 못한 채 귀국했다. 그러나 실수와 실패를 거듭하며 배운 지식과 실험기법이 국내 연구의 기반이 되어 이후 300여 편의 논문을 국제학술지에 발표했고 과분하게도 몇몇 학술상까지 수상했다.

올 4월 초에 워싱턴시에서 열린 미국 암연구학회에 참석했다. 미국이 주도하는 세상인지라 80여 개국에서 2만 명이 참여하여 약 6,000편의 논문을 발표했다. 우리나라에서도 535명이 참가했다. 외국인 등록자로는 일본 다음으로 많았다고 한다. 워싱턴에 들른 김에 살던 동네를 둘러보고 레이놀즈 박사도 만났다. 현재 NIH에서 일하는 한국인이 거의 300명이라니 우리의 성장이 감격스럽다. 29년 전 NIH에는 우리나라 사람이 30명 정도 있었다(일본인은 300여 명이 있었다). 반수가 정규직이고 나머지는 나와 같은 연구원이나 박사후과정post-doc이었다. 서울대, 연세대, 가톨릭대 등 의과대학 교수로 연구차 온 8명은 처지가 비슷해 서로 의지하며 가깝게 지냈다. 그때 태어난 교수 따님 한 명이 지금 우리 과 전공의가 되어 수련을 받고 있으니 인연의 신비로움이 새삼스럽다. 당시 한국 사람은 대부분 록빌Rockville에 있는 아파트에 모여 살았다. 먼저 연수받던 선배도 거기 살았단다. 찾아가 보니 여전히 한국인이 많이 살아 노래 속의 '옛 동산' 같았다. 동네 주변은 건물도 새로 들어서고 더 번화해졌지만, 아파트 단지의 놀이터, 수영장, 체육관, 바비큐 시설은 그대로라 감회가 새로웠다. 그러나 이웃이던 교수들은 다 흩어지고 반수가 이미 정년퇴직했으니 정녕 산천은 의구하되 인걸은 간데없다.

한국식당에서 레이놀즈 부부에게 저녁식사를 대접했다. 내가 귀국한 이후 다섯 명의 한국 펠로를 받아주고 NIH 자금으로 훌륭히 교육시켜 우리 핵의학 발전에 기여한 분이다. 나보다 열 살이 많고 심근경색과 뇌졸중으로 고생하다 작년에 은퇴했단다. 서로 반갑게 만나 옛 추억을 나누었다. 몸이 불편하고 워낙 말수가 적어 이야기는 많이 못했지만 늦게나마 감사의 뜻을 전했으니 밀린 숙제를 마친 느낌이다. 우리 핵의학의 눈부신 성장에 본인도 자부심을 느꼈으리라.

한편, 이은상 선생의 시 〈옛 동산에 올라〉에는 내가 모르고 있던 2절이 있었다.

　지팡이 도로 짚고
　산기슭 돌아서니
　어느 해 풍우엔지
　사태 져 무너지고
　그 흙에 새 솔이 나서
　키를 재려 하는구료

　암울했던 그 시절 무너진 산하에서 베어진 소나무를 대신해 새 솔이 나는 것으로 희망을 노래했다. 선생의 염원을 넘어 이제 우리나라는 많은 부분에서 일본을 비롯한 어느 선진국에도 뒤지지 않는다. 애국충정이 가득한 비장하고도 아름다운 이 가곡을 들으며 새삼 우리 민족에 대해 자부심을 느끼고 감사한 마음이다.

 풍자가요 〈남성 넘버원〉

유학을 하고 영어를 하고
박사 호 붙어야만 남자인가요
나라에 충성하고 정의에 살고
친구 간 의리있고 인정 베풀고
남에겐 친절하고 겸손을 하고
이러한 남자래야 남성 넘버원

1957년 반야월이 작사하고, 박시춘이 곡을 만들어 박경원이
노래한 인기가요 〈남성 넘버원〉의 1절이다. 한국전쟁 직후 미국
문물의 위력이 막강했던 시대의 유행가다. 당시 사회상을 꼬집
은 풍자적 가사에 경쾌한 멜로디를 붙여 큰 인기를 끌었다. 한
조사에서는 "1960년대 최고의 인기가요 200편" 중 135위에 오

르기도 했다.

초등학교 다닐 무렵 히트한 이 노래를 들으면 자연스럽게 어렵던 시절이 떠오른다. 대부분 남녀 간의 사랑을 노래했던 당시 유행가들과 달라서 어리지만 나도 특이한 노래라고 생각했다. 60년이 지난 오늘에야 가사를 다시 음미해 본다.

바로 뒤에 '영어를 하고'라는 가사가 나오는 걸 보면 첫 줄의 '유학'이란 미국유학을 의미하는 것 같다. 둘째 줄은 대학에서 박사학위를 받았다는 내용이다. 한국전쟁 후 미국은 폐허가 된 대한민국의 부흥에 깊은 관심을 가졌다. 1950년대와 1960년대에 물질원조도 많이 했지만, 다양한 분야에서 유학생을 받아 문화와 과학을 전수했다. 장기적 안목으로 인재양성을 장려한 것이다. 예를 들어 1955년부터 1961년까지 미국 국제협력본부는 미네소타 프로젝트를 시행했는데, 특히 서울대학교에 인적자원 교육을 집중했다. 공과대학, 의과대학, 농과대학의 교수 226명이 미네소타 대학에 연수를 하여 우리 기술과 교육수준을 높이는 데 큰 역할을 했다. 의과대학 교수들도 대다수인 77명이 다양한 분야에 걸쳐 1~2년씩 첨단의학을 공부하고 돌아왔다.

당연히 미국유학생들은 그곳에서 배우고 익힌 미국식 이념이나 사상, 물질과 도구를 최상으로 여기고 조국에 도입하고자 노력했다. 일제강점기의 일본식(대부분 유럽을 모방한) 문물이 미국식으로 바뀐 계기다. 의학에서도 일본이 추종하던 독일 의학이 물거

품처럼 사라지고, 그 자리를 미국 의학이 차지했다. 미국은 동경의 땅이요, 꿈속에서라도 가고 싶은 천국이었다.

첫째 줄과 둘째 줄은 '금의환향錦衣還鄉'이다. 세상의 중심인 미국에 가서 공부하여 박사라는 비단옷으로 단장하고 고향인 대한민국으로 돌아온 것이다. 어떻게 보면, 미국 박사는 조선시대 과거급제와 동격이었다. 영어로 쓰여진 졸업장이나 학위증은 한자로 된 홍패[*]와 같아 명예와 함께 지위, 재물이 보장되었다. 당연히 사무실 벽에 금빛 테두리로 장식해 걸어놓았다.

2차 세계대전 후 팍스 아메리카나Pax Americana를 구현한 미국과 상대하려면 영어에 능통한 미국유학파, 미국 박사가 당연히 유리했다. 친미파는 한국사회의 새로운 엘리트로 떠올랐다. 여기 속하지 못한 기성세대는 벼슬자리, 남성 넘버원 자리에 끼지 못한다. 셋째 줄에서 다섯째 줄에 나라 충성, 사회정의, 친구 믿음, 겸손 같은 전통적 가치를 열거하면서 이런 유교적 가치가 더 좋다고 점잖게 강조하지만, 오히려 미국 문물에 밀리는 현실을 암시한다.

이런 나의 가설(?)은 나중에 나오는 3절 가사의 첫째줄과 둘째줄에서 확인할 수 있다.

---

[*] 급제자에게 주는 성적, 등급과 이름이 기록된 붉은 증서.

대학을 나와 벼슬을 하고

공명을 떨쳐야만 대장부인가

부모님 효도하고 공경을 하고

아내를 사랑하고 남편 위하고

귀여운 자녀교육 걱정을 하는

이러한 남녀래야 한국 남녀요

언뜻 종래의 가치관을 옹호하는 것 같지만 역설적으로 새로운 대장부인 '미국유학 박사'를 부러워한다. '벼슬'과 '공명'은 그들의 차지다. 여러분은 화목한 가정의 소시민으로 만족하라는 뜻이다. 기가 막힌 풍자요, 변명이요, 한탄이다. 어떻게 보면 '넘버원'이 못 되는 자기를, 아니 우리 모두를 변명하고 위로하려는 의도였는지도 모르겠다.

핵심은 이 곡에서 적극 옹호하는 유교적 생각과 생활태도가 지난 60년 동안 사라지고 있다는 것이다. 그렇다고 서양철학이 지향하는 개인적 합리주의, 공익적 법치주의가 사회에 뿌리내린 것도 아니다. 정신적 아이덴티티와 자존심이 없으면 힘있는 국가에 휘둘릴 것이 자명하다. 미국과 북한의 정상회담에서 한국이 제외되는 일도 무관하다고 할 수 없을 것이다.

벼슬에서 밀린 사람이 품위있게 세태를 지적하는 가사를 경쾌한 멜로디에 실어 사람들의 마음을 어루만져준 가수 박경원은 당시에 흔하지 않은 학사 가수였다. 경제학을 전공했다고 한다. 발음과 음정이 정확한 정통파이면서 성격이 명랑해 많은 사람의 사랑을 받았다. 이 노래에 잘 맞는 사람이다. 그 또한 이 곡을 유행시킨 이유였으리라.

하루살이와
로마 황제의 대화

올 여름도 태양은 한반도를 뜨겁게 달군다. 정말 점차 아열대 기후로 변하는지 느닷없이 소나기가 내리곤 한다. 농경사회에 살던 선조들은 농사를 좌우하는 해, 구름, 비, 바람 같은 기상변화를 중요시했다. 이런 자연현상은 우리 권한 밖의 일이라고 생각했을 뿐 아니라, 심지어 통치자에 대한 하늘의 평가로 간주하기도 했다. 하늘에서 내리는 비를 귀하게 여겨 '비가 오신다'고 높여 말했다. 가뭄은 지도자의 부덕不德에 대한 하늘의 벌로 여겨 왕과 대신이 근신하고 자제된 생활을 하면서 기우제를 지냈다.

지금은 비가 많이 내리면 별 생각 없이 폭우暴雨라 한다. 하늘이 폭력을 행사한다는 뜻이다. 강우를 하늘의 선물이 아니라 북한 미사일 같은 재앙으로 여기는 셈이다. 지역에 따라 갑자기 쏟아지는 비를 '게릴라성 폭우'라고 하니 하늘과 틈틈이 유격전으로 싸우는 꼴이다. 인간이 이만큼 교만해진 것일까? 하느님이 있다면 노하여 기상재해로 우리를 혼낼 것이다.

물론 과학의 발달로 자연현상도 조금은 사람이 조절하고 극복할 수 있다. 가물면 구름에 약을 뿌려 비를 내리게 한다. 보와 저수지에 저장해둔 강물이나 지하수를 이용해 해갈하기도 한다. 그러나 인류의 보잘것없는 지식과 좁은 식견으로는 대자연과 운명의 이치와 의지를 짐작조차 하지 못한다. 자연에 경외심을 가져야 하는 이유다.

이런 생각을 하며 잠자리에 누웠으나 열대야 때문에 잠은 안 오고 시간은 더디다. 할 수 없이 로마 황제이자 스토아 철학자인 마르쿠스 아우렐리우스의 《명상록》과 신길우 수필집 《함께 하는 삶》을 꺼내 읽기 시작했다. 우연히도 삶과 시간에 대한 시각을 비교할 수 있었다.

아우렐리우스 황제는 이렇게 말한다.

사람은 나뭇잎과도 흡사한 것, 가을바람이 땅바닥에 낡은 잎을 뿌리면 흩어지고 봄은 다시 새로운 잎으로 숲을 덮는다. 잎, 잎, 조그만 잎, 너의 어린애도 너의 아녀자도 너의 원수도 너를 저주하여 지옥에 떨어뜨리려 하는 자나, 또는 사후에 큰 이름을 남긴 자나, 모두가 다 가지 위에서 바람에 휘날리는 나뭇잎과 다름이 없다.

신 선생님은 수필 〈하루살이〉에서 또 다른 일생을 설명한다.

하루살이 애벌레는 2~3년간 흙모래 속에 있다가 성충이 되면 한 시간에서 며칠간 산다. 수컷들이 무리 지어 춤을 추면 암컷들이 날아와 짝을 고른다. 혼인비행 후 수컷은 탈진해 바로 죽고, 암컷은 물위나 식물 위에 알을 낳고 죽는다. 흔히 하루밖에 못 산다 하여 하루살이라고 부른다.

하루살이에 비교하면 사람은 엄청나게 오래 사는 셈이다(성충 수명의 약 3만 배). 그러나 우리는 옛날이나 지금이나 로마 황제처럼 인생이 짧다고 한탄한다. 현대의학의 발전으로 100세 수명을 기대하지만 과연 만족할까? 얼마나 삶이 길어야 충분하다고 여기며 죽음을 받아들일 수 있을까?
다시 황제의 말이다.

우리에게 공통적인 것은 오직 생명이 짧다는 것뿐이다. 그럼에도 불구하고, 너는 마치 영원한 목숨을 가진 것처럼 미워하고 또 사랑하려고 하느냐? 무한한 자연물상 가운데서 네 소유물이 얼마나 작고, 무한한 시간 가운데 네게 허용된 시간이 얼마나 짧고, 운명 앞에 네 존재가 얼마나 미소한 것인가를 생각하라. 그렇다면 이러한 것들 때문에 혹은 기뻐하고, 혹은 괴로워하는 것이 얼마나 어리석은 일이냐?

철학자 아우렐리우스는 대자연과 우주의 입장에서 보면 우리 일생이 얼마나 사소하고 부질없는지 강조한다. 한편 《함께 하는 삶》에서 하루살이는 자기 처지를 안쓰러워하는 작가에게 이렇게 답한다.

하루이지만 우리는 일생을 산 것입니다. 오늘 밝은 해가 떠오르며 우리는 날개를 폈지요. 파란 하늘에 하얀 구름이 흐르고 풀과 나무들이 바람에 춤추는 것도 보았어요. 매미 노래도 듣고, 수많은 꽃향기도 맡았지요. 개구리와 잠자리 습격에 많은 동료가 잡혀 죽었어요. 그래도 난 살아났으니 복을 받았지요. 혼인비행이 끝났으니 곧 갈 겁니다. 할 일을 다한 참된 생애였습니다.

신길우 선생님은 하루살이의 말을 통해 최선의 삶에 관한 메시지를 전달한다. 하루뿐인 생애도 이렇게 알차게 보내는데 하물며 3만 배나 더 긴 인생에서 얼마나 많은 것을 할 수 있으랴? 그러나 어차피 유한한 생명이라면, 일생의 길고 짧음과 충실도는 극히 주관적인 판단이리라.

아우렐리우스는 스토아파 철학자이자 로마의 황제였다. 경제적, 군사적으로 어려운 시기에 황제가 되어 페스트의 피해를 극복하고 제국을 지켜내 로마 5현제玄帝로 추앙받는다. 객관적으로 누구보다도 가치있는 일생을 보낸 것이다. 그는 전쟁터에서 밤마다 《명상록》을 저술하며 현실 생활의 갈등과 괴로움에서 벗어나 마음의 평정을 얻고 새로운 마음가짐을 다졌다고 한다. 대자연의 운명에 비교하면 우리 일생은 너무나 미미하다는 겸허한 인식이 거꾸로 진솔한 삶과 강력한 리더십의 바탕이 되었으리라 생각한다.

이렇게 보니 결국 이 두 권의 책은 우리 삶을 성찰한, 서로 다른 듯 같은 내용이었다. 책을 읽으며 글을 적다 보니 어느새 새벽녘이다. 한여름 밤 무더위처럼 물러가지 않던 시간이 시원한 물처럼 빠르게 흘러간 것이다.

아름답고 우아한 여인

평생 기억에 남은 그림이 한 점 있다. 고등학교 1학년 때 일이다. 아버지가 클래식 음악을 좋아하는 누나의 대학 입학선물로 〈세계고전음악시리즈〉 음반을 사오셨다. 표지에 실린 아름답고 우아한 여성의 인물화가 한창 사춘기인 내 시선을 끌었다. 오드리 헵번이 약간 살찐 모습? 아니, 잉그리드 버그만의 고상한 얼굴에 그레이스 켈리의 시원스러운 용모가 겹친 듯한 여인? 누가 그렸는지 궁금했으나 지금처럼 컴퓨터나 스마트폰으로 검색할 수 없던 시절이었다.

나중에 인상파 화가인 피에르 오귀스트 르누아르Pierre-Auguste Renoir의 그림이란 것을 알게 되었다. 그는 '미술의 요체는 아름다움'이고, '가장 아름다운 존재는 여성'이라는 고전적 예술관에 충실했던 작가로 비슷한 화풍의 인물화를 많이 그렸다. 그 후 작품을 일부러 찾아보았고 나름대로 지견을 갖게 되었다. 르누아르의 그림은 인상파 중 가장 폭넓은 사랑을 받지만, 화가 자신은 가장 덜 알려져 있다. 그의 일생을 위키피디아를 중심으로 요약해보자.

오귀스트 르누아르는 1841년 2월 25일 프랑스 리모주의 가난한 노동자 가정에서 태어나 13세부터 도자기 공방에서 그림과 조각 장식을 배우는 견습생활을 시작했다. 파리 에콜 데 보자르 입학시험에 합격하여 글레예르, 바지유, 시슬리와 함께 어울린다. 애인을 모델로 한 〈양산을 쓴 리즈(1867)〉를 기존 살롱에 출품해 찬사를 받기도 했으나 전반적으로 화단은 그의 작품에 비판적이었다. 크루아시쉬르센 섬에서 모네와 함께 야외 사생을 경험한 것은 그의 경력에 결정적으로 작용했다. 터치를 세분화해 빛의 효과를 표현하면서 '르누아르의 인상주의' 시기가 시작된다. 모네와 세잔은 풍경화를 주로 그렸지만 르누아르는 인물화를 선호했다.

1874년 첫 인상파 전시회에 회화를 출품하고 1877년 몽마르트에서 〈물랭 드 라 갈레트의 무도회〉라는 걸작을 완성한다. 1881년에는 미국과 이탈리아를 여행하며 라파엘에 경탄하고, 폼페이의 벽화에 감명을 받았다. 그는 사람의 윤곽과 형상을 반사와 산란 같은 세심한 빛의 변화로 알 수 있게 표현했다. 대부분 어린이나 젊고 아름다운 여성을 모델로 한 인물화를 밝고 부드러우며 때로는 다양하고 풍부한 색채로 그려 관람자는 안락한 행복감을 느끼게 된다.

후기에는 누드화에 몰두해 육체의 아름다움을 얇은 색채로 떠올리며 미묘한 뉘앙스를 표현한 작품을 남겼다. 르누아르의 생애는 평온했으나 말년에 심한 관절염으로 고생하고, 1899년부터는 남프랑스 해안으로 옮겨가 살았다. 아픈 몸으로도 쉬지 않고 창작했고 미술가의 영광을 누리며 1919년 작고했다. 프랑스 미술의 우아한 전통을 근대에 계승한 뛰어난 색채가로 인정받는다.

르누아르는 십대 초반의 어린 나이에 생계를 위해 공방에서 일했던 힘든 경험으로 항상 대중의 요구를 민감하게 파악할 수 있었다. "르누아르는 인상파 중에서 18세기 고전회화에 가장 가까이 있는 미술가다." 예술 평론가 제닝스의 지적이다. 현실을 정확히 판단한 덕분에 2천여 점의 인물화를 비롯한 수천 점의 그림이 생전에 이미 유럽과 미국시장에서 인기리에 거래되었다. 대표작인 〈물랭 드 라 갈레트의 무도회〉가 1990년 경매에서 7,800만 달러(약 900억원)에 거래된 것을 생각하면 그림으로 엄청난 부富를 생산한 것이다.

인상파 화풍은 여성의 미美를 효과적으로 표현할 목적으로 시도한 방법 중 하나였다. 실제 여덟 번의 인상파 전시회 중 그는 처음 세 번만 동참했다. 빛에 따라 변하는 색채의 순간적 느낌,

담백한 색조와 탁월한 화면구성, 풍부한 색채와 원색의 대비, 엷은 색채의 부드러운 뉘앙스 표현 등 그는 다양한 시도로 인상파를 넘어 독자적이고 원숙한 작품을 확립했다.

르누아르는 외적인 용모만 아니라 감성적, 정신적 아름다움도 화폭에 담으려 노력했다. 그는 주로 모델이 행복하고 활기찬 순간을 그렸다. 그림 속 주인공들이 춤을 추고, 음악회를 관람하고, 책을 읽고, 피아노를 연주하고, 바느질을 하고, 목욕을 하면서 느끼는 행복을 생동감있게 표현했다.

노후에는 류마티스 관절염으로 고생했다. 뒤틀어진 손가락에 붓을 붕대로 감아 고정해 그림을 그렸다. 여전히 여성과 누드화였다. "왜 평생 아름다운 여성만 그리는가?"라는 기자의 질문에, "아름다운 것만 그리기에도 인생이 짧은데, 추한 것까지 그려야 하는가?"라고 반문했다고 전해진다. 사실은 아름다움을 충실하고 효과적으로 표현하기 위해 평생 다양한 시도를 한 것이었다. 〈물랭 드 라 갈레트의 무도회〉를 그릴 때는 현실감과 생동감을 살리기 위해 근처에 아틀리에를 얻어 1년 반 가까이 매일 수많은 스케치와 습작을 했다. "세상 무엇보다 작품활동이 즐겁다."고 입버릇처럼 말했고, 말년에 거동이 어려워 집안에서 그림만 그리면서도 항상 행복해했다.

죽기 세 시간 전까지 붓을 놓지 않았던 르누아르는 "이제야 그림이란 것을 이해하기 시작했어."라며 1919년 78세의 생애를 마감했다. 이러한 집념과 헌신이 사후 100년이 지난 지금도 여전히 그의 작품이 민중의 사랑을 받는 이유일 게다. 그는 누구보다도 아름다움을 표현하는 것 자체를 사랑한 천생의 미술가였다.

▌ 그림 1. 물랭 드 라 갈레트의 무도회(르누아르, 1877)
　출처 http://bitly.kr/nH4xPp0OrL

그림 1. 설명　파리 몽마르트 언덕에 있는 '물랭(풍차) 드 라 갈레트'는 풍차를 개조하여 갈레트 빵과 디저트를 파는 식당이었다. 젊은이들이 많이 모여 들어 작은 언덕이 공공 무도회장으로 변했다. 이 대형 그림(1.30m×1.70m)은 1870년대 르누아르가 추구한 양식의 특징을 그대로 보여준다. 부드럽고 화사한 터치로 질감효과를 살리면서 자연

스럽게 군중의 윤곽을 처리하고, 잎새 사이로 스며드는 빛과 그림자의 경쾌한 어울림으로 인물의 표정을 생생하게 전달한다. 앞에 친구와 가까운 모델들을 그려 넣어 함께 만끽하는 파리 생활의 즐거운 풍취를 담았다.

그림 2. 산책, 양산을 든 여인(모네, 1875), 부인 카미유와 아들 장을 모델로 한 그림.
출처 http://bitly.kr/8ZJ59TLt3D

| 그림 3. 모네 부인과 아들(르누아르, 1874)
출처 http://bitly.kr/EvDUufvOKv

그림 2, 3. 설명 똑같은 옷을 입고 모자를 쓴 두 사람을 그렸으나 두 화가의 표현과 느낌은 사뭇 다르다. 모네는 가족들의 표정을 희미하게 처리하고 부인의 옷 모양과 주변 풍경을 생생하게 표현했다. 반면에 르누아르는 옷과 주위 배경은 단순하게 처리하고 두 주인공의 얼굴 표정을 강조했다.

《데미안》과 줄탁동기

내가 대학교 신입생이던 1970년대 초반에는 대학에 들어가서야 본격적인 남녀교제가 시작되었다. 보통 남녀가 단체로 짝을 맞추어 다방에서 만났다. 탐색전에서 화제로 삼기에는 예술, 특히 문학이 가장 무난했다. 당시에는 독일 작가 헤르만 헤세의 《데미안-에밀 싱클레어의 젊은 시절 이야기》가 인기였다. 주인공이 참다운 인간으로 자라는 과정을 적은 성장소설로 1919년에 출간된 이 책은 한 세기가 지난 지금도 청소년들이 즐겨 읽는 스테디셀러이다.

미팅에 나가면 으레《데미안》이야기가 나오고, 소설 속 구절도 자주 인용되었다. "모든 인간의 생활은 자기 내면으로 향하는 하나의 길이고, 그 길을 가려는 시도이며 암시이다." 같은 문장을 아직도 기억한다. 또 유명한 문장이 있다. 사춘기의 성장통을 새가 알을 깨고 나올 때의 충격과 아픔으로 표현한 명문이다. "새는 알에서 나오려고 힘겹게 애쓴다. 알은 세계다. 태어나려고 하는 자는 그 세계를 깨뜨려야 한다."

재미있게도 한자로도 비슷한 말이 있다. '줄탁동기啐啄同機' 또는 '줄탁동시啐啄同時'라고 한다. 병아리가 알에서 나올 때 새끼와 어미닭이 안팎에서 함께 껍질을 쪼아 깬다는 뜻이다. '줄'은 병아리가 알 속에서 껍질을 깨기 위하여 쪼는 것이고, '탁'은 어미 닭이 알을 품고 있다가 그 소리를 듣고 밖에서 알껍질을 쪼는 것을 가리킨다.

원래 '줄탁동기'는 불교의 깨우침과 관련된 말로, 중국 선종禪宗의 대표적인 화두話頭를 모은 《벽암록碧巖錄》에 수록되어 있다. 화두란 수도승의 깨우침을 유도하기 위한 물음의 요체이다. 어떻게 보면 병아리는 깨달음을 향해 나아가는 수행자, 어미닭은 깨우침의 방법을 알려주는 스승이라고 할 수 있다. 병아리와 어미닭이 동시에 알을 쪼더라도 어미는 처음에 작은 도움만 줄 뿐, 결국 알을 깨고 나오는 것은 병아리 자신이다. 스승은 깨우침의 계기만 제시할 뿐, 제자 스스로 노력하여 깨달음에 이르러야 한다는 뜻이다.

"새는 알을 깨고 나온다."는 말도 마찬가지다. 새로운 시작에는 고통이 따르게 마련이다. 어미닭처럼 데미안은 싱클레어가 곤경에 빠져 꼭 도와주어야 할 때만 나타난다. 싱클레어는 자신의 힘으로 내면과 마주한다. 그는 십대 초에 가족이 사는 '선善의 세계'와는 다른 세계에 대한 호기심으로 악을 경험한다. 어두운 '악惡의 세계'에서 고통을 당하던 그는 데미안을 통해 갈등의 해결점을 찾아간다. 마침내 자신의 내면을 성찰하여 선과 악이 통합된 그만의 새로운 길을 걷는다.

진솔한 생명의 탄생에는 사랑과 끈기로 지도해주는 존재가 필요하다. 어미닭은 한 번에 15개 정도의 알을 품고 21일간 꼼짝 않고 견디어 부화시킨다. 모든 알에 골고루 열이 전해지도록 쉴 새 없이 다리로 굴려 위치를 바꾸고전란(轉卵), 달걀을 살펴 껍질을 쪼아준다. 건강한 새끼를 얻기 위해 전력을 다하는 것이다.

의학교육도 마찬가지다. 의학은 어느 분야보다 개별적인 지식전달과 실기습득이 중요하다. 의술은 아직도 불명확한 부분이 적지 않아 과학과 다소 다른 기술art이라고 한다. 의학은 자연과학뿐 아니라 인문과학, 예술 등을 포함한 전인학문이다. 이런 도제과정에서 데미안, 어미닭, 큰스님 같은 지도자는 자연스럽게 정신적 태도까지 가르치게 된다.

병아리 생육과정은 대량화, 기계화, 산업화되었다. 어미닭의 따뜻한 털 속이 아니라 온도와 습도가 자동조절되는 거대한 부화기에 유정란을 수백 개씩 넣고 21일간 배양하면 병아리가 태어난다. 열기를 고르게 전달하기 위해 자동으로 알을 돌리는 전란기까지 갖추고 있고, 물론 병아리에 맞추어 껍질을 쪼아주는 어미닭은 없다.

　지금 수련을 받는 젊은 의사들을 생각해본다. 환자진료에 의한 현장교육이 강의실 교육보다 훨씬 효과적이고 정신적인 교육도 가능하다. 문제는 교수나 선배의사들이 너무 바쁘다는 것이다. 병원에서는 진료시간을 연장하고, 대학에서는 연구를 강조하니 교육에는 점차 신경을 못 쓴다. 최근에는 수련의도 법정 시간만 근무하니 종래 일과 후에 진행되던 교수와 선배들의 피드백과 가르침을 받기가 쉽지 않다. 의사의 배움을 다른 직종과 동일시한 어처구니없는 일이다. 인술을 배우지 못하면 부화기에서 양육된 병아리처럼 건실한 의사가 되기 어렵다.

　'알을 깨고 나오는 것'은 새로운 세계로의 탄생을 의미한다. 《데미안》에서 헤세는 피상적인 삶을 자기성찰로 깨부수고 진정한 내면의 길을 찾아 걸어가라고 한다. '줄탁동기'가 부화의 묘사에 그치지 않고 선불교의 중요한 화두인 것도 같은 이치다. 《데미안》이 100년에 걸쳐 널리 읽히듯 이것은 우리 모두 공감하는 변치 않는 진리이다.

　옛사람들은 병아리가 알에서 태어나는 과정과 어미닭의 노고에서도 교훈을 얻어 마음을 가다듬었다. 하물며 고귀한 생명을 다루는 의료인의 탄생을 위해서라면 더욱 스승과 제자가 사랑과 끈기로 노력하고 '줄탁동기'하며 가르치고 배워야 하지 않겠는가?

무라카미 하루키와 책벌레

오랜만에 동네 시립도서관에 갔다. 이 책 저 책 뒤지다 일본의 유명작가 무라카미 하루키의 소설이 눈에 띄어 몇 권 대출했다. 그간 명성은 들었지만 일본 작가에 대한 선입관 때문인지 아직 읽어보지 않았다. 베스트셀러답게 손을 많이 탔던 모양이다. 종이는 낡고 표지는 손상되어 투명 테이프로 여러 번 다시 붙인 흔적이 있었다. 아내는 헌 책을 빌려왔다고 핀잔을 주었다.

며칠 전 한밤중에 잠에서 깨어 뒤척이다가 그의 단편소설 한 편을 읽었다. 〈뉴욕 탄광의 비극〉이라는 제목이었다. "대도시 뉴욕에 무슨 탄광이야?"하고 의아해하다가 글을 다 읽고서야 의도를 알았다. 대도시 일상에서 생기는 예기치 못한 사고를 의미하는 것이리라. 간결한 글솜씨가 돋보이지만 암시적인 내용으로 이해하기 힘들었다. 소설 첫머리에 같은 제목인 비지스의 〈뉴욕 탄광의 비극〉 가사가 있고, 이어 줄거리가 나온다.

20대 후반의 남자 주인공인 "나"에게는 별난 친구가 하나 있다. 친구는 비 오는 날이면 동물원에 가서 평소에 못 보던 동물의 모습을 즐긴다. 주인공은 장례식에 갈 때마다 친구에게 검은 양복, 넥타이와 구두를 빌린다. 하지만 죽음을 자기 일로는 의식하지 못한다. 28세 되던 해, 가까운 친구 다섯 명이 연달아 사망한다. 믿기지 않는 상황에서 그는 자신의 죽음까지 떠올린다. 그해 마지막 날 파티에서 한 여인을 만난다. 그녀는 주인공을 꼭 닮은 사람을 자기가 살해했기에 당신은 오래 살 것이라고 한다. 소설의 마지막은 내가 무너진 탄광 속에 갇혀 있는 장면이다. 산소가 소진될까 봐 모두 얕은 호흡을 하며 구조의 손길이 다가오는 소리에 귀기울인다.

앞부분과 뒷부분에서 주인공의 상황이 완전히 달라 난해하다. 어느 쪽이 현실일까? 전반부는 현실일 가능성이 높다. 주인공은 흔히 젊은이들이 그렇듯 죽음을 의식하지 않고 산다. "이십 대의 요절은 전설 속의 시인이나 혁명가, 로큰롤 가수에서나 생기지 보통 사람에게는 부적합한 나이이다." 그러나 죽음은 어느새 다가와 일상에서 함께 지내던 친구들을 기습한다. 그 황당함은 뉴욕 같은 대도시 땅밑에 어느 누구도 예상하지 못했던 탄광이 있어 어느 날 갑자기 붕괴하는 사건과 같다. 어쩌면 무너진 탄광이 현실이고 앞쪽은 주인공의 꿈이나 상상일 수도 있다. 생명이 경각에 달린 무너진 탄광에서 그는 여자의 마지막 말을 희망 삼아 생환을 꿈꾼다.

책에 빠져 이런 생각을 하는데 방바닥에 하얀 물체가 움직인다. 1센티미터나 될까? 길쭉한 몸체에 열 쌍이 넘는 양다리가 가지런하다. 처음 보았지만 한눈에 책벌레의 유충임을 알아챘다. 필사적으로 기어오다가도 후하고 숨을 불면 죽은 척하고 꿈쩍도 않는다. '아하, 책으로 돌아가려는구나!' 책을 가까이하고 펼치자 강아지가 뛰어오르듯 벌레가 들어왔다. 서가의 헌책 더미 위에 책을 얹어두고 다시 잠자리에 들었다.

부처님은 세상사를 연기론緣起論으로 설명하셨다. 그런 관점에서 보면 복잡하다. 죽음을 주제로 한 이 단편은 작가의 다양하고 특별한 경험에서 나왔을 것이다. 소설 속 남녀의 실제 모델, 탄광 붕괴와 죽음, 같은 제목의 비지스 노래는 현실 속에 존재한다. 현실과 작품은 인연의 끈으로 묶여 있다. 내가 그의 책을 읽게 된 데도 일본작가에 대한 편견, 하루키와 나, 도서관에 간 이유와 시점 등 많은 인연이 끼어든다. 책벌레까지 등장한다. 이 사건은 수많은 미래의 결과와 또 다른 인연으로 이어질 것이다. 지금 쓰는 이 글도 얽히고설킨 연기의 한 끈이 될 테지.

문득 책벌레 입장에서 생각해본다. 한창때의 유충인 그는 섬유질 먹이가 넘치는 도서관의 고서들 사이에서 안락한 청춘을 보내고 있었다. 하루키 소설책의 종이맛을 즐기는데 난데없이 누군가 그 책을 대출하는 바람에 외딴곳에서 죽음 바로 앞까지 갔다가 천우신조로 살아남았다. 사람으로 말하면 대도시 땅밑 붕괴된 탄광에 떨어진 것처럼 황당한 일이다. 애벌레가 살아 돌아온 사건은 장차 그쪽 사회(?)에 적잖은 영향을 미칠 것이다. 우주 전체의 관점에서 인간은 책벌레와 별로 다르지 않다.

요즘 각광받는 다중우주론多重宇宙論에 의하면 우주는 상상 못할 정도로 영원하고 광대하며 11차원으로 작동해 여러 우주에서 서로 다른 일이 동시에 생긴다고 한다. 하루키가 다중우주론을 알았는지, 단지 그의 직관인지 모르지만 실제로 여러 가지 일이 같이 진행되는 것이다. 소설 속 주인공은 도시에서 살면서, 동시에 탄광에서 매몰 사고를 당한다. 두 사건 모두 죽음을 다루고 주인공은 살아남기를 간절히 바란다. 인간사회와 벌레사회의 상호연관을 이런 식으로 해석할 수는 없을까? 어쩌면 죽음이란 지금 현실에서 다른 우주로 갈아타는 과정일지 모른다.

우주에는 어떤 일도 생길 수 있고, 실제로 생긴다. 하루키는 그 모호함을 깔끔한 문장으로 요약하며 이야기를 마친다. "모든 것이 한참 옛날, 어딘가 머나먼 세계에서 일어났던 일 같았다. 혹은 모든 것이 한참 나중에, 어딘가 머나먼 세계에서 일어날 일일 것도 같았다." 언제 어느 세계에서나 연기의 법칙은 작용할 것이다. 우주와 조물주의 원리나 뜻은 알 수 없으나 내게 온 인연을 좀더 좋은 쪽으로 바꾸는 것이야 말로 우리가 할 수 있고 남길 수 있는 최선일 것이다.

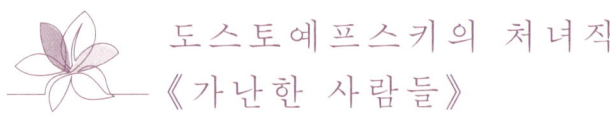

도스토예프스키의 처녀작
《가난한 사람들》

　내가 대학생활을 하던 1970년대까지도 우리나라는 후진국이었다. 대학생이면 어엿한 사회 지도층 대접을 받았다. 이에 걸맞게 서양 고전문학에도 어느 정도 조예가 있어야 했다. 헤밍웨이, 서머싯 몸 등 주로 영미권 작가의 작품이 애독되었지만, 독일작가 헤르만 헤세의 자서전적 소설도 화제의 중심이었다. 하지만 도스토예프스키와 톨스토이로 대변되는 러시아 문학은 오르기 어려운 거대하고 험준한 산맥 같았다. 두 사람의 소설은 규모나 깊이가 남다르고, 특히 도스토예프스키의 소설은 인간내면의 비극과 고통이 주제이어서 난해하기도 했다.

　《가난한 사람들》은 1846년에 발표한 처녀작으로, 24세의 무명작가 도스토예프스키를 일약 문단의 총아로 만들었다. 페테르부르크의 초라한 뒷골목에 사는 50세 가까운 하급관리 제브시킨은 불행한 소녀 발바라와 편지를 주고받으며 사랑을 나눈다. 우연히 만난 두 사람은 제브시킨이 발바라를 경제적으로 도우면서 관계가 진전된다. 사실 제브시킨은 자기 재물을 처분한 돈으로 발바라가 필요한 것을 선물하는 상황이었다. 가난 속의 사랑이지만 두 사람은 인간으로서 문화적인 자질을 키우려는 노력도 기울인다. 그러나 경제적 파탄은 피할 수 없어 결국 발바라는 돈 많은 상인 영감에게 시집을 가면서 제브시킨을 버리고 빈민가를 떠난다.

작품은 두 선량한 영혼 사이에 싹튼 사랑의 시작과 전개, 그리고 결말을 단순하고 일관되게 이야기한다. 그 속에서 자연스럽게 작가의 두 가지 의도가 더 드러난다. 우선 가난하고 무력한 사람들의 고독과 굴욕을 묘사하고 그들을 둘러싼 사회상을 고발하는 것이다. 또 하나는 문학에 대한 작가의 시각이다. 문학은 우리가 동물이 아닌 인간이라는 자부심의 표현이라는 것이다. 비록 빈궁하지만 두 사람은 문학에 대한 애정을 서로 북돋우며 발전시킨다. 출판 당시 유명한 평론가인 벨린스키가 "사실주의 휴머니즘의 걸작"이라고 격찬한 이유다.

이 책의 주제와 구도를 생각할 때 당시 작가의 나이가 20대 초반이었다는 사실은 놀랍다. 지금 같으면 청소년을 막 지난 시기에 인간의 삶과 사랑의 심연을 파헤치는 소설을 쓴 것이다. 대개 첫 작품은 자기가 직접 경험한 일을 쓰는 수가 많다. 도스토예프스키는 어려서 어머니를 잃고, 18세 때 아버지가 자신의 소작인(농노)들에게 살해당하는 비극을 겪었으나, 이 작품을 구상할 때는 아직 가난을 실감하지 않은 상태였다. 자전적 경험이 아니면서도 이만한 작품을 썼다는 것은 문학적 천재성을 나타내는 증거라 할 수 있다.

도스토예프스키의 천재성을 보여주는 또 다른 증거는 문장력이다. 두 사람의 편지로만 구성된 제한된 형식으로 각자 마음의 변화과정을 치밀하게 묘사한다. 아니, 어쩌면 심리상태와 변화를 예리하게 표현하기에는 오히려 서간체가 더 좋을지도 모른다. 어리고 여린 여성을 만나 사랑을 느끼는 중년 남자의 심경 변화도 그렇지만, 순진하면서도 결과적으로 제브시킨의 희생으로 자신의 길을 찾는 발바라의 마음속 행로가 더욱 흥미로웠다.

발바라의 선택은 가장 현명하고 유일한 탈출구였을 것이다. 그녀의 세상은 각박하고 나날이 더 궁핍해져 앞날은 어두운 빈민굴이다. 생존조차 장담하기 어려운 형편이다. 경제적 활동과 능력을 갖추지 못한 어린 여성이라 오히려 남성을 의식적, 무의식적으로 조종하는 능력이 생겼을까? 여자에게 필요한 물건에 돈을 쓰는 주인공을 겉으로는 말리지만 실제는 그렇게 유도하는 현실감, 돈 많은 영감과 결혼을 결심한 후 남자를 포기시키는 결단력, 시집갈 준비를 제브시킨에게 시키면서 잘못할까 닦달하는 뻔뻔함, 그간 받은 편지를 정리하고 떠나면서 연락을 끊는 냉정

함. 고민 끝에 이런 행동을 하면서 눈물과 자책으로 괴로워하는 안타까운 심정! 감탄에 감탄을 거듭한 대목들이다.

작가가 된 후 도스토예프스키는 더 심한 삶의 굴곡을 겪는다. 정치범으로 사형집행 직전의 특사, 시베리아 유형, 불안한 결혼생활, 도박중독과 낭비벽, 지병인 결핵과 간질, 총체적 가난. 그러나 이런 고통은 작가의 삶을 관통하면서 작품의 소재로 승화된다. 불우한 환경과 쓰라린 경험에서 역사적 명작들을 추출해 낸 그는 진정한 천재였다. 마침내 59세에 필생의 걸작인 《카라마조프가의 형제들》을 완성하고 이듬해 세상을 떠난다.

대학시절 내 목표는 《카라마조프가의 형제들》을 제대로 읽는 것이었다. 의대생 시절 유신반대 사태로 휴교하는 동안 드디어 이 책을 손에 잡았다. 완독이 쉽지는 않았지만 인간 속에 있는 악령과 천사의 소리를 함께 듣는 새로운 경험으로 마음이 뿌듯했던 기억이 남아 있다. 이런 작품을 읽으면 우리 마음 속에서는 무슨 일이 생길까? 정신과에 '병식insight'이라는 용어가 있다. 정신질환 환자가 자기 문제를 이해하고 인정하는 것으로 정신분석 치료의 필수과정이다. 도스토예프스키는 인간내면의 밑바닥까지 내려가 자신이 경험한 고통을 적나라하게 드러내 독자가 문제의 본질과 역동적 요소를 통찰할 기회를 준다. 소설에서 얻은 일종의 '병식', 즉 '성찰'을 통해 내면의 근본적인 변화를 유도하는 그는 천재 소설가를 넘어선 위대한 사상가였다. 그것은 《가난한 사람들》에서 《카라마조프가의 형제들》에 이르기까지 전 생애를 통해 추구했던 문학관이기도 하다. 그에 대한 가장 명쾌하고 값진 찬사를 인터넷에서 찾아냈다.

"모든 이에게 모든 것이 되어 준 작가, 도스토예프스키!"

이루면 물러나는 법

2018년 8월 말에 서울대학교에서 정년퇴임을 했다. 서울대학교 의예과에 입학한 것이 1971년이니 벌써 연건동에서 47년을 지냈고, 핵의학을 시작한 것이 1978년이니 40년이 지났고, 교수가 되어서는 33년이 지났다. 이렇게 숫자를 세어보니 너무 오래 있었다. 당연히 떠날 때다.

떠나기 전 학생시절 지도교수님이셨던 생리학교실의 김기환 교수님께 식사를 대접하고 싶었다. 집안에 의료인이 전혀 없었기에 의대생활과 졸업 후 진로 결정에 선생님의 도움을 많이 받았다. 선생님은 기초의학자로서의 삶을 성실하게 걸어 후학의 모범이 되신 분이기도 하다. 몇 차례나 전화로 독촉을 하여 어려운 발걸음을 하신 선생님은 정년 선물로 커다란 손부채에 '공수신퇴功遂身退'라는 사자성어를 손수 붓글씨로 써주셨다. 본래의 글귀는 노자《도덕경》9장에 있는 "功遂身退 天之道(공수신퇴 천지도)"로 "공을 이루면 몸이 물러나는 것이 하늘의 도리"라는 뜻이다.

친절하게도 선생님은 《도덕경》9장 전문을 적은 편지도 함께 주셨다.

持而盈之 不如其已 (지이영지 불여기이)

揣而銳之 不可長保 (췌이예지 불가장보)

金玉滿堂 莫之能守 (금옥만당 막지능수)

富貴而驕 自遺其咎 (부귀이교 자유기구)

功遂身退 天之道 (공수신퇴 천지도)

가지고 있으면서도 가득 채우려 하면, 그만두는 것만 못하다.

갈았는데도 더욱 날카롭게 하면, 오래 보관할 수 없다.

금과 옥이 집안에 가득 차면, 그것을 지킬 수가 없다.

재물이 많고 지위가 높으면서 교만하면, 스스로 허물을 남기게 된다.

공을 이루면 몸이 물러나는 것이 하늘의 도리다.

노자의 《도덕경》은 현재 표준인 왕필본 외에도 시기적으로 앞선 판본인 백서본과 곽점본이 있으며, 뜻이 애매하고 포괄적인 부분도 많다. 9장도 마찬가지로 각 판본마다 원문이 조금씩 다르고 해석도 다양하다. 보통 위처럼 병렬적으로 해설하나, 마지막 글인 "공수신퇴 천지도"를 결론으로 해석하기도 한다.

　나는 9장 전문을 나름대로 전형적인 기승전결起承轉結로 해석한다. 첫줄은 서론이자 결론이다. 사람은 모든 일에 자족하여 멈출 줄 아는 것이 바른길이라는 의미다. 우리는 명예와 재물을 바란다. 두 번째와 세 번째 줄은 '기승전결의 승承'으로 이런 욕망을 구체적으로 설명한다. "뾰족한 것을 갈아서 더욱 날카롭게 한다"는 매우 상징적인 표현이다. 사람의 능력, 지위로 바꿔 생각할 수도 있다. 즉, 어떤 능력이 한 방향으로만 지나치게 발달하거나 이에 따르는 명예나 지위가 터무니없이 높아지면 오래 유지할 수 없다. 그 다음은 아주 직설적이다. 집안에 재물이 너무 많으면 지킬 수 없다. 네 번째 줄은 '기승전결의 전轉'으로 권고를 따르지 않았을 때 생기는 비극이다. 분수에 넘는 지위와 재물은 사람을 교만하게 만들어 스스로 허물을 짓고 화를 자초한다. 마지막 줄은 결론이다. 따라서 공을 이루면 명예나 지위나 재물을 버리고 물러나는 것이 세상의 이치이자 하늘의 도리다. 이렇게 해석하고 보니 선생님은 정년을 맞은 제자에게 더없이 훌륭한 교훈을 주신 셈이다.

　선생님의 편지는 축원으로 끝맺고 있었다. "많은 업적을 남기고 정년퇴임하는 정 선생을 진심으로 축하합니다. 앞으로 노자가 말한 것처럼 '공수신퇴'하여 존경받는 선배가 되기를 바랍니다."

김기환 선생님은 졸저《소소한 일상 속 한 줄기 위안》에 썼듯이 기초의학자 그 자체였다. 평생 평활근의 수축조절 기전을 꾸준히 연구하셨다. 분자생물학이 첨단기법으로 각광을 받는 시기에 다소 지루한 전기생리학 연구를 계속하기에는 남다른 소신이 필요했다. 아마 화려함이 아닌 평범함에서 생명의 진리를 찾으려고 노력하며 청빈한 기초의학 교수의 삶에 만족하셨으리라. 부와 명예는 자신의 것이 아니라 여기며 연구의 결실을 이루었고 정년에 물러나셨다. 내게 권한 '공수신퇴'의 진리를 몸소 실천하며 사신 선생님은 나의 영원한 지도교수님이다.

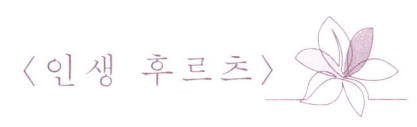

〈인생 후르츠〉

도서관 문화센터에서 일본어 공부를 하는 아내의 권고로 후시하라 켄시 감독의 2016년작 〈인생 후르츠〉를 보았다. 노 건축가 부부의 삶을 그린 이 다큐멘터리 영화는 2018년 서울 국제음식영화제에 출품된 후 12월 초 우리나라에서도 개봉되었다. 잔잔한 감동을 주는 내용으로 다양성 영화 부문 1위에 오르는 인기를 얻었다.

첫 장면은 90세의 건축가 츠바타 슈이치와 87세인 아내 히데코의 전원생활이다. 천장이 높은 15평 단층집을 둘러싼 숲과 텃밭에서 50종의 과일과 70가지의 채소를 수확해 맛있는 자연식을 만들고, 이웃 친지들과 나누며 즐긴다. 자연과 더불어 성숙하고 늙어가는 이상적 삶이다. 놀랍게도 그들의 집은 아이치현縣 가츠가이 시市 근교 아파트 뉴타운 한복판에 있다. 1960년대 개발 당시 일본주택공사의 중견 설계사였던 슈이치는 자연을 아우르는 이상적인 신도시를 제안했지만 받아들여지지 않았다. 그러자 직접 꿈을 이루기 위해 회사를 사직하고 땅 300평을 구입해 도심에 나무, 과일, 꽃, 채소를 심고 지난 50년간 가꾸어왔다.

건물은 자연의 일부가 되어야 한다고 믿는 도쿄대학 출신 건축가 슈이치는 일생을 이런 신념으로 일관했다. '자연에서 삶의 해답'을 배우는 태도와 '느린 삶'에 대한 호감 때문이었다. 사실 슈이치가 이렇게 살 수 있었던 것은 아내 히데코의 전폭적인 지원 때문이었다. 양조장 집 외동딸로 태어나 얌전하고 차분한 그녀는 평생 그의 동지로 힘이 되어 주었다.

촬영 중 안타깝게 남편 슈이치가 갑자기 세상을 떠난다. 그 뒤에 일어난 일이 더 큰 감동을 준다. 남편이 없어도 꿋꿋이 숲을 지키는 여일如一한 삶. 할머니는 남편이 평소 좋아하던 음식을 매번 영정 앞에 차린다. 남자의 몫이었던 일도 이제 직접 하다. 자연은 때로 냉혹하다. 태풍은 가차없이 숲과 나무집을 뒤흔든다. 혼자인 히데코가 감당하기에 너무 버겁다. 태풍과 장마가 지나간 숲에는 쓰러진 나무들과 '작은 새들의 옹달샘'인 수반이 깨진 채 뒹군다.

인간은 동물보다 신에 가까운 생명체다. 이상을 추구하고 성취되면 만족을 느낀다. 켄시 감독은 영화의 마지막에서 꺾이지 않는 노부부의 꿈과 열정을 다루었다. 슈이치의 철학이 담긴 설계로 이마리 정신과 입원병동이 세워지고, 할머니는 남편의 영정을 들고 그곳을 찾는다. 태풍으로 부서진 수반 조각을 두 딸이 모아 붙여 다시 온전하게 만들었다. 그릇 가득 물이 담기고, 그 앞에 할아버지가 쓴 나무 팻말이 놓인다. "작은 새들의 옹달샘, 와서 마셔요!"

전형적인 일본영화다. 픽션에서도 보통 사람의 이야기, 클라이맥스가 따로 없는 잔잔한 전개, 화려하지 않고 일상과 비슷한 배경, 주연배우의 평범한 용모 등 영화문법이 우리와 사뭇 다르다. 때로는 이해하기 힘든 철학적 내용을 담기도 하지만 이 영화의 메시지는 명쾌하다. 더없이 적절한 영어제목처럼 "Life is fruity", 즉 "오래 익을수록 인생은 맛있다!"

이 영화에는 구조적인 아름다움이 있다. 전개가 고전음악의 소나타 형식과 비슷하다. 인간이 자연과 어울려 사는 건축철학이 제1주제라면, 지아비의 뜻을 존중하고 서로 돕는 부부의 사랑은 제2주제다. 과거와 현재의 이야기로 두 주제 선율이 반복되며 조화를 이루며 피날레를 향해 나아간다. 제2주제의 정점은 남편의 사망이다. 그러나 감독은 아내가 억지 웃음으로 남편과 헤어지는 커트로 이 순간을 짧게 표현하고, 그가 없는 상황에서 고군분투하는 아내의 생활에 초점을 맞추어 더욱 깊은 인상을 준다.

슈이치의 건축이념은 "모든 답은 위대한 자연 속에 있다."는 안토니오 가우디의 명언과 같다. 세월이 지나면서 점차 시대를 앞선 건축가로 인정받고, 타이완의 해안가 뉴타운 건설에도 자문을 제공한다. 드디어 이마리 정신병원의 설계를 의뢰받아 '자연과 공존하는 건축'이라는 뜻을 실현한다. 훌륭한 인물은 배우고 깨달은 이념과 사상을 실천으로 옮긴다. 소크라테스는 "악법도 법"이라며 목숨을 바쳤고, 마하트마 간디는 삶을 진리를 행하는 실험장으로 삼았다. 자연건축이라는 이념을 평생을 통해 구현한 슈이치는 진정한 의미의 철학적 건축가였다.

영화에는 슈이치의 일생과 노부부의 사랑을 표현하는 귀중한 잠언이 여러 번 나온다. 그러나 생전에 그가 읊조리던 말로 90분 상영의 처음과 끝을 장식하여 미적 구조미와 함께 일관된 메시지를 전한다.

바람이 불면 낙엽이 떨어진다.
비가 오면 낙엽이 떨어진다.
낙엽이 떨어지면 땅이 비옥해진다.
땅이 비옥해지면 열매가 여문다.

차근차근

천천히

2장.

일상에서
얻은 사색

 이 세상에 오직 하나

　과학자들에 의하면 지구에는 37억 년 전 원시생명체가 나타난 이후 점차 진화하여 현재 약 680만 종species의 동물과 40만 종의 식물이 살고 있다. 인간이 속한 척추동물은 5,500종에 불과하다. 진화의 정점에 있는 인류는 오직 '호모 사피엔스' 한 종뿐으로 80억 개체가 있는데, 이 중 똑같은 사람은 하나도 없다. 생명체가 환경에 적응하여 진화하면 융성하고, 다시 개체 간에 다양한 차이가 생겨 새로운 환경변화에 적응하는 원리다. 이 과정에 유전자가 주된 역할을 하지만 DNA 변화없이 생체가 다른 생물이나 물리적 환경과 상호작용하는 것도 중요하다. 함께 자란 일란성 쌍둥이도 사소한 주위환경의 차이만으로 크게 다른 형태와 기능을 나타내는 것은 경이롭기까지 하다. 학자들은 이런 '통일성과 다양성'이 생물의 특징이라고 강조한다.

그러면 생물종species 사이에 우열을 가릴 수 있을까? 예컨대 동물은 식물보다 우수하고, 포유류는 갑각류보다 진화된 것이라고 할 수 있을까? 물론 진화하면서 기능이 더 우수해진 면이 있지만, 진화의 방향이 서로 다르면 형태와 기능이 판이해져 쉽게 판단하기 어렵다. 여기에 우리의 가치관까지 작용한다. 가치는 평가의 기준에 따라 결정된다. 예를 들어 일본인이 최고 품질의 횟감으로 여기는 참치를 남극해에서 일하는 호주 어부들은 거의 먹지 않는다. 식용이 아닌 참치는 달리 마땅한 쓰임새가 없어 '참치 멀리 던지기 대회'를 연다고 한다.

동일한 종에 속한 개체 간의 평가도 마찬가지다. 사람의 우열을 가릴 수 있을까? 지능, 체력, 감성, 성격 등 다양한 면에서 저마다 다르니 기준에 따라 결과가 다르게 마련이다. 기준 자체도 절대적인 것이 아니라 늘 변한다. 요즘은 큰 키에 얼굴이 작고, 양쪽 턱이 가냘프고, 큰 눈과 짙은 눈썹에, 뾰족한 코가 미인의 조건이다. 그러나 조선시대 미인도에는 조그마한 몸매에, 하관이 발달해 얼굴은 보름달 같고, 실같이 가는눈에 초승달 모양의 옅은 눈썹을 그렸다. 사실 이런 기준은 대개 거주지의 기후환경에 잘 적응하는 속성이다. 우리 민족이 몽고에서 출발해 추운 시베리아와 만주를 거쳐 한반도에 이른 이동경로를 보면 이해가 된다. 그러나 지금은 날씨와 환경이 다른 서양의 기준을 따른다.

생물체는 왜 이렇게까지 서로 다를까? 환경에 더 잘 적응하기 위해 유전자 수준에서 무작위 변이를 일으키는 것이다. 또 유전자 변화없이 개체와 환경의 상호작용만으로도 달라지고 있다. 이러한 다양성은 생명체의 발전과 진화에 중요하다. 이런 관점에서 나와 너를 비롯한 모든 존재는 각자 특유의 가치를 지닌다. 다양성을 고려하면 오히려 평균에서 멀리 떨어진 희귀한 존재가 높은 평가를 받아야 한다. 평생을 자동의자 위에서 생활한 천재 물리학자 호킹 박사의 어린 손자가 자랑스럽게 말했다고 한다. "우리 할아버지는 훌륭해서 다른 사람보다 다리를 두 개나 더 가지고 있다." 가치의 기준은 변한다. 생각하기에 따라 모든 생명은 저마다의 가치가 있다고 볼 수 있다. 모두 이 세상에서 오직 하나뿐인 귀중한 존재인 것이다.

시간적 요소도 작용한다. 세월은 앞으로만 향한다. 지금과 똑같은 순간은 과거에도 없었고, 미래에도 없을 것이다. 나와 나를 둘러싼 3차원적 조합(주변 사람과 다른 생물체, 물리적 환경)이 시간의 흐름에 따라 계속 변하기 때문이다. 우리는 매순간 새로운 환경을 만나고, 그 순간은 두 번 다시 오지 않는다. 나날의 모든 순간이 새롭다! 동료, 친지, 이웃과 좋은 관계를 맺으며 현재에 충실해야 하는 이유다.

이 모든 변화를 한 단어로 아우른다면 '인연'이다. 지금 눈앞에 있는 현재는 무수한 과거의 상호작용에 의해 생겨났다. 이때 무수한 과거가 '인因'이며, 그 결과인 현재가 '연緣'이다. 현재에 반응한 지금의 생각과 행동이 다시 '인'이 되어 미래의 '연'으로 나타날 것이다. 인류 최고의 사상적 천재인 인도의 싯다르타는 2600년 전에 벌써 이런 섭리를 꿰뚫고 우주의 이치를 이해했다. 인간의 수준을 벗어나 해탈하여 열반에 도달했다.

　우리 모두는 기막힌 인연으로 '호모 사피엔스'로 태어났다. 저마다 하나뿐인 소중한 존재들이 지금 이 순간 다시 오지 않는 새로운 시간 위를 흘러간다. 당신은 무슨 생각을 갖고 어떻게 살 것인가?

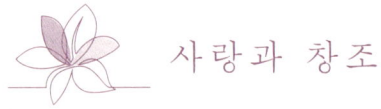# 사 랑 과 창 조

'사랑과 창조'는 우리집의 가훈이다. 내가 대학시절에 만든 인생지침이다. 흔히 젊은 청춘 남녀가 서로 매력을 느껴 좋아하는 것을 사랑이라고 하지만, 그것은 사랑이 아니다. 사랑의 시작쯤 될 것이다. 참된 사랑은 늘 '창조'와 함께 한다. 여기서 '창조'란 새로운 것을 꿈꾸고, 만들고, 이루어내는 실력과 능력을 뜻한다.

내 고향은 충청남도 예산군 삽교읍이다. 조영남이 부른 노래 〈내 고향 충청도〉의 무대인 그곳은 전형적인 논농사 지역이다. 넉넉한 내포평야를 적시며 삽교천이 흐른다. 근처에 대한민국에서 제일 큰 예당저수지도 있다. 농업용수가 풍부하고, 태풍 피해도 적어 해마다 농사가 잘 되었다. 환경이 각박하지 않아 사람들이 유순하고, 먹는 걱정이 해결되니 자연히 예절을 따지게 되어 '충청도 양반'이라는 말이 생겼단다.

우리 집안은 할아버지 대까지 삽교에서 농사를 지으며 살았다. 조선 말에 집안의 장손으로 태어나신 할아버지는 신문명에 일찍 눈을 뜨셨던 모양이다. 증조할머니에게서 할아버지가 단발斷髮한 이야기를 들었다. 유교의 상징인 긴 머리카락을 자르는 것은 시골 사람인 증조할머니에게 큰 충격이었다. 할아버지는 세상이 변한 것이지 당신이 변하는 것은 아니라고 어머니를 안심시켰다. 머리를 자른 할아버지는 농사 대신 읍내에서 미곡상(쌀장수)을 시작했다.

식민지 시절 일제는 조선반도를 운영하기 위해 국토를 가로세로로 가로질러 철도를 놓았다. 가장 중요한 화물은 조선 쌀이었다. 농가에서 추수한 쌀을 기차역까지 운반하려면 트럭이 필요했다. 총독부는 철도와 트럭회사를 각각 공기업 형태로 만들었다. 트럭 운송회사로 세워진 '조선운수'는 유수한 대기업이었다. 경성에 올라가 고학으로 공부를 마친 할아버지는 이 회사에서 일했다. 해방 후 '한국운수'로 이름이 바뀐 회사에서 할아버지는 높은 지위에 올랐고, 아들 형제(우리 아버지와 작은 아버지)도 상업학교를 졸업하고 이 회사에 취직했다.

고향에서는 서울에 터를 잡은 조부모와 부모님을 모두 부러워했다. 대기업 임원인 할아버지의 상도동 집은 정원에 아담한 분수대까지 있었고, 명절이면 직원과 친척으로 북적거렸다. 거실에 있던 이태리산 소파와 양탄자의 로코코풍 무늬가 아직도 눈에 선하다. 할아버지는 이런 영화를 누리시다 52세에 갑자기 돌아가시고, 아버지는 한국운수 영등포 지점으로 발령을 받았다.

집안의 장손으로 자란 아버지는 친척들의 우상이자 대들보였다. 충청도 양반답게 친척들을 한 가족으로 생각하며 성심으로 대했다. 고향에서 증조할머니가 골라 손주며느리를 삼은 우리 어머니는 현모양처의 표본이었다. 영등포 우리 집에는 365일 시골에서 올라온 친척이 늘 있었다. 식구끼리만 저녁식사를 해보는 것이 우리 다섯 남매의 소박한 꿈이었다. 지금 생각해보니 손님 중에는 먼 집안사람이나 고향 동네사람도 있었던 것 같다.

증조할머니는 슬하에 다섯 남매를 두시고 어른으로 집안을 거느리며 82세까지 사셨다. 친가와 외가를 합쳐 손주가 스물이 넘었다. 모두 아버지의 사촌이니 아주 가까운 가족이었다. 우리 어머니는 일곱 남매 중 둘째로 친동생이 많았다. 모두 시골에서 농사짓고 살면서 어려운 일이 있으면 서울 우리 부모님께 의지했다. 심지어 겨울 농한기에 노름으로 가산을 탕진하고 무작정 상경해 구직을 부탁하는 친척도 있었다.

제대로 된 일자리가 거의 없던 시절이었으나 마침 아버지는 도와줄 수 있었다. 한국운수 트럭으로 정거장에 가져온 쌀이나 화물을 기차에 옮길 때 일손이 필요했던 것이다. 지게나 어깨로 짐을 기차에 올리고 내리는 일이었다. 비정규직(?)이었으나 영등포역은 물량이 많아 다른 노동보다 안정된 일자리였다. 결국 많은 친척이 서울로 이사와 자리를 잡았다. 사촌, 육촌과 조카들이 서울에 올라와 고학을 할 때도 아버지와 어머니는 기꺼이 대부모 역할을 해주었다.

충청도 양반으로 착하고 순진하나 무능해 보이는 분들과 같이 지내면서, 어려서부터 능력과 실력이 사랑 못지않게 중요하다는 점을 깨달았다. 내가 창조할 능력이 있어야 남을 도울 수 있고, 참사랑을 할 수 있다고 생각했다. 실력은 사랑의 전제조건인 셈이다. 대학에 들어가 다양한 책을 접하면서 비슷한 생각, 나아가 '사랑'과 '창조'의 개념을 확대한 글을 만났다. 거꾸로 '사랑'이 '창조'를 이끈다는 것이다. 일찍이 공자는 "애지 욕기생愛之慾其生"을 말씀하셨다. "누군가를 사랑하는 것은 그를 살게끔 하는 것이다." 생동감을 느끼고, 활발해지고, 자기계발을 통해 능력을 발휘하도록 만드는 것이 사랑이다. 서양의 정신분석가이자 철학자인 에리히 프롬도 《사랑의 기술》이란 책에서 같은 이야기를 했다. "사랑이란 상대방의 생명과 성장에 적극적으로 참여해 생명력을 상승시키고 능력을 발휘하도록 하는 일"이라고 정의했다.

실제로 어떻게 해야 한다는 것일까? 사랑하는 사람에게 내 속에 살아 있는 모든 것을 주어야 한다. 기쁨, 관심, 이해, 지식, 재산, 심지어 설움까지도 주어야 한다. 생명의 에센스를 아낌없이 주어 그의 삶을 풍요롭게 만들고 생동감을 주어야 새로운 창조를 할 수 있다. 그는 창조능력으로 다른 이들을 사랑하여 이롭게 한다. '사랑'과 '창조'가 반복되는 선순환이다. 주는 것이 저절로 받는 것이 된다.

아들이 한 달 전에 결혼을 했다. 이미 두 딸을 출가시킨 우리 부부는 가족만 초대하여 작은 결혼식을 하자는 당사자들의 제안에 찬성했다. 주례도 안 모시고 양가 아버지가 덕담을 하란다. 우리 집 가훈인 '사랑과 창조'를 소개하려고 이 글을 썼다. 너무 길고 고루하다고? 염려 마시라! 나도 눈치가 있는 사람이다. 집안 이야기는 아들 부부가 나중에 참고하도록 적었고, 결혼식에서는 가훈을 간단히 요약해 며느리와 아들에게 부탁했다.

"이제 남녀 간의 애정으로 시작된 두 사람의 사랑을 승화해 참사랑을 이루어야 한다. 서로 자기 속에 살아 있는 모든 것을 상대방에게 주어 삶을 고취시키고 새로운 것을 창조하는 능력을 갖추게 하는 것이 진정한 사랑이다. 더불어 진정한 사랑의 창조물인 아들딸을 낳고 잘 길러 대대로 참사랑을 잇기 바란다."

이기심을 어떻게 이길 것인가?

우리 세대는 점차 직장과 사회에서 물러나면서도 너무 이기적으로 변하는 요즈음의 세태를 염려한다. 다른 사람이나 공공의 이해를 염두에 두지 않고 자기 이익만을 위해 생각하고 행동하는 태도가 만연해 있다. 여기에 배금주의가 팽배해 돈이나 재화의 가치가 무엇보다 높아졌다. 자신의 금전적인 손익이 최우선 관심사다.

사람은 구조와 기능상 원래 이기적으로 만들어졌는지도 모른다. 정신뿐 아니라 신체기능도 그렇다. 심한 폐질환으로 호흡부전이 있어 인공호흡기 치료를 받은 환자는 폐가 회복되어도 절대 스스로 호흡하지 않는다. 호흡기와의 연결을 끊어야 비로소 자기 숨을 쉰다. 이런 몸의 작동은 사실 합리적이다. 뇌 깊숙이 자리잡은 호흡중추에는 이산화탄소 감지장치가 있어 핏속의 이

산화탄소 농도가 상승해야만 작동한다. 인공호흡기로 몸속 이산화탄소를 정상으로 유지해주면 자기호흡을 할 수 없다. 이기적으로 보이는 신체반응은 사실 의학적, 생리학적 현상일 뿐이다.

자기 중심적인 정신활동도 의학적으로 달리 해석할 수 있다. 우리 뇌는 1천억 개의 신경세포로 구성되어 있다. 수많은 신경세포가 네트워크로 소통한 결과 기억, 판단, 논리적 사고 같은 지적 능력과 감성이 생겨난다. 시냅스로 연결되어 만들어진 기억은 감정, 판단 등과 다양하게 연결되면 오래 유지된다. 기억은 반복되면서 그때그때 정서에 따라 덧칠되어 점차 마음을 편하게 하는 아전인수식 기억으로 변한다. 옛날 일은 점차 자기에게 유리한 방향으로 바뀐다. 자기도 모르게 과거가 바뀌니 판단도 변해 자기변명, 자기합리화로 비뚤어진다. 정신적 이기[利己] 현상도 신경생리학으로 설명되는 작용인 것이다.

영어단어로 '이기적'은 'selfish'이다. 자기 존재를 의미하는 'self'의 형용사로, 옳고 그른 판단과 상관없이 '존재를 위한다'는 의미다. 정신적, 신체적 이기현상의 실체가 이미 언어에 반영되어 있었던 것이다. 다시 말하면 이기심은 생물체가 존재 자체를 유지하는 원동력이다. 그러나 이기적인 면에서 다른 동물과 차이가 없던 인간은 진화를 거듭하며 점차 이타적으로 변했다. 식물을 채취하고 동물을 사냥하면서 협력하기 시작했고, 토지를 경작하고 가축을 기르면서 공동사회가 성립되자 다른 사람의 처지에 신경을 쓰게 되었다. 개인적 이기심이 필요에 의해 공동사회로 확산된 것이다. 현대에 들어서도 도시, 국가, 직업 등으로 확대된 집단이기심이 때로는 '조건적 이타심'의 가면을 쓰기도 한다.

그러나 인간에게는 '무조건적 이타심'도 있다. 생존 문제가 어느 정도 해결되고 지성과 함께 이성이 생기면서 나타난 현상이다. 부잣집 곳간에서 인심이 나는 것은 그저 여유가 있기 때문이 아니라 이웃에 대한 측은지심에서다. 역사적으로 종교지도자, 철학자들은 '사람 속에 신성神性이 있고 불성佛性도 있다.'고 이미 그 근거와 목표를 제시했다. 대부분 무조건적 이타심을 장려하는 말씀이다. '원수를 사랑하라.'는 예수 말씀이 대표적인 직설적 이타심의 계율이다.

보통 사람도 감성의 정점인 사랑을 할 때는 신성이 나타난다. 아무리 이기적인 사람도 사랑에 빠지면 '사랑받는 것보다, 사랑하는 것이 행복'해지며 '사랑은 주는 것'으로 변한다. 에리히 프롬은 "사랑의 본질은 상대방의 생명력을 고취시키는 것"이라고 간파했다. 진정으로 사랑하는 사람의 성공과 행복을 위해서 자기 존재를 부정할 수도 있다는 뜻이다. '무조건적 이타심'은 타인을 위해 자기를, 자기 것을 주는 것이다. 이렇게 되려면 한없이 자기를 낮추고 포기해야 한다. 이런 겸손은 우주의 원리, 세상살이의 법칙을 달관해서 얻는다. 영겁의 세상에서 나의 생이 얼마나 사소하고 부질없는지에 대한 성찰의 답이다. '모두 내 탓이오'라는 가톨릭의 가르침이고 불교에서 말하는 '하심下心'이다.

우리는 가정이나 학교에서 이기심을 극복하고 이타심과 사랑을 키우는 교육을 하고 있는가? 옛날보다 오히려 못한다고 여긴다. 그 결과 배금주의가 팽배한 것이다. 감성교육을 위해 국민과 정부 모두 합의하고 협조하여 실천하는 체계적 노력이 필요하다. 최첨단 지성의 산물인 인공지능과 로봇에게도 반드시 이타적인 감성을 심어주어야 한다. 동물과 신 사이에 있지만 뛰어난 이성과 영혼을 갖춘 인간의 속성으로 보아 '지성과 감성의 신격화'는 자아완성의 최종 목표다. 연약한 갈대였던 인류는 연구와 교육으로 지적 능력을 계속 발전시켜 과학기술 면에서 신에 버금가는 존재가 되었다. 그러나 꿈과 이상을 추구하는 감성적 능력은 아직 불충분하다. '이기적이고 존재적인' 상황을 넘어 '사랑과 신성'을 지향하는 사람이 많아지면 과학문명의 산물도 진정한 신의 경지로 사용될 수 있다.

하와이 원주민들이 내면을 정화할 때 외우는 '호오포노포노 명상법'의 마술주문은 이렇다.

"미안합니다."

"용서하세요."

"고맙습니다."

"사랑합니다."

틈틈이 이 주문을 외우거나 마음속에 떠올리면 먼저 자신이 정화되고, 점차 타인에게 전파된다고 한다. 자신을 낮추는 마음 자세가 밑바탕인 진솔한 사회가 구현되면 인간은 이기심의 굴레를 벗고 저절로 신神의 세계世界로 들어서는 신세계新世界를 열게 될 것이다.

아기 참새의 은혜 갚기

　한 대학원생이 밤 늦게 집에 가다가 인적이 뜸한 길에서 참새 새끼를 발견했다. 새끼 손가락 만한 아기 참새였다. 참새는 학생에게 도움을 청하는 듯 애처로운 울음소리를 냈다. 위를 쳐다보니 저 높이 조용한 둥지만 보일 뿐 어미 새가 눈에 띄지 않았다. 무성한 나뭇잎이 완충작용을 했는지 언뜻 보기에 큰 상처는 없었다. 그냥 두면 길고양이 밥이 되거나, 차가운 밤 기온에 얼어죽을 것 같았다. 학생은 참새를 안고 근처에 있는 친구 하숙집을 찾아갔다.

　학생은 어려서부터 동물에 관심이 많았다. 강아지는 물론이고, 햄스터, 토끼, 거북이, 달팽이 등 많은 동물을 키워보았다. 카나리아를 비롯한 새도 키웠다. 학교와 집 사이에 동물병원이 있는데 그 앞에 서서 구경하느라 집에 늦게 오기 일쑤였다. 때때로 애완동물과 대화를 나누기도 했다. 수의학을 공부하고 싶었으나 대학 문턱이 높아 뜻을 이루지 못했다. 황우석 교수가 국민 영웅이 되어 수의학의 인기가 하늘을 찌를 때였다. 한때는 조류학자를 꿈꾸었으나 장래성있는 직업을 원하는 부모의 희망에 따라 대학원에서 분자생물학을 전공하고 있었다.

이런 그에게 뜻밖의 행운(?)으로 애완 참새가 생긴 것이다. 양쪽으로 입술까지 덮은 아기 참새의 노란 부리는 신기하고 귀엽기만 했다. 어느새 아기 새를 살려야겠다고 다짐했다. 인터넷에 경험담이 실려 있어 큰 도움이 되었다. 조류는 몸을 가볍게 하려고 위장이 짧아 두 시간마다 음식을 주어야 한다. 급한 대로 미숫가루를 물에 타 작은 빨대로 입에 넣어주니 허겁지겁 삼켰다. 곧 두 눈을 깜박이며 초롱초롱해졌고, 처져 있던 몸에 기운이 도는 것 같았다. 한낮에 아무도 없는 친구 집에 참새를 둘 수 없어 실험실에 데려다 놓고 시간 맞춰 먹이를 주었다. 아예 조류용 이유식을 구입해 주니 좋아라 입을 크게 벌린다. 참새는 하루가 다르게 무럭무럭 자라 다섯째 날에는 꽁지날개까지 생겼다.

주말이 되어 집으로 새를 가져오니 온 식구가 대환영이었다. 어른 아이 할 것 없이 틈틈이 기웃거리고 밥을 줄 때면 새장 앞으로 모였다. 특히 초등학교에 갓 입학한 조카 여자애가 좋아했다. 조심성이 많고 새침한 성격이었지만 이내 아기 새와 친해져 손으로 이유식을 먹이고 배변을 받아냈다. 아이는 좋아하는 참새의 배설물은 더럽지 않다, 아니 더럽게 여겨지지 않는다는 것을 깨달았다.

애정을 가지고 새를 기르니 생명현상 하나하나가 새삼스럽게 신비롭다. 먹는 것은 일정한데 그 안의 영양성분을 갈라내어 장기와 깃털, 발가락, 부리 등을 순서대로 만들었다. 과학자들은 모든 것이 DNA에 의한 분자생물학적 작용임을 밝혀내고, 그 상세한 기전을 연구하고 있지만 근원적인 질문이 남아있다. "누가, 왜 이런 형태와 방식으로 자연과 생명을 디자인했을까?" 과학만으로는 영원히 해결하지 못하는 숙제일 것이다.

이제는 새장을 집에 두고 온 가족이 돌보았다. 두세 시간마다 밥을 주어야 하니 각자 일정에 맞춰 식사 당번을 정하고, 옆집에 사는 이모까지 동원했다. 새는 웬만큼 자랐는데도 새장 벽을 잘 타지 못했다. 자세히 보니 오른쪽 새끼발가락에 깊은 상처가 있었다. 조카는 엄마를 잃고 몸이 편치 않은 아기 새가 불쌍하다며 더 애정을 쏟았다.

"앞으로 참새를 어떻게 할 것인가?" 그간 정이 든 아이들은 몸이 불편한 참새를 자연 속에 두면 경쟁력이 떨어져 살아가기 어려우니 기르자고 애원했다. 여러 번 의논 끝에 참새 입장에서 생각해보기로 했다. 참새의 마음은 애착을 지닌 우리와 다를 것이다. 우연히 만난 사람에게 사육당하고 있을 뿐이다. 우리보다 다른 참새들과 함께 있기를 원할 것이다. 새를 위해서도 야성이 없어지기 전에 자연으로 돌려보내야 한다. 아이들도 결국 어른들의 설득에 마음을 돌렸다. 자기 위주로 생각하기 마련인 사람들의 마음에 대해 따끔하게 공부한 셈이다.

참새를 기르는 기쁨은 시작부터 괴로움을 잉태했다. 빨리 자랄수록 이별의 순간이 가까워지는 것이다. 제법 큰 참새는 새장이 비좁아 퍼덕거리다 가끔 거실 안을 날아다녔다. 학생은 그 새를 처음 발견했던 가로수 근처로 데려갔다. 마침 참새 무리가 있었다. 날려보냈더니 참새는 소리를 내며 한바퀴 돌더니 곧 무리 속에 섞여 알아볼 수 없었다. 허탈하게 돌아온 연구실에는 텅 빈 새장만 남았다. "혹시 부모와 형제 참새를 만났을까?" 저절로 눈물이 핑 돌았다. 흥부의 제비처럼 행운의 박씨를 원하지는 않았지만 뒤도 돌아보지 않은 참새에게 섭섭함을 느꼈다.

그러나 3주간 아기 참새를 키우며 느꼈던 측은지심惻隱之心과 행복감이 떠올랐다. 모든 가족이 참새와 나눈 시간과 삶, 그 추억에서 시작된 인연이 일종의 보은이다. 이제는 참새와 연결된 세상 일에 더 관심을 갖고 삶을 더 살찌울 것이다. 동물과의 교감은 다시 새로운 인과의 축이 되리라. 어린 생명을 돌보며 느낀 미묘한 마음의 움직임은 모두에게 좋은 경험이 되었다.

뜻밖의 선물이 하나 더 있었다. 영특한 조카 아이는 자기가 좋아하는 사람의 순번을 정해놓고 있었다. 1번은 엄마, 2번은 아빠, 3번은 외할머니였다. 아이는 참새에게 베풀어준 착한 행동에 10번이었던 외삼촌의 순번을 6번으로 크게 올려주었다.

고 향 집 을 찾 아 서

남쪽 하늘 저 밑에

따뜻한 내 고향

내 어머니 계신 곳

그리운 고향집

윤동주 동시 〈고향집-만주에서 부른〉 중 일부

세 살 때 서울로 이사와 대학시절까지 17년을 영등포 한동네
에서 살았다. 태어난 곳은 아니지만 옛 동무가 있고 꿈에도 나타
나는 그립고 정든 고향인 셈이다. 기차역 뒤 일제 때 만든 조선
운수 회사의 사택지역에 우리집이 있었다. 비교적 조용하고 깨
끗한 주택가였다.

영등포는 한강 포구였으나 일본인들이 경공업단지로 개발하여 그 시절에도 노동인구가 많았다. 장마철이면 늪지가 진흙탕이 되어 '마누라 없이는 살아도 장화 없이는 못 산다'고 했다. 아버지는 무릎까지 오는 긴 고무장화를 신고 집을 나섰다. 포장이 안 된 골목길을 건너 신작로에 닿으면 장화는 그 옆 가게에 맡기고 구두로 바꿔 신고 출근하셨다. 이름만 서울이지 다른 지역보다 낙후되어 도심지에 가는 것을 '문안(사대문 안)으로 들어간다.'고 표현했다. 아이들이 많아 초등학교 한 학년이 1천 명 정도였으나, 소위 '일류 중학교'로 진학하는 학생은 한 손으로 꼽을 정도였다.

꿈에 종종 옛날에 살던 집이 나타난다. 어릴 적 우리 식구가 함께 살던 따뜻하고 그리운 일본식 가옥이다. 때때로 그 집은 멋진 양옥이 되어 있고, 옛 동네 전체가 말쑥한 주택가로 꾸며져 있다. 어린 시절 가족, 이웃, 친구들과 즐겁고 행복하게 지냈으나 우리가 좀더 부유하고, 내 집이 좀더 좋았으면 하는 바람이 숨어 있나 보다.

중외제약에서 세운 학술복지재단이 있다. 사업 중 하나가 평생을 남다르게 의료봉사를 한 분을 찾아 시상하는 일이다. 나도 심사위원 중 하나다. 올해에는 영등포에 있는 자선병원 원장님을 선정했다. 현지 방문차 찾아가보니 바로 역 근처로 내가 초등학교에 다니던 길이었다. 역 앞에는 고층건물이 들어섰고 각종 상점과 식당이 있어 손님이 가득했다. 그러나 바로 옆 옛 거리는 빈민가로 쪽방촌을 이루고 있었다. 자선병원은 이곳 주민, 노숙자, 외국인 노동자에게 의료서비스는 물론 전인적 구호활동을 펼친다.

현지심사를 끝내고 45년 만에 들른 이곳에서 어릴 때 살던 집을 찾아보기로 했다. 그간 큰 고가도로가 나고, 도로가 확장되고, 새로 건물이 들어서 옛 모습과 위치를 좀처럼 가늠할 수 없었다. 주소도 최근에 새로운 체계로 바뀌어 도움이 되지 않았다. 집이 도로에 흡수되었을지도 모를 일이었다. 여기저기 헤매다 마침내 길가에 있는 동네 병원을 찾아냈다. 의대 선배가 개업하던 병원으로 나도 자주 신세를 졌는데, 지금은 표지석 간판만 있고 이층 병원은 폐업을 했는지 문이 닫혀 있었다. 의료계의 현실을 보는 것 같아 반가운 한편 마음이 착잡했다. 그러고 보니 이름은 바뀌었지만 단골 목욕탕도 옆에 있었다. OB 맥주 공장이 있던 길을 따라가며 기억을 더듬어 드디어 우리 골목을 찾았다. 우리집으로 짐작되는 주택 앞에 서자 가슴이 두근거렸다. 확신없이 서성대는데 대문 구석에 백묵으로 적은 희미한 글자가 눈에 들어왔다. '592-20.' '영일동 592-20번지.' 바로 우리집 주소였다!

일본식 가옥은 없어지고 4층 다가구주택이 들어서 있었다. 뒤쪽 축대는 낡았으나 예전 모습 그대로였는데 생각보다 훨씬 낮았다. 골목 안의 집들이 모두 비슷한 다가구주택이었다. 꿈과 기억 속의 동네와 비교하니 소인국에 온 기분이었다. 친구들과 야구를 하며 놀았던 넓은 골목은 차 한 대가 겨우 지나갈 정도로 좁았고, 기차역까지 걷던 꽤 먼 거리도 몇 걸음 되지 않았다. 골목 밖으로 나가 보니 상점 간판에 한자가 많이 보였다. 중국인들이 모여 사는 지역으로 변한 것 같았다. 경공업단지가 있어서 외국인 노동자, 특히 중국에서 온 노동자나 중국 동포(조선족)가 모여 살게 되었나? 맥주공장 자리는 공원이 되어 있었다.

하긴 서울을 비롯한 대도시는 정신 차릴 수 없을 정도로 빠르게 변한다. 어디든 오랜만에 가보면 높다란 빌딩으로 바뀐 곳이 너무 많다. 멀쩡한 아파트도 이삼십 년이 지나면 철거하고 고층 아파트로 다시 짓는다. 우리 부모님 세대는 꽃피고 새가 지저귀는 마을이 고향이었고, 우리 세대는 아이들과 뛰어놀던 주택가가 고향이었다. 아파트에서 자라난 아래 세대는 재개발로 신축한 고층아파트에서 어린 시절과 고향의 흔적을 찾을까? 추억 속의 낡은 아파트가 화려한 건물로 변했다고 좋아하지는 않을 것이다. 고향을 잃은 세대는 언제나 따뜻하게 반겨주던 어머니가 안 계신 것처럼 세상살이가 더 각박하고 힘들 것이다.

어린 시절의 추억과 함께 마음속 깊이 간직했던 옛집은 꿈속에만 존재했다. 슬픈 것은 고향집이 꿈꾸던 아름다운 양옥으로 바뀌지 않아서가 아니라, 단지 돈벌이를 위해 모양새 없는 다가구 건물이 서 있었기 때문이었다. 비정한 현실감과 함께 떠오르는 실향失鄕의 느낌에 문득 외로워지고 엄마가 생각났다. 오늘 밤 꿈속에 우리 집은 어떻게 나타날까?

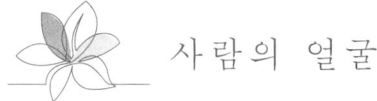 사 람 의 얼 굴

얼굴은 사람을 대표하는 상징이다. 어떤 사람을 생각하거나 기억할 때 우리는 당연히 얼굴을 먼저 떠올린다. '얼굴'은 그의 평판, 체면, 명예를 나타내는 추상적 용어이기도 하다.

나는 어릴 때부터 못생긴 편이었다. 특히 희미한 눈썹과 두툼한 눈두덩에 눈은 가늘고 작았다. 작은 눈과 지방이 많은 눈두덩은 추운 겨울을 지내는 몽고족에서 안구를 보호하기 위해 발달된 형질이다. 어릴 때는 지금보다도 눈이 작아 '단춧구멍' 같다고 했다. 장난기 많은 당고모들이 눈을 뜨고 있는데도 졸지 말고 눈을 뜨라고 놀리곤 했다. 작은 눈 때문에 성미가 사납게 보인다는 사람도 있었다. 겉모습만으로 평가하는 것 같아 어린 마음에도 야속했다.

이런 이유로 용모에 열등감을 갖고 있었다. 설상가상으로 신체도 작아 60명인 반에서 키 순서로 5번을 벗어나지 못했고 몸도 말라 볼품이 없었다. 자연히 '신체상body image'도 여기 맞춰져 다른 친구들이 체력단련이나 운동을 할 때, 주로 책을 읽고 음악을 들었다. 인간은 누구나 자기애自己愛가 있어 석고 데생을 시키면 자기 얼굴을 그린다고 한다. 나는 무의식적으로 국립박물관에 전시된 반가사유상의 몸과 얼굴에 자기 이미지를 고착했던 것 같다.

그러나 뛰어난 용모가 항상 좋은 것은 아니다. 의예과에 같이 입학한 친구 중에 아주 미남이고 키도 큰 학생이 있었다. 이목구비가 뚜렷하고 잘 조화되어 어쩌나 시원하게 잘 생겼던지 주위 사람까지 기분이 좋아질 정도였다. 당구장이나 식당에 가면 여종업원이 한눈에 반해 극진한 대접을 받았다. 여학생들은 그의 말을 거역하지 않아 미팅을 주선하는 일은 모두 이 친구가 담당했다. 그러나 오빠부대 여학생들 성화에 얽혀 학교를 휴학하더니 결국 석연치 않은 이유로 학업을 그만두고 말았다.

사람의 얼굴은 두개골 형태에서 기본적인 윤곽이 결정되고 눈, 코, 입, 귀의 모양과 위치, 80여 개 얼굴 근육의 수축과 이완에 의해 표정이 생긴다. 인간의 얼굴 근육은 제각기 여러 형태, 위치와 방향으로 복잡하게 상호작용하여 수많은 표정을 지어낸다. 다섯 가지 근육으로 1만 가지 다른 표정을 지을 수 있다고 한다. 따라서 표정의 미묘한 변화를 잘 관찰하면 사람의 생각을 읽을 수 있다. 반면 죽은 사람의 얼굴은 근육 긴장이 없어지기 때문에 기억하기 어렵다.

얼굴의 뼈와 근육은 환경과 쓰임에 따라 일생 중에도 계속 변한다. 음식을 씹는 턱뼈와 근육은 얼굴의 1/3 이상을 차지하므로 식습관은 용모에 큰 영향을 미친다. 채소와 육류, 생선과 고기, 부드러운 음식과 딱딱한 음식 중 무엇을 즐겨먹는지에 따라 씹는 근육과 뼈가 변해 표정이 달라진다. 같이 밥을 먹는 식구나 부부의 얼굴이 서로 닮는 이유다.

얼굴은 사람의 혼魂인 얼이 나타나는 신체 부위다. '마흔 살이 넘으면 자신의 얼굴에 책임을 져야 한다.'는 말처럼 얼굴은 생각과 마음에 연결되므로 용모로 사람을 평가할 수도 있다. 내면의 생각과 정체성에 따라 자주 쓰는 얼굴 근육의 긴장도가 전체의 조화에 반영되기 때문이다. 한국인 200여 명의 인물상을 만든 조각가 이영학 선생은 이제 운명을 점치는 관상가觀相家가 다 되었다고 했다. 부족한 내 안목으로도 얼굴을 보면 원칙을 지키는 반듯한 사람인지, 편법으로 욕심을 챙기는 사람인지 대충 알 수 있다.

물론 인간내면의 가치를 얼굴 하나로만 파악할 수는 없다. 언젠가 우리 문화유적에 대한 책을 읽는데 표지에 실린 작가 사진을 보니 눈, 코, 입 하나하나가 객관적으로 추남에 속할 정도였다. 하지만 책은 의외로 내용이 충실하고 재미가 있어 흠뻑 빠져

들었다. 하루 만에 다 읽고 작가의 얼굴을 다시 보니 그렇게 멋질 수가 없었다! 고달픈 삶과 연륜 때문에 추해지고 늙더라도 성숙한 얼굴은 또 다른 차원의 아름다움을 나타내는 것이다.

내 얼굴을 거울에 비쳐보니 전형적인 샌님 용모다. 거기에 안경까지 쓰니 누가 보아도 학교 선생이다. 요즘은 겨울에도 춥지 않아 두툼한 윗눈두덩은 없어졌다. 대신 아래 눈두덩이 생기고 입술이 두터워졌다. 안경 안의 작고 가느다란 눈은 지적이고 온화한 느낌을 준다고 두둔해주는 사람도 있으나, 입술은 아둔하게 보인다. 전체적으로 아담한 두개골에 눈, 코, 입과 표정이 단정하지만 아집도 있는 모양새다. 평생 고생을 모르고 대학병원에만 있어 이렇게 변했으리라.

처음 만난 사람도 곧잘 내가 의사나 학교 선생님이라고 짐작한다. 이제 이 용모로 상식에 벗어나는 행동이나 나쁜 짓을 하기 어렵게 되었다. 타의로라도 '얼굴'이 깎이는 짓은 못하게 생겼으니 이나마 천만다행이다.

이름에 대하여

올여름처럼 무더운 밤, 잠을 설칠 때는 서가에 가서 젊은 시절 즐겨보았던 책을 꺼낸다. 전에 애독했던 구절을 찾아 다시 읽는 것이 나에게는 가장 좋은 피서법이자 수면제이다.

네가 다른 사람의 칭찬을 받기 원하면, 그들이 평소 어떠한 판단을 하고 있으며, 얼마나 편견을 가지고 있는지 살펴보라. 역사에 이름을 남기기를 원하면, 후세에 너의 이름을 전할 사람들도, 지금처럼 불공정하다는 것을 생각하라. 죽은 후 명성에 연연해하는 자는, 그 이름을 기억할 사람 하나하나가 또한 이 세상에서 사라진다는 것을 명심하라. 너에 대한 기억 자체도 한동안 그들의 뇌리에 오르내리다 없어진다. 만나지도 못할 후세의 칭찬에 그렇게 마음을 두는 것은, 마치 너보다 앞서 이 세상에 났던 사람의 칭찬을 구하는 것이나 다름이 없는 어리석은 일이다.

로마의 철학자이자 황제였던 마르쿠스 아우렐리우스의 말이다. 필자가 고등학생 시절 국어 교과서에 실렸던 명문장이다. 우리의 이름을 전하고 기억할 후세 사람들 또한 없어지기 때문에 명예가 별다른 의미가 없다는 교훈이다.

그러나 실제로는 인류 초창기부터 지금까지 많은 사람이 명성에 연연했다. 특히 유교 문화권에서는 체면과 타인의 평가에 아주 예민하다. '호랑이는 죽어서 가죽을 남기고 사람은 이름을 남긴다.'는 속담처럼 동물과 다른 점으로 이름, 즉 평판을 중시하는 것이다. 불교에서는 기본적 욕망으로 식욕, 색욕, 수면욕, 재욕, 명예욕 등 다섯 가지를 열거한다. 재욕과 명예욕은 인간만 지닌 욕망이지만, 가장 인간적인 것은 명예욕이 아닌가 한다. 원시인들이 동굴에서 함께 살며 사회적 동물이 되면서부터 집착했을 것이다.

우리가 이렇게 명성에 급급한 것은 필연적으로 죽는다는 사실을 알기 때문이다. 자신이 이 세상에서 일정 기간만 산다는 것을 아는 존재는 인간뿐이다. 허무한 현실을 파악한 사람은 거꾸로 영원한 것을 찾게 되었다. 그 결과 불멸의 진리와 선과 아름다움眞善美으로 대표되는 인류문명이 시작되었고, 개인적으로는 자기 이름이 후세의 기억과 기록 속에 남기를 원하게 된 것이다.

동물과 신 사이에 있는 인간이 동물적 욕망에서 멀어지고 신에 가까워질수록 명예욕은 더 커지고 버리기 어려워진다.

부처님은 인생살이에서 괴로움이 생기는 이유로 탐貪, 진瞋, 치癡를 꼽았다. 마음속에 도사린 탐욕, 증오, 어리석음을 세 가지 독이라고 규정했다. 모든 것이 공허하다는 세상사의 이치(색즉시공)를 깨달아 재욕, 명예욕 등 헛된 욕망과 타인에 대한 증오를 버리고 진리를 쫓아야 고통에서 벗어날 수 있다는 것이다. 개인적 실존의 한계에서 비롯된 명예욕을 세상 일이 허무하다는 실존의 인식으로 해결한 지혜다. 아우렐리우스 황제의 교훈도 같은 범주에 있다.

흔히 명예욕에도 긍정적인 면이 있다고 한다. 남에게 인정받고 과시하기 위해 노력하면 어느 정도 일에 성과가 나게 마련이다. 그러나 성취로 자아를 실현하고 존재 이유를 확신하는 삶과 과장된 명성에 연연하는 삶은 분명 다르다. 에리히 프롬이 정의한 '존재양식To Be'과 '소유양식To Have'의 차이다. 자아실현으로 생긴 능력과 결과를 타인과 공유하는 '존재양식'적 삶이 명예욕이 우선하는 '소유양식'적 삶보다 바람직하다.

무더운 여름 날씨에 너무 딱딱한 내용이라 이름에 관한 몇 가지 싱거운 이야기로 끝을 맺겠다.

우리처럼 같은 성과 비슷한 이름이 많은 나라에서는 적지 않게 혼돈이 생긴다. 의과대학 두 학년 밑에 나와 이름이 비슷한 경상도 출신 후배가 있다. 학창 시절과 수련의(나는 내과, 그는 일반외과) 시절 비슷한 이름 때문에 웃지 못할 경우가 가끔 있었다. 잘못 연결된 전화통화에서 성격이 급한 그쪽 친척들은 더듬대는 나에게 직설적으로 불만을 터뜨렸다. 한번은 내가 뱃속을 수술하는 '외과'가 아닌 '내과'를 전공하는 다른 사람이라고 설명했더니 더욱 화를 내며 반문하는 것이었다. "배쏙을 수술하이까-내꽈 아인가?"

나는 체면을 차리고 느리기로 유명한 충청도 출신이다. 나한테 오는 친척 전화는 이런 식이다. 누구시냐고 처음에 물으면 "나-여-." 보통은 목소리로 알지만 모르는 경우도 있다. 재차 여쭈어보면 이번에는 "나-라니까-. 여기 잿-뜰이여-." 절대 본인 이름은 이야기 안 하고 동네를 말한다. 이 정도면 정말 누구인지 알아들어야 한다. 계속 못 알아듣고 상대방이 이름까지 밝힐 지경이 되면 큰 실례를 범한 것이다.

요즘은 스마트폰으로 이름 정보를 검색한다. IT 시대를 상징하는 이 기기는 언제 어디서나 개인을 강력한 슈퍼컴퓨터와 연결시켰다. 흔히 어떤 사람을 만나거나 새로운 일을 마주치면 이것으로 찾아보고 도움을 얻는다. 인터넷에는 사적인 정보에서 전문적이고 학술적인 내용까지 모두 저장되고 분류되어 있다. 예를 들어 구글 스칼라에는 나도 기억하지 못한 내 학술정보가 잔뜩 실려 있다.

초등학교 2학년인 외손자가 어디서 배웠는지 만나는 사람마다 이름을 묻고 스마트폰으로 찾아보는 버릇이 생겼다. 내 이름에 제법 긴 검색 분량이 있는 것을 보고 외할아버지가 유명한 분이라고 의기양양했다. 장난삼아 외할머니는 더 유명하다고 이름을 찾아보라고 했다. 검색을 마친 녀석은 할아버지보다 훨씬 많다고 자랑스럽게 소리를 지르며 놀라워했다. 가정주부인 아내는 이씨 성에 이름은 연꽃 '용蓉'자 외자다. 손자 녀석은 인터넷에 실린 수많은 물건, 기구와 토지 등의 이용利用 사례를 본 것이었다.

의대교수의 진학지도

우리 때는 중학교, 고등학교, 대학교에 모두 입학시험이 있었다. 초등학생, 중학생, 고등학생 때부터 소위 '명문학교'에 들어가기 위해 치열하게 공부했다. 지금 생각하면 어처구니없지만 모든 학교, 모든 학생이 성적에 의해 순위가 정해지고 등급화되는 것이 현실이었다.

몇 달 전, 동창들과 저녁모임을 마치고 지하철로 귀가하던 때였다. 옆자리에 붙임성 있어 보이는 내 또래 신사가 앉았다. 말을 건네 와 이런저런 얘기를 하는데 출신학교를 물었다. 중앙고등학교를 졸업했다고 하자 그는 당시 일곱 번째로 좋은 학교였다고 단정하는 것이 아닌가! 어떻게 순서를 정했는지는 모르나 이런 서열 매김이 평소부터 못마땅했기에 일부러 우리나라에서 제일 좋은 학교라고 반발했다. 그와 나는 여러 가지 이유를 대며 서로 주장을 굽히지 않았다. 결론 없이 헤어지면서 그는 웃는 얼굴로 애교심도 좋지만 객관적으로 생각하시라고 충고까지 했다.

왜 우리는 이렇게 출신학교, 특히 중고등학교에 애착을 가질까? 대학시절에 심리학 강의를 들은 적이 있다. 모든 사람은 자기 어머니가 세상에서 가장 예쁘다고 생각한단다. 아기 때 엄마 얼굴을 바라보며 젖을 먹기 때문이다. 사는 데 가장 필요한 음식을 먹을 때, 기본적인 욕구인 배고픔을 해결하면서 엄마 얼굴을 보니 자연히 웰빙 센스와 동일시하는 것이다. 인간은 사춘기인 십대에 정신적으로 성장한다. 중고등학교에 다니면서 윤리관과 초자아가 형성된다. 이때 받은 학교교육이 가치관과 정체성 형성에 큰 영향을 주어 무의식 중에 서로 연결되는 것이다. 출신학교를 모교母校라 부르고, 중고등학교 동창은 같은 부모 밑에서 자란 형제처럼 정신적 혈육이 된다. 명문학교 진학을 선호하는 이유도 우수한 동창들이 이런 유대감으로 평생 서로 돕기 때문일 것이다.

중앙학교는 을사조약 후 일제에 나라를 거의 빼앗긴 와중에 교육으로 조국을 살리려는 애국지사들이 1908년에 설립했다. 외국인이나 서양 종교단체, 또는 일제가 주도한 것이 아니고 순수한 민족지도자들이 만든 것이다. 여기에 민족자본이 그 뜻을 이어받아 재정적으로도 건실하여 전인교육이 가능했다. 웅원(雄遠, 높은 이상), 용견(勇堅, 굳은 의지), 성신(誠信, 성실한 행동)이라는 교지는 학생들의 의식에 내재화되어 일제강점기에는 항일운동의 온상이었고, 지금은 많은 졸업생이 우리나라 각 분야에서 근간이 되고 있다. 나 역시 이런 영향을 받았다.

얼마 전, 모교에서 학생 진학과 진로에 관한 강의를 부탁받았다. 110년 전통의 자립형 사립고등학교가 된 우리 학교는 각 분야 선배들이 자원하여 한 달에 두 번씩 이런 강의를 연다. 정년 퇴임을 앞둔 나는 마지막 기회라고 생각하여 수락했다. 고등학생 시절 저명한 국어학자이자 선배님이신 이희승 선생님의 강의를 들은 기억이 있다. 할아버지 뻘이셨던 선생님은 작은 목소리로 "이제는 넓게 everything을 공부하던 사람에서 깊이있게 one thing을 공부하는 사람이 되라."고 충고하셨다. 교양인이 되고 난 후에는 전문가가 되는 공부를 하라는 뜻이다.

이제 내가 할아버지 졸업생이 되어 40여 명의 고등학교 1, 2학년 후배들에게 의학분야의 진로지도 강의를 했다. 의료인의 마음가짐과 전문의가 되기까지의 긴 수련과정을 경험 중심으로 이야기했다. 학생들이 관심을 갖는 학창시절 나의 공부과정도 함께 회상했다. 서울의대 교수지만 여러분과 똑같이 힘들게 학습했음을 강조했다. 처음에는 어려웠지만 꾸준히 하니 성적이 오르고, 힘든 시기를 넘기자 선순환이 생겨 공부가 즐거워졌다는 것이 요점이었다. 2008년 '녹색형광단백질 발견과 개발' 업적으로 노벨화학상을 공동수상한 과학자들의 고난과 노력, 협력과 비전에 의한 성취 등을 실례로 들려주었다.

강의 후 의외로 많은 학생들이 질문을 했고, 같이 사진도 찍었다. 다음 날 한 학생이 이메일을 보내왔다.

안녕하세요 교수님. 오늘 TEDTechnology Entertainment Design 강의를 들었던 학생입니다. 선배님 강의를 통해 공부 자체가 아닌 삶의 방향을 찾게 된 것 같아 너무 보람을 느꼈습니다. 올해 퇴임을 한다고 말씀하셨는데 그동안 우리나라 의학발전에 이바지해주신 점이 후배로서 매우 자랑스럽고 본받고 싶다는 생각도 했습니다. 물론 제 꿈은 의사가 아닌 교사가 되는 것이지만 꼭 열심히 공부해서 서울대학교 영어교육학과에 들어가 우리나라 교육발전에 기여하는 훌륭한 교사가 되도록 노력하겠습니다.

바쁘신 와중에 귀한 시간을 내주시고 좋은 강의를 해주셔서 감사드립니다.

내용도 좋았지만 간략하게 기승전결에 맞추어 글을 쓴 능력에 감탄했다. 후배라고 기특하고 자랑스럽게 여겨지는 것은 역시 애교심으로 맺어진 혈육의 정 때문일까?

초당연수원에서

우리 암연구소 분자영상치료연구실은 전남의대 분자영상센터와 연례 합동워크숍을 개최한다. 2018년 7월 중순에는 전남대 주관으로 강진에서 모임을 가졌다. 장소는 거대한 인공조림지 안에 있는 초당草堂연수원이었다.

전라남도 강진은 약 200년 전 다산 정약용 선생이 유배된 지역이다. 젊어서 정조의 총애를 받으며 다방면으로 재능을 발휘해 '한국의 다빈치'라고 평가되는 그는 정조의 죽음과 천주교 박해사건으로 한반도 끝인 이 지역에서 귀양살이를 했다. 무려 18년을 강진에서 지내면서도 학문을 갈고닦아 500여 권의 책자를 저술하고 조선 실학사상의 원류가 되었다.

강진에서 위인으로 기리는 정약용 선생은 호가 많다. 다산茶山 외에도 삼미三眉, 여유당與猶堂, 사암俟菴, 자하도인紫霞道人, 탁옹籜

翁, 태수苔叟, 문암일인門巖逸人, 철마산초鐵馬山樵 등 20개에 이른다. 초당도 그중 하나가 아닐까 짐작했지만, 알고 보니 지방 유지인 백제약품과 초당제약 창업자 김기운 명예회장의 호였다. 1921년에 무안군에서 태어난 그는 젊어서 의약품사업에 입신한 후 50년 전부터 조림사업에 투신하여 960헥타아르(약 300만 평, 여의도 면적의 3배)의 초당림草堂林을 조성하는 기념비적인 성과를 이루었다.

내가 어릴 적, 아니 그보다 훨씬 전부터 우리나라 산에는 나무가 없었다. 중학교 교과서에 실린 김동인의 단편 〈붉은 산〉에서 '삵'이라는 주인공이 죽으면서 고향의 붉은 민둥산을 보고 싶어하는 장면이 나올 정도였다. 석유는 없고 석탄산업도 미진했던 옛날, 나무를 땔감으로 무분별하게 사용한 데다 한국전쟁의 여파로 전국 산림이 유실된 탓이다. 1960년대부터 본격적인 조림사업이 시작된다. 군사 쿠데타로 정권을 잡은 박정희 대통령은 경제개발의 성과로 집권을 합리화하면서 꿈 같은 미래를 제시했는데, 그중 하나가 나무로 울창한 산이었다. 봄비가 내리는 4월 초에 식목일을 만들어 휴일로 제정하고 〈메아리〉, 〈나무를 심자〉와 같은 동요를 교과서에 실어 보급시키며 전투적으로 나무를 심었다. 산림을 지키는 노력도 병행해 숲을 훼손하면 범죄로 다스렸다. 산은 점차 푸르러졌으나 실적주의의 폐단으로 부작용도 있었다. 빨리 자라지만 재목으로는 가치가 적은 아카시나무들이 주를 이룬 곳도 많다.

1967년, 초당 김기운 회장은 강진 칠량면의 벌거벗은 돌산에 나무를 심기 시작하여 50년간 총 500만 그루를 심었다. 시련과 고통도 있었다. 처음에는 지식이 부족해 추위, 가뭄, 산불 등으로 절반 이상의 나무가 죽기도 했다. 주변 모두가 돈이 되지 않는 조림사업을 반대했다. 하지만 그에게는 나무를 심고 가꾸는 것이 애국이었다. 어려서 산길을 넘어 학교에 다녔던 그는 달콤한 숲의 냄새에 짙은 향수를 가지고 있었다. 숲은 마음의 고향이고 나무 하나하나가 자식과 같았다. 산업용 나무로 가득 찬 수풀을 꿈꾸는 그에게 초당림은 종교적 성지나 다름없었다. 사랑하는 아내와 아들이 죽었을 때 맨 먼저 찾아가 슬픔을 위로 받은 곳도 초당림이었다.

 그는 독학으로 방충, 방재, 비료, 가지치기 등 숲을 조성하고 관리하는 법을 터득해 현재 200만 그루의 수목을 키운다. 한편 넓고 긴 안목으로 우리 환경에 맞으면서 목재로도 유용한 나무가 무엇인지 연구해 테다소나무, 삼나무, 측백나무를 찾아냈다. 빨리 자라면서 가격이 높아 경제수로 적합한 백합나무 종자도 발견했다. 정부도 이에 호응해 국립산림과학원에서 실험으로 그의 결론을 확인하고 2006년부터 전국적으로 조림에 나섰다.

 김 회장은 남다른 사명감을 갖고 있다. "내가 오직 꿈꾸는 것은 푸른 산이요, 푸른 국토요, 아름다운 금수강산이요, 미래의 국가재산이지 내 생전의 돈이 아니다." 이제 국내 최대의 인공

조림지가 된 초당림을 가꾸는 데 50년 동안 200억 원의 사비가 들어갔다. 하지만 그는 또 교육사업을 펼쳤다. 남은 개인재산은 모두 사회에 기부하고, 작년에는 초당림도 외부에 개방했다. 가족이 함께 즐기는 숲길 트레킹, 숲속 음악회, 계곡 수영장, 목공예 익히기 등 자연과 어울리고 몸과 마음을 치유하는 기회를 모든 사람에게 제공한다.

저녁식사를 마치고 숲을 산책했다. 넉넉한 길이 나 있었다. 나무에 접근하거나 비료운반, 인부이동, 목재운반에 실용적인 임도林道다. 산불이 났을 때 소방차도 드나들 수 있는 초당림 임도의 길이는 총 50킬로미터! 자연히 산책로가 되었다. 반백년 전에 심은 4대 수종은 이제 30~40미터 높이에 어른 허리 정도 두께의 굵은 나무로 자라났다. 숲이 깊으니 새소리, 물소리에 간혹 알 수 없는 짐승 소리도 들린다. 밤에는 박쥐떼도 만날 수 있다고 한다. 한밤중에 연수원 옥상에서 별구경을 했다. 요즘은 밤에도 전국이 환해 별을 보기 어렵지만 그곳은 칠흑같이 어두웠다. 한때 가수 전인권 씨와 함께 음악을 했다는 김천기 선생의 감미로운 기타와 노래를 듣는 행운을 즐기며 북두칠성, 카시오페이아, 은하수와 별똥별을 오랫동안 감상했다.

시골에서 초등학교만 졸업하고 어린 나이에 일본인 상점에서 의약품을 판매하던 초당 김 회장은 혼신의 노력을 기울여 백세 가까운 나이에 몸과 마음을 치유하는 숲을 완성했다. 천수를 다

하고 세상을 떠날 때 그는 '붉은 산'이 아닌 '푸른 색 가득한 초당
림'을 그리워할 것이 분명하다. 그리고 우리는 다산 선생과 함께
초당 회장을 강진의 큰 인물로 기릴 것이다.

숫자로 읽는 세상

수數는 물질의 양을 나타내는 추상적 개념으로 인간만이 지닌 유용한 도구이다. 그리스 철학자 피타고라스는 세상이 모두 수학적 원리로 구성되어 있다고 생각했다. 간단한 예는 분수에서 뿜어나오는 물줄기의 궤적이다. 배출하는 물의 힘, 양, 높이 등 몇 가지 변수로 예측할 수 있다. 복잡한 예를 들면 파도가 해안가에 부딪치는 양상이다. 밀려오는 바닷물의 속도와 양, 방향, 부딪치는 방파제나 바위의 위치, 크기, 질량, 여러 힘 사이의 벡터 등 복잡하지만 연관된 다양한 인자들로 방정식을 만들 수 있을 것이다. 이런 능력은 먼바다에서 생긴 지진이 쓰나미를 일으켜 해변가에 생기는 피해를 줄이는 데 사용할 수 있겠다.

피타고라스의 말에 따라 주변을 잘 살펴보면 세상에 숨어 있는 신비한 '숫자의 비밀'을 찾을 수 있다. 어떤 현상을 나타내는 숫자와 수학은 각별한 의미가 있어 객관적 해석과 주관적 자각이 앞날의 삶에 도움이 된다. 각각 다른 분야에서 네 가지 예를 들어 살펴보자.

"큰 감나무 한 그루에서 감이 몇 개나 열릴까요?" 경상도 상주가 고향인 후배 교수가 퀴즈를 낸다. 많은 사람이 수백 개라고 대답했으나 실제로는 수천 개, 많으면 1만 개가 열린다고 한다. 열매를 셀 때는 100개를 뜻하는 '접'이란 단위가 있지만, 곶감은 100접 즉, 1만 개를 나타내는 '동'이란 단위가 따로 있다. 이렇게 자연은 노력과 기대 이상으로 넉넉하게 보답을 해준다. 주말 농장에서 채소나 과일 농사를 지어본 사람이 얻는 지혜다. 나무 꼭대기에 있는 감 몇 개는 새들이 가져가도 충분하다. 이마저 욕심 내어 나무에 오르다 떨어져 다리를 다치곤 한다.

이집트 여행을 할 때 기자에서 유명한 피라미드를 구경했다. 피라미드를 쌓는 데 사용한 돌은 석회암이나 화강암으로 한 개의 높이는 내 키의 2/3 정도, 평균 무게는 2.5톤(2,500kg)이었다. "이런 돌 몇 개를 쌓아 피라미드를 만들었을까요?" 두 번째 질문이다. 정답은 1백만~2백만 개이다. 250만 개가 든 것도 있다. 기원전 2,500년경 사람의 힘으로 만든 이 거대한 석조물은 '세계 7대 불가사의' 대표격이다. 당연히 온 국민이 수십 년간 동원되었다. 국민을 부당하게 혹사시켰다고 생각하는 사람도 있으나 사실과 거리가 멀다. 이집트의 절대군주인 파라오는 모든 권력과 재물을 소유했다. 수십 년 재위기간 동안 자기 무덤인 피라미드를 건설했다. 그러나 주로 농한기에 국민을 동원했다. 일종의 국민 취로사업이다. 노임도 꼬박꼬박 지급했다. 당시의 상형문자를 해석해보니 피라미드를 건설하면서 황금 덩어리를 가을 나무에서 낙엽 떨어지듯 지출했다고 적혀 있었다. 영생에 대한 개인적 욕구든, 정치 종교적 이유든 피라미드는 고대 이집트 왕국에 꼭 필요했고, 경제발전으로 파라오의 재정상태가 풍족해짐에 따라 점점 커졌을 것이다. 피라미드는 그 거대한 규모에 상당하는 역사적 사실과 의미를 감추고 있는 것이다.

"현재 어느 기업이 우리나라 경제에 가장 크게 기여하고 있을까요?" 누구나 쉽게 대답할 것이다. 삼성전자는 그간 꾸준히 우리 경제를 이끌었고, 2018년 매출 250조 원, 영업이익 65조 원으로 다시 한번 신기록을 썼다. 직장인에게 임원이 되는 것은 군대에서 장군이 되는 것과 같아 대우와 보수가 엄청나게 달라진다. 다음 질문은 이렇다. "삼성전자에 직원의 꿈인 이사급 이상 임원이 몇 사람일까요?" 임원은 일정 업무를 총괄하여 회사를 대표하는데 이사, 상무, 전무, 부사장, 사장, 부회장, 회장이 있다. 답은 2017년 현재 1,143명이다. 기업에 다녀본 적이 없는 나로서는 얼마나 많은 숫자인지 실감나지 않으나, 많은 직장인들은 놀라는 눈치다.

삼성전자의 경영 화두 중 하나가 '초격차'다. 세계 1위 반도체

기업으로서 다른 회사가 따라오지 못할 정도로 큰 격차를 벌리고 유지한다는 전략이다. 비정한 기업 세계에서는 압도하지 않으면 잡아먹힌다. 한때 회사를 대표했던 부회장이 내 친구인데, 그는 "상황에 맞게 변신하지 않으면 생존할 수 없다."고 한다. "애벌레가 번데기로 변하고, 그 번데기가 다시 나비로 변신하지 않으면 생존 자체가 불가능하다." 무엇보다 교육훈련, 평가, 인사 시스템을 나날이 발전, 변신시켜야 한다고 강조한다. 이렇게 항상 미래에 닥칠 변화에 대비하여 사람을 키우는 자세가 일류의 비결이고, 그래서 임원이 많다고 내 나름대로 해석한다.

마지막 질문이다. "우리나라에 화장품 제조회사가 몇 개일까요?" 식약처에 따르면 놀랍게도 2,209개이다. 이 숫자의 의미와 여기서 우리가 얻어야 할 경고와 지혜는 무엇일까?

# 타임스퀘어 광장의 셈법

2016년 세계 분자영상학회가 뉴욕 맨해튼에서 열렸다. 10년 만에 다시 방문한 맨해튼은 곳곳에 오래된 건물을 헐고 더 큰 빌딩을 짓느라 번잡했지만 더 화려해져 있었다. 타임스퀘어 메리어트 호텔에 학회 본부가 있어 그곳에 숙박했다. '세계의 교차로', '불야성의 거리', '세계 엔터테인먼트 중심지'라는 별명답게 광장을 가득 메운 인파와 현란한 광고판에 놀라면서도, 여기저기서 한국어가 들리고 우리 기업 광고판이 눈에 띄어 저절로 자긍심이 생겼다.

맨해튼의 도로는 잘 계획된 바둑판 형태로 동서로 난 길은 스트리트, 남북으로 난 길은 애비뉴라고 부르고, 그 앞에 차례로 번호를 붙여 어디든 쉽게 찾을 수 있다. 이 바둑판을 북서에서 남동으로 가로지르는 큰 도로가 브로드웨이다. 브로드웨이가 42

번 스트리트와 교차하는 곳에서 시작되어 47번가까지 삼각형 모양의 타임스퀘어 광장이 있다. 1904년 뉴욕타임스 신문사가 여기 자리잡으면서 붙은 이름이라고 한다. 미국의 성장에 따라 발전하다가 1993년부터 재개발하여 마침내 전 세계에서 관광객이 가장 많이 찾는 번화하고 유명한 광장이 되었다.

북쪽에 원형극장식으로 거대한 계단을 만들었고 그 아래 뮤지컬, 연극, 버라이어티쇼의 티켓을 파는 부스가 있다. 중앙에는 앙증맞은 빨간 탁자와 의자 수십 개를 갖다 놓아 많은 사람이 계단이나 의자에서 쉬면서 광장을 구경한다. 그 사이로 자유의 여신상, 스파이더맨, 미키마우스, 엘모와 엘사 등 유명 영화나 만화의 코스튬 플레이어들이 돌아다니고 심지어 벗은 몸에 성조기 문양 바디페인팅을 한 미녀 모델도 있어 팁을 받고 관광객과 함께 사진촬영에 응한다.

근처에 뮤지컬이나 연극을 공연하는 30여 개의 상업용 극장이 모여 있다. 흔히 3대 뮤지컬로 불리는 〈캐츠〉, 〈오페라의 유령〉, 〈레미제라블〉은 1980년대에 시작해 지금까지 인기가 있다. 30년 이상 같은 극장에서 한 작품만 공연하여 〈오페라의 유령〉은 12,000회가 넘었다고 한다. 모두 탄탄한 원작을 바탕으로 정교하고 창조적인 무대, 아름다운 선율과 뛰어난 연기가 조화를 이룬다. 그 밖에도 〈미스 사이공〉, 〈라이언 킹〉, 〈맘마미아〉, 〈그리스〉, 〈42번가〉, 〈카니발〉, 〈알라딘〉, 〈위키드〉 등이 인기다. 특히 디즈니가 뛰어들면서 뮤지컬의 내용과 형식이 더욱 미국 성향으로 바뀌고 있다. 티켓 부스에서는 여기서 공연되는 뮤지컬이나 연극 입장권을 판매한다. 오후에는 안 팔리거나 반환된 표를 30~50% 할인해주어 기다리는 사람들이 장사진을 이룬다.

타임스퀘어는 항상 인파로 가득하다. 북경 천안문 광장과 비슷하다. 천안문 광장을 찾는 사람 수를 추산해본 적이 있다. 12억 중국인이 50년 평생 한 번만 광장을 방문한다고 가정한다. 12억 인구를 50년으로 나누면 1년간 방문객 수가 되고, 이를 다시 365일로 나누면 하루 방문객 수가 나온다. 계산상 6만 5천 명이니 혼잡할 수밖에 없다. 물론 평생 북경 구경 한번 못 하는 중국인도 많고, 외국 관광객도 많으니 정확할 수는 없다. 한편 전 세계인이 찾는 타임스퀘어는 계산이 불가능하다. 매년 4천만 명이 방문하고, 매일 유동인구는 300만 명이라는 통계가 있다.

타임스퀘어에는 백여 개의 현란한 네온광고판이 즐비하다. 남쪽과 북쪽 한가운데 높은 광고탑이 있고, 광장을 둘러싼 고층 건물도 광고판으로 빽빽하다. 마천루에 걸린 20~30층 높이의 광고판도 있다. 시선을 끌려고 온갖 디자인과 화려한 색깔을 동원해 대부분 동영상을 내보낸다. 뮤지컬 광고도 있지만, 대부분 음료, 의류, 전자제품, 자동차 등 유명 제품을 선전한다. 한국과 일본이 이 광장에서 세력을 겨룬다. 명당 자리인 북쪽 중앙의 광고탑에는 위로부터 푸르덴셜생명, 중국 산동반도, 삼성전자, 코카콜라, 현대자동차 선전판이 자랑스럽게 반짝인다. 가뜩이나 자릿값이 비싸지만 북쪽 광고탑은 상상을 초월한 금액이라 들었다. 이에 맞서 남쪽 광고탑에는 펩시콜라, 야후와 도시바, 소니, 파나소닉을 선전한다. 광장을 둘러싼 건물에 엘지전자, 벤츠, 혼다자동차, 디즈니 광고가 보이고 남쪽 끝에 뉴욕 증권시장의 현황과 시세표가 줄을 잇는다.

광고 전쟁에서 우리 기업이 일본, 중국 기업보다 우위에 있어 기뻐하다가 다시 생각해보았다. 막대한 광고비는 결국 제품가격에 반영된다. 광고료에 해당하는 거금을 소비자가 타임스퀘어 측에 지불하는 꼴이다. 현란한 광고 뒤에 숨은 계산법이다. 유럽 회사 광고가 드문 이유는 무엇일까? 겉모양보다 실속을 중시하는 그들의 생활태도가 반영된 것은 아닐까?

이곳을 더 유명하게 만든 것이 새해를 맞는 볼드롭ball drop 행사다. 한 해의 마지막 밤 100만 명의 인파가 발 디딜 틈 없이 모여 공연도 보고 올드랭사인 노래를 합창하며 새해를 맞는다. 제야의 카운트다운이 클라이맥스다. 정각 0시, 새해가 되면 남쪽 광고판 위에 설치한 공이 떨어지고, 폭죽은 하늘 높이 올라가 터지고, 색종이가 머리 위로 가득 날린다. 옆 사람과 서로 얼싸안고, 연인끼리는 새해 키스를 나눈다. 새해와 성탄절에 이곳에서 열리는 축제는 온 세계로 생방송된다. ABC 방송국은 아침뉴스인 〈굿모닝 아메리카〉를 매일 이곳 스튜디오에서 진행하고, 광장에서 공연과 인터뷰를 곁들인다. 2013년 싸이가 〈강남 스타일〉을 공연한 곳도 바로 여기다.

광장은 철저한 조사와 세밀한 분석을 바탕으로 운영될 것이다. 세계 정상급 뮤지컬을 유치해 사람을 모으고, 언론을 통해 광장을 알리고, 볼드롭 등 다양한 행사를 개최해 세계인의 뇌리에 꼭 방문해야 할 곳으로 각인시키는 것이다. 이런 노력이 성공을 거둬 항상 사람으로 붐비고, 지역 상권은 호황을 누리고, 천문학적 광고수입을 올린다. 공연 컨텐츠로는 미국식 생활과 이념을 선전하고 전 세계에 전파한다. 그러고 보면 정말 타임스퀘어는 미국의 문화경제 패권주의를 상징하고 실현하는 메카가 아닌가! 우리가 '세계의 불야성'에 아무 생각없이 뛰어드는 불나방은 아닐까?

그 레 이 트 오 션 로 드

2018년 4월 호주 멜버른에서 열린 학회에 참석하고 그곳에서 "일생에 꼭 가봐야 하는 명소"라 선전하는 그레이트 오션 로드를 관광했다. 멜버른에서 서쪽으로 400킬로미터 떨어져 있는 해안 도로다. 찬란한 남극해가 가파른 절벽을 만나면서 장관을 이루어 현지 여행광고에서는 "극적이고, 강렬하며, 위험하고, 장엄하다dramatic powerful dangerous and majestic"고 극찬했다. 이 해안 도로는 1차 세계대전에 참전하고 귀국한 3,000여 명의 용사들이 손과 곡괭이로 건설했다고 한다. 바닷가에 줄지어 선 기묘한 바위섬들을 '예수님의 12사도'로 명명하여 꼭 들러야 할 관광지로 개척했다. 이름이 삶에 어떤 영향을 미치는지 보여주는 좋은 예라 하겠다.

호주대륙에는 큰 산이 거의 없다. 평원으로 이어지던 차창 밖

풍경이 바다에 접근해서야 산길로 변했다. 두 시간 반 만에 어촌인 아폴로 만Apollo Bay에 도착해 점심을 먹었다. 물고기를 사면 즉석에서 튀겨 '피쉬앤칩스fish and chips'를 만들어주는데 입이 짧은 내게도 맛있었다. 무슨 생선이냐고 물어보니, 이름은 모르고 그냥 오늘 잡은 고기라고 한다. 흔히 말하는 '잡어雜魚'다. 오늘 잡은 물고기가 '잡어魚'라면 어제 잡아 냉장고에 둔 생선은 '잡았어魚'겠다. 물고기를 즐기지 않는 서양인에게는 많은 생선이 그냥 피쉬fish다. 일본말에는 생선 이름이 몇 개나 될까? 정확히 모르지만 일본에 갔다가 스시집에서 90종류의 생선 메뉴를 본 적이 있다. 사물에 이름을 붙이는 것은 관심을 언어로 표시하여 인식화하는 과정이다.

가는 길에 나뭇가지 위에서 잠자는 코알라를 보았다. 나무 위에 살면서 땅으로 내려오지 않아 물도 마시지 않는다고 한다. 대신 나뭇잎에 들어 있는 물기에 의존한다니 신기할 따름이다. 촘촘한 털도 물이 증발하는 것을 막기 위해서 생겨났을 것이다. 코알라는 이름 자체가 '물을 먹지 않는다'는 뜻인 원주민 언어 굴라gula에서 비롯되었다. 이렇게 우리는 사물 이름에서 형태와 기능을 짐작할 수도 있다.

아폴로 만부터는 바닷가에 가깝게 도로를 내 해안 구경을 하면서 갔다. 호주대륙 맨 아래 땅끝에 170년 전에 만든 하얀 등대가 있다. 이곳을 지나는 호주 선박들의 나침반 노릇과 함께 밤이면 불법 이민선들이 의지하는 길잡이가 되었다. 그러나 험한 절벽과 거친 파도로 난파선이 많이 생겨 지역 이름도 난파선 해안 Shipwrecked Coast이다. 기록에 남은 침몰 선박만도 80여 척이란다. 이처럼 이름은 어떤 현상을 대표하기도 한다. 특이하게도 등대의 현판은 30년간 이곳에 근무한 등대지기를 기리고 있었다. 우리 같으면 과연 힘없는 등대지기를 기렸을까?

얼마 후 본격적으로 '예수님의 12사도' 바위섬이 나타나기 시작했다. 문명의 흔적이 없는 대자연 속에 끝없이 펼쳐진 절벽과 바다, 바닷물이 연출하는 다양하고 정교한 파란색 스펙트럼, 으르렁대며 바위에 부딪치는 파도, 바위와 부딪쳐 수없이 생겼다 사라지는 옥색의 동그라미들, 굴곡진 절벽 위에 우거진 덤불, 절벽 사이사이 보이는 황금빛 모래사장! 과연 경관은 일품이었고, 400킬로미터 길이로 그레이트라는 말에 걸맞게 크지만 사실 우리 서귀포 해안보다 더 나을 것은 없었다.

높이가 45m나 되는 바위들의 원래 이름은 '엄마돼지와 아기돼지'인데 1920년대에 관광객을 유치하기 위해 명칭을 바꾸었다. 바위섬과 절벽은 석회암 퇴적층이 융기하여 형성되었다. 바람은 끊임없이 바닷물을 밀어 자연물에 조각을 한다. 돌섬 아래로 영겁의 시간 내내 14초마다 파도가 들이치고, 강풍은 바위 꼭대기까지 물보라를 흩뿌린다. 물기로 연해진 사암이 바람에 깎여 꼭대기의 하얀 바위 잔해가 백발처럼 보이고, 아래는 파도에 갈라져 마치 두 발 같다. 강풍과 파도의 침습으로 해안선과 바위 섬은 계속 모습을 바꾸어 지금은 열두 개의 바위 섬 중 여덟 개만 남아있다.

시간이 흘러 석양이 가까워지자 해안의 풍광이 변하기 시작했다. 지는 해가 비친 바닷물이 유난히 빨갛다. 붉은색이 비추자 바위섬은 몸통이 구부정한 노인 같고, 일렬로 바다에 비친 그림자는 더욱 인간의 자세다. 떨어지는 태양빛 아래 제법 환하게 보이지만 스스로 빛을 내지는 못한다. 모든 빛과 영광은 주님의 소관이다! 어디선가 찬송가 소리가 들리는 듯하다. "참 아름다워라 주님의 세계는This is my Father's world." 영락없는 사도의 행렬이다.

첨단기술에 관심이 많은 K선생이 드론을 가져왔다. 원격조정으로 500m 내외를 비행하며 명령에 따라 촬영을 한다. 헬리콥터처럼 해안가 절벽과 바위섬 사이를 떠다니며 대자연을 실감나게 보여준다. 가까운 미래에 사진기 대신 드론이 더욱 널리 이용될 것이다.

인간은 '유희의 동물Homo Ludens'이라고도 한다. 풍부한 상상의 세계에서 정신적 창조활동을 한다는 뜻이다. 사실보다 허구가 더 관심을 끌고 정신세계를 자극한다. 영화산업이 좋은 예이다. 초창기 다큐멘터리 기록물로 시작하여 현실에 존재하지 않는 주인공이 벌이는 가공의 스토리에 이르기까지 폭발적으로 성장하고 번영을 누리고 있다. 현실과 먼 상상일수록 인간본성에 맞고, 때로는 그 창조력이 우리 삶을 키운다.

　'그레이트'는 '크다'는 뜻도 있지만 '위대하다'는 뜻도 있다. '예수님의 12사도'라는 상상의 창조물이 바닷가를 따라 서있는 그레이트 오션 로드는 대단한 허구의 상상력만큼 위대한 인간의 길이자 필생의 명승지다.

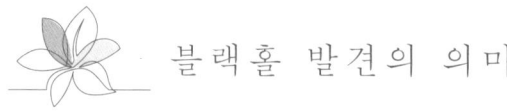 블랙홀 발견의 의미

"블랙홀이 발견된 사실이 정 선생에게는 무슨 의미가 있는 가?" 올해 구순九旬이신 B 교수님이 물어보셨다. 선생님보다 23년 젊지만 아무 생각없이 하루하루를 보내던 내게는 일종의 충격이었다.

1930년에 출생한 선생님은 젊으실 때부터 뛰어난 두뇌와 학문에 대한 열정으로 전설 같은 일을 많이 하셨다. 진단방사선과학과 핵의학을 전공하면서 19권의 저서와 수많은 논문을 쓰셨다. 내 전공인 핵의학 분야만 보더라도 1980년대 중반에 우리나라 최초로 미국핵의학회지에 논문을 게재하셨다. 정년퇴임 후에도 지금까지 환자 곁을 떠나지 않고 현업에 종사하시며 학문에 대한 집념을 놓지 않았다.

핵의학회 원로회원 몇몇이 B 교수님과 정기적으로 저녁식사

모임을 갖고 있다. 핵의학이 아닌 인생사를 배우고 생각하는 유익한 기회다. 선생님은 의학 외에도 철학, 역사, 음악, 언어학 등 많은 분야에 자신만의 식견을 가지고 있다. 나아가 지성인으로 이 시대에 무엇을 생각하고, 어떻게 살아야 하는지 몸소 보여주신다. 지난 번 모임에서 불쑥 던지신 이 질문은 내게 화두話頭가 되었다. 처음에는 거리가 먼 사건으로 여겼지만 생각할수록 내 삶에 큰 영향을 줄 수 있는, 아니 주어야 하는 사건이었다. 좀 길지만 2019년 4월 10일자 언론 기사를 인용해본다.

그동안 이론으로 추정만 해온 블랙홀의 실제 모습과 크기, 무게를 국제연구팀이 실측하는 데 성공했다. 아인슈타인이 처음 제안한 블랙홀은 강력한 밀도와 중력으로 인해 빛, 에너지, 물질, 입자 어느 것도 빠져나올 수 없는 시공간 영역을 말한다. 이론적으로는 인정받고 있었지만 빛마저 빨아들이는 강한 중력 탓에 인류는 그동안 블랙홀을 볼 수 없었다. 이번 촬영 역시 블랙홀 본체가 아니라 블랙홀로부터 탈출이 불가능해지는 경계면인 '사건의 지평선event horizon' 주위에 맴도는 빛을 통해 블랙홀의 윤곽을 관측한 것이다.

레만 박사를 단장으로 한 전 세계 2백여 명의 천문학자로 구성된 블랙홀 관측 프로젝트팀은 지구 곳곳의 거대한 망원경 8대를 연결시켜 지구 크기의 가상 망원경을 만들었다. 가상 망원경은 미국의 허블 천체망원경보다 1000배 이상 해상도가 높다.

처음으로 실체가 밝혀진 블랙홀은 지구에서 5천5백만 광년 떨어진 은하 M87 중심부에 있고 수많은 블랙홀 중 초대형이면서 지구에서 가까운 것이다. 무게는 태양 질량의 65억 배, 지름은 160억 킬로미터에 달하는 크기로 도넛 모양의 노란 빛 가운데 검은 원형인 모습이다. 아인슈타인 박사의 예측이 연구팀 측정 자료와 정교하게 일치된다고 발표했다. 이 결과는 아인슈타인의 상대성이론이 100여 년 만에 입증됐다는 사실을 넘어서, 과학계에 새 지평을 열 것으로 보인다. 지금은 단지 시작일뿐으로, 우주 형성과 진화의 비밀을 여는 데 한걸음 더 다가서게 됐다.

우선 기획과 준비과정이 아주 인상적이었다. 계산 결과 블랙홀의 실체를 관측하려면 지구 크기의 망원경이 필요했다. 실제로는 할 수 없는 일이지만 아주 새로운 발상으로 해결했다. 지구 곳곳에 있는 대형 망원경 여덟 대를 연결해 지구 크기의 거대 가상 망원경을 만든 것이다. 개별 망원경의 영상정보를 지역, 위치, 시간 정보와 함께 컴퓨터에 입력하고 일종의 역투사법으로 계산해 영상을 얻었을 것이다. 비슷한 개념을 이용한 핵의학 단층영상기기도 있었다. 말로는 간단하지만 이 영상을 얻기 위해 200여 명의 연구진이 수년간 슈퍼컴퓨터로 분석해야 했다.

블랙홀은 존재만으로도 중요한 점을 시사한다. 빅뱅이론과 맞물려 우주의 생성과 소멸에 관한 법칙이 있다는 증거이기 때문이다. 지구와 우주의 모든 것이 우연이나 무작위가 아니라 어떤 법칙에 의해 운영된다는 뜻이다. 인간의 생사 역시 여기서 벗어날 수 없다. 블랙홀은 존재에 관한 가장 근본적 해답을 던져준다. '우리를 포함한 모든 것은 없어진다.'는 것이다. 그러나 사라진 것은 다시 생겨난다. 완전히 해체되어 아주 다르게 조합된 상태로 재탄생한다.

죽음과 소멸은 끝이 아니라 새로운 시작이다. 상대성이론에서는 블랙홀처럼 끌어들이기만 하는 세계가 있으면, 반드시 물질을 내뿜기만 하는 '화이트홀white hole'이 존재한다고 한다. 150억 년 전의 대폭발이 재현되거나, 화이트홀에서 신생 성운이 다시 나타나고(?) 우주는 새로운 희망을 시험한다. 높은 온도와 방사능 아래서 물질의 다양한 조합으로 원시 생명이 나타나기 시작해 우리 인류가 남긴 문명을 이어가는 우연한 기적도 상상해 본다. "어쩌면 죽는다는 것이 삶의 의미일지도 모른다." 흑인 여성 최초로 노벨문학상을 받은 토니 모리슨의 말이다. "죽음은 새로운 삶의 시작이니 곧 희망이다." 우주의 운명도 설명할 수 있는 진리다.

어떻게 생각하면 이제 철학과 종교는 블랙홀이라는 뜻하지 않던 강력한 힘과 마주친 셈이다. 아군일까, 적군일까? 2~3천 년 전에 탄생한 종교의 지식, 이념, 통찰력과 믿음만으로는 현재 밝혀진 사실조차 충분히 해석하지 못한다. 하물며 앞으로 밝혀질 사실은 말할 것도 없다. 또 다른 정신적, 이념적인 변혁이 필요해진 것이다.

B 교수님의 질문으로 이런저런 생각을 해보지만 답은 전혀 짐작도 못할 버거운 숙제다. 선생님은 어떤 멋진 생각을 갖고 계실까? 학계의 어른으로 여전히 지적 자극을 주시는 교수님께 감사와 존경의 마음을 표한다.

3장.

인연으로

만난 사람들

 소 매 치 기 와   아 버 지

중학생 때 일이다. 어느 일요일 아침 아버지께서 친척 아저씨께 돈을 전해주고 오라는 심부름을 시키셨다. 그렇게 중요한 일은 처음인지라 돈봉투를 점퍼 안주머니에 깊이 넣고 바짝 긴장하여 버스를 탔다. 휴일이지만 꽤 사람이 많았다. 몇 번이고 봉투를 손으로 확인했다. 내릴 정거장이 되어 힘겹게 사람들을 헤치고 문 쪽으로 갔다. 내리자마자 안주머니에 손을 넣어본 나는 맥이 탁 풀리고 말았다. 봉투가 없었다! 내리기 직전까지 확실하게 있었는데 기가 막힐 노릇이었다.

처음 당한 소매치기였다. 어릴 때라 충격이 커서 그 후 관심을 갖게 되었다. 소매치기란 남의 소지품을 손이나 면도날을 이용해 교묘한 방법으로 훔치는 절도 행위다. 그런 짓을 하는 사람을 지칭하기도 한다. 폭행, 협박으로 빼앗는 강도나 물건을 낚아 채 달아나는 날치기와는 조금 다르다. 대부분 사소한 금액을 잃기 때문에 뛰어난 솜씨나 지략의 대결이라고도 여겨지나 소매치기는 엄연한 범죄행위다.

해외를 자주 드나들면서 소매치기에 대한 지식도 점점 늘었다. 이탈리아, 스페인, 프랑스 등의 유럽이나 태국, 베트남 같은 동남아시아를 여행할 때 친지나 동료들의 경험담과 조언에 귀를 기울였다. 특이하게도 이슬람교를 믿는 나라는 아주 안전하다. 형벌이 가혹하기 때문인 것 같다. 소매치기를 하면 팔목을 자르는데 굶어 죽게 되지 않은 이상 누가 그런 위험을 감수하겠는가?

나는 소매치기가 볼 때 아주 좋은 목표일 것이다. 현금을 많이 갖고 다닌다는 중년 동양인에 몸은 가냘픈 데다 힘도 없어 보인다. 오산이다. 평소 운동을 좋아하는 데다 대학생 때 야구 동아리에서 내야수도 한 적이 있어 비교적 행동이 빠른 편이다. 3년 전 일이다. 유럽학회 참석 후 동료 여덟이 한 그룹이 되어 이탈리아 로마를 방문했다. 로마의 소매치기에 대해서는 친구들의 경험담을 많이 들어 익히 알고 있었으나 아무 일 없이 마지막 날이 되었다. 그간 쌓은 지식을 써보지도 못했다고 농담을 하며 지하철에 타는 순간 뭔가 이상하다는 느낌이 들었다. 사람에 둘러싸여 밀리듯 들어갔으나 객차 안은 한산한 것이 아닌가! 어디서 들은 얘기였다. 문득 아래를 보니 양복 왼쪽 안주머니에 누군가의 손이 들어와 있었다. 얼떨결에 왼손으로 꽉 붙잡았다. 손을 따라 올려다보니 30대의 날씬한 청년이 씨익 웃고 있었다. 소매치기였다. 웃는 얼굴에 약간 화가 나 나도 모르게 오른손 주먹으로 배에 어퍼컷을 먹이며 영어로 더듬거렸다. "Where is your fingers?" 문법을 따지거나, 더 멋진 문장을 생각할 겨를이 없었다. 단호한 반응에 놀란 그는 잠시 당황하더니 큰소리로 떠들기 시작했다. 왜 생사람을 잡느냐는 뜻일 게다. 그제야 정신을 차려보니 나는 객차 한쪽 구석에 몰려 있고 친구들은 멀찌감치 떨어져 있었다. 치기배들이 나를 한쪽으로 몬 것이다. 로마에서 성악을 공부하는 한국인 관광가이드가 다가와 소리 높여 언쟁을 벌였다. 세 명의 악당은 다음 역에서 황급히 내렸다. 물론 지갑은 안전했다.

또 한 번은 파리의 지하철이었다. 전차가 역으로 들어오고 있어 모두 계단을 바삐 내려갔다. 갑자기 내 앞에서 어떤 청년이 계단 중간에서 멈추더니 허리를 숙여 구두끈을 매기 시작했다. 별 사람도 다 있다고 생각하며 그 옆을 돌아 내려가려는데 오른쪽 어깨에 맨 가방이 당겨지는 느낌이 들었다. 지하철에 올라타자마자 걱정이 되어 가방을 보니 이미 바깥 수머니는 열렸으나 다행히 안쪽 보조 지퍼까지는 손대지 못한 상태였다.

소매치기도 진화한다. 옛날에는 대중교통, 병원, 백화점 등 붐비는 곳에서 개인기(?)로 돈이나 지갑을 훔치는 단독 범행이었다. 그러나 점차 조직화되어 이제 상대의 얼을 빼는 바람잡이가 따로 있다. 지갑이나 소지품이 있는 쪽의 반대편에서 바람잡이가 주의를 끄는 사이에 소매치기가 목표물을 채 간다. 반대쪽에서 물건이나 신체를 잡아당겨 관심을 끌거나 아이스크림, 케첩, 겨자 같은 이물질을 실수한 척 옷에 묻혀 방심하는 순간을 노린다.

내가 들은 가장 수준 높은(?) 소매치기는 경찰관을 사칭하는 형태였다. 캐나다 토론토에서 학회에 참석한 두 명의 동료가 번화가를 걷는데 어떤 여행객이 다가와 지도를 보여주며 길을 물었다. 같이 지도를 들여다보는데 사복 경찰이 나타났다. 신분증을 제시하며 이 사람이 마약상인데 지금 거래한 것 아니냐고 심문했다. 놀란 친구들이 극구 부인하자 경관은 신분증과 지갑을 요구했다. 확인 후 지갑을 건네주며 조심하라고 충고까지 했다. 경찰과 헤어진 후 아무래도 이상한 느낌이 들어 지갑을 열어보니 100달러 지폐 여러 장이 감쪽같이 사라졌다. 모두 한패였던 것이다. 이런 경우 경찰이라는데 어떻게 해야 할까? 외교부 홈페이지에 있는 해외안전여행지침에 따르면 진짜 경찰은 검문 시 여권만 요구하지 지갑을 뒤지지는 않는다. 정 의심이 되면 경찰서에서 이야기하자고 해야 한다. 물론 위험한 지역은 아예 홀로 가지 말고 단체로 다니는 것이 좋다.

중학교 수학여행 때 담임 선생님이 재미로 퀴즈를 냈다. 부산에서 기차를 타고 수억 원의 큰돈을 서울로 가져가는데 소매치기를 피하는 가장 안전한 방법이 무엇일까? 돈을 가방에서 꺼내어 선반 위에 차곡차곡 쌓아두는 것이란다. 모든 사람이 놀라서 그 돈을 주시하고 있으니 아무리 솜씨 좋은 소매치기도 어떻게 할 도리가 없다. 한잠 자고 일어나면 서울에 도착한다. 기차를 내려도 같은 칸 승객들이 둘러싸고 신경을 쓰기 때문에 소매치기할 틈이 없다. 관심을 빼앗기면 당하듯이, 관심이 많을수록 안전하다.

내가 처음 경험한 소매치기는 전형적이었다. 우선 돈봉투를 갖고 있다는 것을 내 행동으로 알았다. 점퍼 안주머니는 지퍼가 없으면 바깥 주머니나 마찬가지이다. 손가락 끝으로 쉽게 털 수 있다. 그 정도도 못하면 소매치기라 할 수 없다. 어수룩한 소년이 버스에서 내릴 때 일부러 길을 비켜주지 않아 당황시키고 주의를 다른 곳에 쏠리게 한 후 훔친 것이다. 사색이 된 얼굴로 실수를 고백했더니 아버지는 뜻밖에 껄껄 웃으셨다. "인생 좋은 경험을 했구나!" 큰돈이 아니었나 보다. 아니면 아버지가 스케일이 큰 분이었나? 실제로 아버지는 항상 다정하고 언제나 힘이 되어 주셨다. 소매치기들이 기승을 부리는 황량한 세상에서 우리를 따뜻하게 감싸주던 아버지! 30년 전에 너무나 일찍 가신 아빠가 갑자기 그리워진다.

교수님의 18번

　병원에는 다양한 직종의 사람들이 같이 일하고 있다. 서로 소통과 화합을 위해, 우리 젊은 시절에는 봄 야유회를 자주 갔다. 높은 과장님부터 갓 들어온 전공의와 간호사까지 참가한 행사장은 아무래도 분위기가 다소 어색하기 마련이다. 주최자는 다 같이 어울릴 수 있도록 노래를 부르는 여흥 프로그램을 준비했다. 특히 높은 교수님들에게 반드시 노래를 청했다.

　단연코, 관심의 대상은 우리와 가장 가깝지만 무서운 J 교수님이었다. 그 당시 막 미국 연수를 마치고 귀국해, 학생과 레지던트 교육을 담당하고 있었다. 외모도 다소 험상궂고 거친 선생님은 우리들이 최신 의학지식과 술기를 철저하게 습득하고, 또한 환자와 라포르도 완벽하게 유지하라고 다그쳤다. 여흥자리에서 선생님은 언제나 멕시코 노래 〈베사메무쵸〉를 리메이크(?)해

불렀다. 사실은 스페인어로 쓴 노래 제목과 비슷한 발음으로 가사를 바꾸어 온전히 다른 의미의 노래로 만들었다.

〈베사메무쵸〉는 1940년 멕시코 여가수 콘수엘로 벨라스케스가 리라 꽃(라일락)에 얽힌 아픈 이별의 사랑이야기를 노래로 만들었고, 2차 세계대전을 거치면서 시대상과 맞아떨어져 공전의 대히트곡이 되었다. 우리나라에서도 현인의 번안곡이 유행해 중년층에게는 익숙하다. 다음은 현인 가수가 부른 노랫말의 첫 부분이다.

베사메 베사메무쵸, 고요한 그날 밤 리라 꽃 지던 밤에
베사메 베사메무쵸, 리라 꽃 향기를 나에게 전해다오.
베사메무쵸야, 리라 꽃 같은 귀여운 아가씨
베사메무쵸야, 그대는 외로운 산타마리아

다음은 우리 J 교수님 번안곡 가사이다.

비싸네 비싸네 무척, 자장면 한 그릇에 오 천원이 웬 말인가?
비싸네 비싸네 무척, 비빔밥 한 그릇에 칠 천원이 웬 말인가?

이 곡의 장점은 음식 이름과 가격만 바꾸면 언제나 새로워지는 데에 있다(그러나 선생님은 세상 물정에 어두워 늘 음식 가격을 싸게 부르고

154

는 비싸다고 했다). 베사메무쵸 여인의 향기로운 아름다움을 찬양하던 곡이 갑자기 고물가에 허덕이는 민생 문제로 둔갑하여 좌중은 웃음바다가 되었다. 더욱이 J 교수님 같이 '근거 중심 의학'을 선도하여 문헌공부를 강조하는 분이 엉뚱하게 바꾸어 부르는 것이 파격이었다. 병원으로 돌아오는 관광버스에서 취기가 오른 우리들은 이 노래를 합창하며 화합을 다졌다.

잠시, J 교수님의 청춘 시절 연애 이야기를 여러분에게 소개하겠다. 다소 의외로 선생님은 순수한 용모에 단정한 미모의 여의사를 줄기차게 쫓아다녔다고 한다. 상대방 여의사는 그 열정에 감동하고, 또 방대한 독서량에 기인한 선생님의 박식함에도 끌려 결혼했다고. 결혼하는 날 오전까지 병원에서 근무를 하고 바로 예식장으로 직행한 선생님 이야기는 전설로 남아있다. 요즘은 지병으로 고생하는 스승님을 사모님이 지성으로 간호한다는 이야기를 듣고 있었다.

야유회 후 40여 년이 흘러간 얼마 전, 내가 신경병으로 연하치료를 받으러 재활의학과에 갔다가, 우연히 J 선생님을 만났다. 연하치료 마지막은 항상 크게 노래를 한 곡 부르고 끝낸다. 선생님을 뵌 것에서 생각나 인터넷에서 〈베사메무쵸〉 가사를 탐색하다가 놀라운 사실을 발견했다. '베사메무쵸'는 여인 이름이 아니고 스페인어 'Besa me mucho'로, 영어로는 'Kiss me much'인 것이다!

여기서 나는 의문이 생겼다. 문헌조사를 그렇게 강조하는 분이 노래 가사의 원본을 찾아보지 않았을까? 혹시 일부러 가사를 바꾸어 노래를 통해 숨겨진 애정을 표현한 것은 아니었나? 사모님이 후에 스스로 알게 한 비밀이었나? 물론 나 혼자만의 추측이다.

다음은 스페인 원곡의 가사이다. 현인 가수가 부르던 가사보다 훨씬 열정적이다. J 선생님의 겉모습만으로는 상상하기 어려웠던, 한결같이 애틋하고 간절한 사랑이 느껴진다. 이것이 40년간 조화로운 가정을 유지해 온 힘일 것이다. 또 한편으로는 〈베사메무쵸〉의 J 교수님식 리메이크 곡 가사로 병원 직원들의 화합에 일조하였다. 새삼 인간사에서 음악의 위대함을 깨닫게 한다.

나에게 키스해 주세요. 키스를 많이 해줘요.
마치 오늘밤이 마지막인 것처럼요.

나에게 키스해 주세요. 키스를 많이 해줘요.
그대를 잃을까 봐 나는 두려워요.
정말 가까이 그대를 갖고 싶습니다.
당신의 눈 속에서 나를 바라보고 싶고.
매일 그대 곁에 있고 싶어요.

생각해봐요. 나는 내일 멀리 있을 거에요

여기서 아주 멀리

나에게 키스해 주세요. 키스를 많이 해줘요.

마치 오늘밤이 마지막인 것처럼요.

나에게 키스해 주세요. 키스를 많이 해줘요.

그대를 잃을까 봐 두려워, 지금 이후로 당신을 잃을까 봐."

친구 어머니

미국에 사는 의과대학 동기 A가 이메일로 어머니가 얼마 전에 돌아가셨다는 소식을 보내왔다. 잠시 가슴이 먹먹했다. A의 어머니는 내게 각별한 분이다. 대학시절 함께 공부하느라 매년 3~4개월씩 A의 집에 머물며 많은 신세를 졌다. 어머니는 전형적인 현모양처에 높은 지성과 감성을 갖춘 멋진 여성이셨다.

사실 처음부터 친한 사이는 아니었다. A는 나보다 1년 먼저 의예과에 들어온 선배였다. 의예과를 마치고 사정이 있어 1년을 쉰 뒤 본과에서 동급생이 되었다. 의대 공부는 양과 질이 모두 만만치 않아 보통 몇 명이 스터디그룹을 만들곤 한다. 내 고교 선배들과 어울려 다녀 얼굴 정도만 알고 지냈던 그가 어느 날 색다른 제안을 해왔다. 쿼터시험 두 달 전에 학교 근처에 있는 자기 집에서 시험 준비를 함께 하자는 것이었다. 집이 멀어 한 시간 이상 버스를 타고 통학하던 나는 선뜻 동의했다.

A와 나는 공부하는 방법이 아주 달랐다. 나는 정통파(?)였다. 바른 자세로 책상에 앉아 책을 정독하고, 중요한 내용은 색깔이 있는 볼펜으로 표시를 하고, 종이에 쓰면서 암기했다. 그는 책상을 양보하고 아랫목에 비스듬히 누워 소설책 보듯 교과서를 읽었다. 도통 집중하지 않는 것 같았으나 다음날 아침에 정리해보면 나보다 더 깊이 이해하고, 외우는 것도 훨씬 많았다. 노력형인 나는 거기에 자극받아 더욱 시간을 아껴가며 공부했고, 이것이 다시 그에게 자극이 되고 서로 진도를 맞추는 효과도 있어 큰 도움이 되었다.

같은 의대생이지만 기초실력에는 차이가 컸다. A는 당시 최고였던 경기중고등학교를 다녔고, 의예과도 2등으로 들어온 수재였다. 나는 사립 중고등학교를 졸업하고 평범한 성적으로 대학에 들어온 '보통 학생'이었다. 지능지수도 155로 최상급인 그는 외가에서 좋은 유전자를 물려받은 것 같다고 했다. 어머니를 비롯하여 외삼촌과 이모들 모두 경기(여자)중고등학교와 서울대학교 출신인 소위 KS 마크✦라고 했다.

✦ KS 마크 : 1962년부터 우리 정부는 각 분야에서 성능이 우수한 농공업 제품을 선정해 KS(Korean Standard)라는 일종의 품질보증서를 부여하는 인증제도를 시행했다. 경기(Kyeonggi)중고등학교와 서울(Seoul)대학교 출신을 세간에서 품질이 보증된 우수한 인재라는 의미로 영어 머리글자를 따서 KS 마크라고 불렀다.

그러나 KS 마크를 달았다고 모두 행복하게 잘 사는 것은 아니었다. 외삼촌 중 한 분이 역시 경기고, 서울법대를 나와 장래가 유망한 군법무관이 되었다. 그러나 장교 숙소에서 자던 중 새어 나온 연탄가스에 중독되어 뇌가 크게 손상되고 화상까지 입고 말았다. 생각이 명료하지 못하고 거동마저 불편하게 되고 보니 결혼을 약속한 처녀도 부모의 강요로 다른 사람에게 시집을 갔다. 그런데 그 여자분이 나중에 자식을 결혼시키고 남편이 죽은 뒤 외삼촌을 찾아왔단다! 홀로 가난하게 지내던 외삼촌은 그분의 봉양을 받으며 행복하게 5년을 살고 돌아가셨다.

하여튼 내 생각에 A의 어머니는 가장 바람직한 주부의 전형이었다. 일제 강점기와 한국전쟁을 거쳤지만 좋은 부모 밑에서 자라 대학교도 다니고 예술적 소양까지 갖추었다. 서울 종로구 한복판 큰 기와집에 살며 개성 출신답게 기막힌 보쌈김치, 조랭이 떡국을 만드셨다. 고추장을 바른 두부무침은 어머니의 별미 레시피였다. 청소년 때는 한동네에 살던 소설가 박완서 선생과 함께 문학공부를 했으나 전쟁 통에 뜻을 펴지 못했다. 따분한 의학 공부에 지친 우리들에게 존 레논의 〈Imagine〉을 피아노를 치며 불러 주신 적도 있다.

졸업 후 우리는 다른 길을 걸었다. 나는 대학병원에서 전공의 수련을 받고, 서울에 있는 국군병원에서 근무하고, 모교 교수가 되었다. 그는 먼저 군의관 복무를 마치고 미국으로 건너가 수련

받으면서 능력을 발휘해 캘리포니아 명문대학 교수가 되었다. 계속 우리 대학 옆에 살던 A의 가족은 건강에 이상이 생기면 내게 신세를 지기도 했다. 아들 부부가 곁에 없어 적적한 어머니는 가끔 내 아내와 고부 간처럼 통화도 했다. 세월이 흐르고 연락이 뜸해지다가 이사를 갔다는 이야기만 들었다. 그리고 이제 돌아가셨다는 연락을 받은 것이다.

흔히 말하는 '옷깃을 스치는 인연'만 해도 아주 가까운 사이다. 광대한 우주공간과 영겁의 시간 속에서 같은 곳, 같은 시간에 존재한다는 것 자체가 기적 같은 일이다. 불교에서는 인간으로 500번 윤회를 해야 이런 사이가 된다고 한다. 그러고 보면 학생 시절 수많은 숙식을 마련해 준 A의 어머니는 내게 엄청나게 가깝고 좋은 인연이자, 의사인 내 존재를 만드는 데 기여하신 은인이다.

연기론에 의하면 우리는 과거의 인연이 같아도 주체적 이성과 감성으로 다른 미래를 만들어간다. 적극적으로 노력하면 인연도 더 발전하고 깊어진다. 예를 들면 A 외삼촌의 여자분은 일생의 악연을 적극적 생각과 행동으로 좋은 인연으로 바꾸었고, 나는 A 어머니와의 좋은 인연을 소극적으로 일관하다가 잇지 못한 셈이다. 뒤늦게 내 존재 속에 남아있는 당신의 음덕을 깨닫고 연기론을 성찰할 계기를 주신 어머님의 명복을 빕니다.

〈동심초 노랫말에 맺힌 사연〉, 그 뒷이야기

2016년에 출간한 졸저 《의학의 창에서 바라본 세상》에 가곡 〈동심초〉를 부르던 초등학교 여자 동창에 관한 글이 있다. 그녀와 나는 서로 호감을 갖고 있었지만 용기와 확신이 없어 주춤거리다가 노래 가사처럼 맺지 못한 사이다. 이 일이 좋은 경험이 되어 아내와의 연애는 해피엔딩으로 이어질 수 있었다. 그 글의 내용은 다음과 같다.

의대 본과 3학년 때 친구 따라 의료봉사 동아리에 가입했다가 우연히 초등학교 여자 동창 A를 만났다. 중고생 시절 성악을 공부했던 그녀는 의대 음악회에서 가곡 〈동심초〉를 독창으로 불러 큰 박수를 받았다. 여름방학 때 함께 의료봉사를 갔다가 서울로 돌아오는 기차 안에서 A에게 〈동심초〉를 감성적으로 부르는 법을 배웠다. 한 구절씩 그녀의 노래를 따라 부르던 그 순간은 내 청춘에서 가장 행복했던 기억이다. 그 후 서로 기숙사 축제에 초대하고 대학로의 명소가 된 학림다방에서 간혹 만나 음악 이야기를 나누었다. 다음 여름방학에 그녀가 이화여대 강당에서 공연하는 〈Jesus Christ Superstar〉 뮤지컬에 나를 초대했다. 공연을 보고 학교 뒤 숲속을 산책하게 되었다. 자연스럽게 팔짱을 끼고 낭만적인 분위기가 무르익었으나 머뭇거리다 애정의 말이나 행동을 표현하지 못한 채 정류장에 도착했고, 뜻밖에 버스가 빨리 오는 바람에 그녀는 실망한 표정으로 떠나갔다. 그 뒤로 뉴질랜드로 이민 간다는 소식을 듣고 그녀에게 〈동심초〉가 수록된 카세트테이프를 전했다. 이 노래의 가사는 중국 여류작가의 시 〈춘망사春望詞〉를 김억 선생이 번역한 것이다. 같은 시구를 서로 달리 번역하여 각각 1, 2절 가사로 삼았다. 용기가 없어 A를 떠나보낸 나는 김 시인의 과감한 지혜와 행동에 탄복했다.

그 A에게서 전화가 왔다. 대학 졸업생 모교 방문 행사차 한국에 온 김에 수소문해서 연락처를 알았단다. 뉴질랜드에서 미국으로 건너가 화학공학도와 결혼해 지금은 휴스턴에서 잘 살고 있다고 했다. 의과대학에 다닐 때 그녀의 결혼 소식을 듣고 가슴에 못이 박히는 아픔을 느꼈다. 그 와중에도 '슬프면 왜 머리가 아닌 가슴이 아플까?'를 고민했던 기억이 있다.

그날 바로 대학병원에서 만나기로 했다. 그녀는 이틀 후에 떠날 예정이고 나도 그날 병원에서 문학회 모임이 있었다. 사십여 년 만에 만난 그녀는 아직도 앳된 표정이 남아 있지만 몸이 많이 불었고, 나는 허리가 굽고 백발인 데다 머리카락마저 없어져가고 있었다. 우리는 다소 서먹하고 어처구니없는 표정으로 재회했지만, 서로 깊은 속마음을 털어놓은 적이 없었기에 금방 옛날처럼 친구가 될 수 있었다.

듬성듬성 옛이야기, 동창 이야기, 직장 이야기를 하다 내 건강과 수필 이야기가 나왔다. 그동안 쓴 책들을 서가에서 꺼내면서 잠시 망설였다. 내 솔직한 감정이 실려 있는 〈동심초 노랫말에 맺힌 사연〉을 보여주어야 할 것인가. 이 나이에도 숨기려 하는 자신이 못마땅해 먼저 실토를 하고 책에서 글을 찾아 보여주었다. 표정없이 글을 읽던 그녀는 마지막에 살짝 미소를 짓는 것 같기도 했다. 우리 둘은 더이상 이에 대해서는 아무 말도 하지 않았다.

그날 저녁 문학회 회원들과 베토벤에 관한 특강을 같이 듣자는 제안에 그녀가 동의했다. 강사가 교통 체증으로 늦는다고 연락이 왔기에 회원들에게 A를 소개했다. 몇몇은 그녀에 관한 글을 기억하고 있었다. 여러 사람이 내가 수필을 낭독하고 그녀가 〈동심초〉 가곡을 부르기를 간청했다. 영화에나 나올 법한 제안이었지만 그녀는 조금 망설이다가 응했다.

우리 이야기를 A 앞에서 읽고, 가곡의 애절한 곡조와 시구를 그녀의 목소리로 다시 새기자 갑자기 시간과 공간이 아득하기만 했다. 먼 옛날이 지금 같고, 이 순간이 44년 전인 것도 같았다. 우리가 옛날 그 장소를 거닐고 있는 건지, 바로 옆에 앉아 있는 건지, 들려오는 A의 노래는 높고 가늘고 느릿했다. 청춘의 감성이 스며 있던 노래가 흐르는 동안 과거의 일들이 활동사진이 되어 흘러갔다. 회원들이 박수와 함께 앵콜을 외칠 때 비로소 꿈에서 깨어났다. 복 많은 삶이란 생각이 들었다.

강의 후 회원들과 맥주를 마시며 다시 수필 속 이야기를 안주로 삼았다. A와 회원 모두 친근감을 느끼는 것 같았다. 각자 비슷한 추억을, 아니 청춘을 그리워하는 것이리라. 밤이 늦어 그녀의 언니 집까지 택시로 배웅했다. 차 안에서 왜 사양하지 않고 노래를 불렀냐고 물었다. "늙고 병든 정 선생 모습이 속상해서." 그녀는 정녕 불교에서 말하는 측은지심惻隱之心을 지닌 보살이었다!

반사적 광영 (光榮)

나는 1945년 크리스마스이브를 전원시인 로버트 프로스트와 같이 보내고 헤어질 때 그가 나를 껴안았다는 말을 아니할 수 없다. 나는 범속한 사람이기 때문에, 달이 태양의 빛을 받아 비치듯, 이탈리아의 플로렌스가 아테네의 문화를 받아 빛났듯이, 남의 광영을 힘입어 영광을 맛보는 것을 반사적 광영이라고 한다.

피천득 선생님의 수필 〈반사적 광영〉에 있는 구절이다. '반사적 광영'이란 말을 흔히 쓰지는 않지만 태양의 빛을 받아 밤을 비추는 보름달처럼, 평범한 보통 사람이 뛰어난 인물과 어떤 관계가 있을 때 느끼는 으쓱한 감정 내지는 명예를 뜻한다. 요즘은 유명한 연예인이나 운동선수와 가까운 경우를 들어야 할 것이다. 학문의 세계도 마찬가지여서 친구나 동료가 세계적 업적으로 인정을 받으면 자랑스럽고 인연도 더욱 값지게 여겨질 것이다.

심한 경쟁사회에서도 세계 1위를 하는 국산품이 몇 가지 있다. 반도체나 유조선 같은 대기업 대표 품목도 있지만, 알게 모르게 손톱깎이, 낚싯대 등 틈새시장에서 각고의 노력으로 일류 제품을 만드는 중소기업도 적지 않다. 이들은 뛰어난 아이디어와 남다른 노하우로 어지간한 대기업보다 알차다고 인정받는다.

의학계에서도 비슷한 현상을 찾을 수 있다. 암, 심장질환, 뇌신경 질환 분야에서 세계적인 연구소나 병원을 우리나라에 구축하기는 쉽지 않다. 대규모 시설, 엄청난 인력과 막대한 자금이 필요하기 때문이다. 하지만 중소기업 같은 성공사례는 꽤 많다. 동기생인 토론토 대학 영상의학과의 유시준 선생을 꼽을 수 있다. 그의 전공 분야는 소아심장혈관 영상이다. 주로 선천성 심장병을 영상진단하는 분야로 요즘은 환자가 줄어 전공을 하는 의사는 적으나, 수술로 생명을 건지고 평생의 건강이 결정되기 때문에 고도의 지식과 술기가 요구되는 분야다.

유시준 선생은 서울아산병원 조교수로 근무할 때 캐나다 토론토 소아병원Hospital for Sick Children에 연수를 갔다. 그 병원 소아심장 전문의 프리덤Freedom 교수를 비롯한 의료진은 그의 탁월성을 알아보고 붙잡아 정교수로 초빙했다. 물론 미국이나 캐나다 의료계에서 선두주자로 활약하는 한국인 의사가 적지 않다. 그러나 유 선생은 국내 교육을 받고 건너간 국산 수출품(?)이다. 더욱이 그의 맹활약을 본 미국대학병원에서 우리나라 영상의학자 10여 명을 교수로 채용했다. 크게 보면 한만청 교수님을 비롯한 우리 학계의 다방면에 걸친 노력과 투자의 결과이지만 직접적인 모델이 된 유 선생의 공을 무시할 수는 없다.

어떻게 이런 성공을 거둘 수 있었을까? 평범한 학생이었던 그가 동기 중에서 가장 뛰어난 학문적 업적을 이룬 원인과 과정을 살펴보자. 우선 그는 평생 한 분야에 집중했다. 전공의와 초기 전문의 시절에는 그간 밀려 있던 선천성 심질환 환자의 수술이 아주 많았는데 그때 서울대학교병원과 심장전문인 세종병원에서 수많은 임상 증례를 경험했다. 그 후 선천성 심질환 환자가 적어져 많은 사람이 다른 분야에 눈을 돌릴 때 그는 더 깊이 파고들었다. '공부도 근본부터 한다'는 원칙에 따라 군의관 시절 발생학, 병리학을 공부하고, 뜻이 맞는 사람들과 영어논문 작성법, 의학통계 관련 책들을 독파했다. 지금도 해박한 태아발생학 지식을 바탕으로 영상소견을 분석하는 그에게 감탄사를 연발하는 임상의사를 자주 본다. '아는 만큼 보이는 법'이라는 격언에 걸맞은 충실한 내용 덕분에 북미방사선학회Radiologic Society of North America, RSNA에서 유 선생이 강의하면 보통 1천여 명의 청중이 몰린다. 소아심장학회, 심혈관외과학회, 태아초음파 학술대회 등 연계 분야에서도 가장 인기있는 강사다.

그는 기초연구도 꾸준히 직접 기획하고 수행해왔다. 병아리 심장병 유발기법 등의 연구에는 부인까지 참여시켰다. 이미 12년 전 시작한 의학영상을 이용한 심장의 3D 프린터 모형개발은 획기적이다. 단층영상 자료로 실제 환자의 심장과 거의 똑같은 레진 모조품을 만들어 선천성 심질환을 공부하고, 수술과정을 결정하고, 미리 연습하는 데까지 유용하게 쓰고 있다. 사람이 한 가지 일에 몰두하면 천재적인 아이디어가 떠오르곤 한다. 우리나라 최초의 병리학자인 윤일선 교수의 권고다. "주위를 잘 살펴라. 진리는 항상 뜻을 거기 두는 사람에게 발견의 기회를 준다. 항상 열熱과 성誠을 다하라."

3D 기법은 의학교육과 환자진료에 빅뱅이 될 것이다. 너무나 쓰임새가 많기 때문이다. 인공관절, 치아보철 등에서 '환자별 맞춤치료'는 벌써 대세이며, 그는 흉부외과 의사를 대상으로 HOSTHands-on Surgical Training 과정을 5년째 열고 있다. 여기에 인공지능AI을 더하면 꿈 같은 일이 벌어진다. 예를 들면 3D로 환자의 실제 질병모형을 만들고 이를 이용해 수술과정을 다빈치기기에 입력한다. 실수한 부분은 몇 번이고 교정할 수 있다. 완벽한 프로그램을 만들면 이것으로 로봇이 무인수술을 할 수 있다. 내가 흥분하여 설명했더니 유 선생은 전공 외에는 시간이 없어 그것은 다른 사람의 몫이라고 잘라 말한다. 아주 현실적인 사람이다.

세계적 학술대회에 모인 수많은 청중 앞에서 명강의를 하고, 심장 3D 프린팅 기법을 개발해 의학을 발전시키고, 그 수입과 회사를 모두 아동병원에 기부하고, 매년 10차례 이상 외국에서 초청강의를 하는 그는 나이를 잊은 사람이다. 이제는 국내 의료계에서도 유명해진 덕에 그와 절친한 나도 같이 인정받는 반사적 광영을 누리기 시작했다.

금아琴兒 선생님의 명문장으로 수필을 끝맺으며 친애하고 존경하는 학형學兄 유시준 선생의 계속적인 활약과 건강을 기원한다.

사람은 저 잘난 맛에 산다지만, 사실은 대부분의 사람들은 남 잘난 맛에 사는 것이다. 이 반사적 광영이 없다면 사는 기쁨은 절반이나 감소될 것이다.

서울대학교병원 문학모임

　사람을 뜻하는 한자어인 인간人間은 원래 '사람 사이의 관계'라는 의미다. 타인과 맺는 사회적 관계가 우리 존재의 핵심이다. 행복하게 살려면 가정, 직장, 단체 등 모든 조직에서 구성원의 감성적 화합이 꼭 필요하다. 어떤 이유로든 바람직한 관계가 설정되지 않으면 당사자의 삶뿐만 아니라 공동체 전체에 나쁜 영향을 미친다. 따라서 자기 주변의 인적관계에 끊임없는 관심을 가져야 한다.

　병원에 근무하는 의료인이나 직원들은 다른 직장인과 사뭇 다른 환경에서 일한다. 환자가 고객인 서비스업이지만 그 대상이 세상 무엇보다도 소중한 몸과 마음의 건강인 것이다. 일반 고객과 달리 환자는 병원 측의 높은 관심과 절대적인 보살핌을 바란다. 여기에 의사가 조직의 리더라는 특성이 있다. 연령이나 경력에 관계없이 전문가인 의사의 지시에 주변 의료인이나 직원들이 잘 따라야 원활한 진료가 이루어진다.

이런 이유로 병원은 썩 바람직한 직장은 아니다. 질병으로 고통받아 예민하고 우울한 환자와 보호자를 상대하니 조금만 잘못해도 책잡히기 일쑤다. 어떤 환자는 병의 악화를 곧 의료인의 과실로 여긴다. '걸어서 병원에 왔는데 누워서 나간다.'고 한다. 치료는 뒷전이고 설명도 없이 검사만 한다고 불평한다. 그렇지 않아도 아프고 괴로우니 모든 과정이 짜증스럽다. 많은 환자를 처리하기 위해 개발한 전산시스템은 따라만 하기에도 너무 복잡하다. 다혈질인 고객은 마지막 수납 단계쯤 가서는 불만이 폭발해 엉뚱한 직원들만 곤욕을 치른다.

병을 고치는 일은 당연히 그 분야의 전문의가 앞장서야 한다. 간호사, 약사, 의료기사와 직원은 팀이 되어 일해야 한다. 그러나 일부 의사는 자존심 세고, 까다롭고, 자기 위주여서 같이 일하기 힘들고, 어떤 의사는 업무상의 질서를 사람 사이의 서열로 착각해 스트레스를 주기도 한다.

병원에서도 구성원 간의 협력과 화합을 도모하기 위해 취미 동아리 활동을 장려한다. 2018년 초, 서울대학교병원 인터넷에 간간히 수필을 게재하던 건축과 팀장님과 간호부 과장님이 내 방을 찾아왔다. 원내에 문학모임을 만들자는 열정에 감화되어 문학회를 만들게 되었다.

원내 인터넷에 공지하고 알음알음 사람을 모았다. 3월에 25명 정도의 회원이 모여 정식으로 서울대학교병원 문학회가 출범했다. 정년이 얼마 안 남아 극구 사양했으나 결국 내가 첫 1년 동안 회장을 맡고, 산부인과 교수님이 차기 회장이 되었다. 간호사, 의료기사, 행정직원, 비상기획실 직원 등 여러 직종이 모여 병원 내 화목을 추구한다는 동아리의 취지에 부합했다. 이미 시집이나 수필집을 출판한 사람도 있으나 대부분 창작 경험이 없는 문학 애호가들이었다. 다른 예술과 인문학에도 관심이 많으니 '문화 애호가'가 더 적절한 표현이겠다. 매달 한 번 수필과 시작 외에도 역사와 철학, 미술, 음악 같은 문화 전반에 걸쳐 특강을 열고 있다.

호모 사피엔스의 특성 중 하나가 문화다. 다른 동물보다 지적으로 우세했던 우리 선조들은 농사를 '발명'하면서 충분한 식량을 확보하게 되었다. 여유가 생기자 노래, 춤, 그림을 만들고 즐기면서 지능도 더 높아졌다. 글자의 발명은 이런 활동을 가속하고, 또 발전의 주축이 되었다. 문화는 인류의 특징적 속성이다. 범죄를 저질러 감옥에 있는 재소자가 제일 반기는 강의가 인문학이고, 집이 없어 바깥에서 자는 노숙자가 가장 하고 싶은 것이 문화 활동이라고 한다.

우리 병원에는 전문가 못지않게 인문학과 예술에 조예가 깊은 교수들이 여럿 있다. 이런 비전문가(?)들은 우리와 같은 곳에서 시작하여 공부하고 익혀왔기에 전공자보다 쉽게 설명할 수 있다. 문학회에서는 이들에게 우선적으로 강의를 부탁해 자연스럽게 의사집단과 다른 직종 간에 상호 이해하고 존중하는 작은 계기를 마련했다. 나는 첫 연자로 〈연건캠퍼스의 역사문화유적〉을 강의했다. 종로구 연건동 캠퍼스 자리의 과거 역사와 유적, 우리나라 최초의 근대식 병원건물인 대한의원이 세워진 1908년부터 지금까지 역사를 살펴보았다.

강의 후 병원 시계탑건물(대한의원)에 있는 의학박물관과 복원한 옛 시계도 관람했다. 동양에서는 시간을 측정하는 것이 국왕의 의무이자 권리였다. 고종황제는 이런 목적으로 그때까지 사용하던 해시계, 물시계를 없애고 경복궁에 서양식 시계탑을 세웠다. 대한의원에는 세 번째 시계탑을 만들어 서양의학을 적극 수용하겠다는 황제의 의지를 천명했다. 120년 전 영국에서 제작한 기계식 시계는 천 년을 작동하도록 견고하게 만들었으나 관리 소홀로 크게 고장나서 1980년대에 전자식 시계로 바꾸고 그간 탑 꼭대기 먼지 속에 방치되어 있었다. 내가 의학역사문화원장을 하던 2013년에 기금을 모으고 시계 명장을 찾아 고쳐 전시하고 있다.

3층에 전시한 옛 탑시계를 보고 문학회 여자 회원이 즉석에서 시상을 떠올려 시를 지었다. 놀랍게도 이것이 두 번째 작품이란다! 진정 우리 회원 간의 지적 교류와 감성적 화합으로 문학 역량이 높아진 시너지 효과를 보여주었다. 모든 병원 동아리가 더욱 활성화되어 병원이 일할 맛 나는 직장이 되고, 결국 환자에게 이익이 돌아가는 순리가 이루어지기를 소망한다.

시계탑의 비밀

먼지의 무게만큼
세월의 시름을 안고
앓고 있던 잊혀진 시계

그러나
역사에 부끄럽지 않게
살아야 함을 아는 이가 있어
우리 장인의 손길을 빌어

그 옛날
다시 볼 수 없기에
천 년이 가도 튼튼하길 기도하며
만들어
바다건너 보낸
영국 장인의 손길과
만나게 하다.

수백 년 느티나무 같은 위용에
생명을 갖추니

작은 모母시계가 큰 자子시계들을
향해 조용히 속삭인다.
자 이제부터
똑딱
똑딱

병원 가족, 멀어져 가다

같은 대학병원에서 40년 넘게 근무하다 보니 주위에서 장사하는 몇 분과 가깝게 지내게 되었다. 예를 들면 구내이발소나 단골식당의 주인과 종업원이다. 병원 직원은 아니지만 오랫동안 같이 지내다 보니 직장 동료로 여겨질 정도다.

1974년, 아들 하나뿐인 과부 아주머니가 원남동 병원 정문 앞에 조그마한 간이 밥집을 열었다. 아주머니가 음식솜씨가 좋고 부지런해 병원 직원들이 하나둘씩 단골이 되었다. 점심 때면 병원 식구에게 된장찌개를, 밤이면 영안실 손님들에게 육개장을 도맡아 제공했다. 그러다 주차장 공터 무허가 건물에서 직원들이 이름 붙인 '대학식당'을 시작했고, 15년이 지나서는 병원 앞 원남동 사거리에 '고궁의 아침'이라는 80평 큰 식당으로 확장했다.

이 식당에 가면 병원에서 온 손님이 항상 가득해 제2의 구내식당 같았다. 나도 전공의 시절부터 지금까지 단골이다. 우리가 젊었을 때 영안실에서 주문하면 한밤중이라도 영락없이 아이를 등에 업고 무거운 음식을 머리에 이고 걸어오시던 아주머니가 생각난다. 투박한 화강암 색조 바탕에 헐벗은 나무가 서 있고, 그 옆으로 아이를 등에 업고 머리에는 물건을 인 여인이 지나가는 박수근 화백의 〈나목裸木〉 시리즈를 연상시켰다. 고달픈 삶을 인내와 세월로 이겨낸 우리 어머니 세대의 장한 모습이다. 우리가 식사할 때 한구석에서 만화를 보며 즐거워하던 어린 아들은 내 모교 중고등학교에 진학했다. 나와 동문의 인연으로 더 가깝게 지내고 있다.

지금은 아들 부부가 식당 운영을 맡아 하고 있으나 여전히 계산대 앞에 앉아 있는 82세 황복순 할머니는 옛날을 떠올리며 마냥 행복해한다. 아직도 많은 직원, 환자와 가족이 식당을 찾아 음식을 즐기기 때문이다. 마치 병원 식당처럼 직원은 식대 10퍼센트를 깎아주고, 치과대학병원을 비롯해 어린이병원, 암병원에 적지 않은 기부금을 내 불우한 환자를 돕는다. 암병원 로비에 있는 그랜드 피아노도 이 분이 기증했다. 환자를 위한 자선공연에 요긴하게 사용하면서 처음에는 송년음악회에 황 할머니를 초청하기도 했으나, 요즘은 세태가 달라졌다고 한다. 지난 4월 병원 본관 앞에 개설한 '대한외래' 건물에 대기업 푸드코트가 입점한 후 손님이 줄었고, 경영이 더 악화될 것을 염려한다.

38년 된 이발소는 더 아쉽다. '대한외래' 건물에 유명 브랜드 미용실이 들어와 폐쇄하게 된 것이다. 병원 당국도 결정이 쉽지 않았겠지만 직원들의 의견을 널리 알아보아야 하지 않았을까? 그간 중견 교수님을 비롯해 많은 남자 직원의 두발을 책임져왔기 때문이다. 구내에 있어서 편하기도 했지만 머리 스타일도 마음에 들어 나도 이곳을 애용했다. 지금도 현직에 있는 사람은 물론 퇴직한 교수와 직원이 찾아오고 단골이 700~800명이나 있다고 한다.

이발소는 환자들에게도 도움을 주고 있었다. 이동이 불편한 환자가 휠체어나 침대에서 쉽게 옮겨앉을 수 있도록 이발 의자를 개조하고 문턱을 없애는 등 나름대로 특성화된 병원 이발소로 자부해왔다. 새로운 머리 스타일을 선호하는 젊은이 위주의 병원 결정에 더해 그간의 노력을 인정받지 못한 것이 애석하다는 아저씨는 곧 변두리에 개업한다고 전화번호를 적어주었다. 신경외과나 이비인후과 수술 환자의 두발 관리 등 자기가 맡았던 일이 순조로울지 걱정하면서…

'서당개 3년이면 풍월風月을 읊는다.'는 말이 있다. 주인아저씨는 환자 이발을 오래 하다 보니 머릿속 이상이나 질병의 상태를 곧잘 감지한다고 했다. 뇌종양으로 수술을 받을 환자의 병소 부위를 짐작할 수 있단다. 이 말에서 의료행위와 병원에 대한 깊은 관심과 애정을 느꼈다. 역시 주인아저씨는 또 다른 의미로 우리 병원 동료였던 것이다!

30년간 구두를 닦아주는 아저씨도 있다. 젊어서 병원 구내에 자리잡고 공사 때마다 병원건물 구석으로 여기저기 옮겨다니며 어느 부서에서나 연락하면 신발을 수거해 깨끗이 닦고 광을 낸 후 배달해준다. 한번은 나에게 중요한 이야기를 귀띔했다. 자기는 많은 교수 중에서 나중에 병원장이 될 사람을 미리 알 수 있다는 것이었다. 바로 젊어서부터 구두를 정기적으로 깔끔하게 닦는 사람이란다! 생각해보니 일리가 있다. 자기 이미지를 항상 신경쓰고 관리하는 유형이 아닌가. 나하고는 정반대다. 그러고 보니 40년간 구두를 닦아 달라고 맡긴 적이 한 손으로 꼽을 정도다. 대학이나 병원의 보직을 원하지도 않았고, 요청받지도 못한 내 과거를 설명해준다.

인간사의 진실과 지혜는 병원 주변에도 곳곳에 작은 조각으로 숨어 있다. 남다른 시선과 생각으로 새롭게 풀어쓰면 좀더 진솔하고 풍요롭게 사는 데 도움이 된다. 어쭙잖은 글을 계속 쓰는 이유이기도 하다.

〈명예의 전당〉에 헌정된 고창순 교수님

약 135년 전 근대의학이 도입된 이후 많은 선구자들의 헌신적 노력으로 우리 의학은 세계적 수준으로 발전했다. 대한의학회는 이들의 노고를 치하하고 업적을 기리고자 〈명예의 전당〉을 설립해 그간 99명을 헌정했다. 2018년 3월에 고창순 서울대학교 명예교수님을 비롯한 12분이 새로 헌정되었다. 나는 고 교수님의 제자로 젊은 의료인들에게 선생님을 소개하려고 이 글을 쓴다. 선생님은 대표적인 한국 최초의 핵의학자로 핵의학, 갑상선학 발전에 크게 공헌한 교수이자, 굴곡이 심한 삶 속에서 한 인간으로서 진정한 모범을 보인 큰 스승이었다.

고창순 선생님은 1932년 경남 의령 출생으로 1951년 서울대학교 의예과에 입학했으나 일본으로 건너가 1957년 도쿄에 있는 쇼와의대를 졸업했다. 졸업 후 귀국하여 서울의대 부속병원

내과 전공의 시절인 1960년 스승인 이문호 교수를 도와 방사성 동위원소 진료실 설립과 대한핵의학회 창립에 관여했다. 핵의학 1세대로 2012년 작고하기까지 평생 방사성핵종을 이용한 진단과 치료, 연구에 헌신하며 당시에는 상상조차 어려운 600여 편의 국내외 논문을 발표했다. 현재 한국은 세계 3~4위 수준의 연구와 진료를 하는 명실공히 핵의학 선진국이 되었다.

또한 선생님은 핵의학적 방법을 이용해 초기 갑상선학 연구와 발전에 기여했다. 1960년대 초 방사성요오드의 임상활용에 대한 대규모 연구를 수행했다. 이후 40여 년간 방사성동위원소 진료실은 우리나라 갑상선학의 메카로 수많은 인재를 기르며 임상이용을 주도했다. 지금 우리나라 갑상선학은 일본에 앞서 아시아대양주학회와 세계학회에서 활약하고 있다.

고창순 교수는 일찍부터 국제학술교류에도 앞장서, 1980~1984년 아시아대양주핵의학회 사무총장, 1990~2001년 아시아대양주갑상선학회 부회장을 역임하고 우리나라에서 학술대회를 개최해 국제적 위상을 높였다. 이 노력은 후에 우리나라가 세계핵의학회 회장국이 되고, 세계의료정보학회, 세계핵의학회, 세계분자영상학회를 개최하는 결실을 맺는다.

그는 서울대학교 의과대학 내과학교실 교수 겸 방사성동위원소 진료실장으로 재직하며 임상현장은 물론 다양한 연구에 방사성동위원소를 활용했다. 이 과정에서 혈액학, 내분비학, 신장학,

감염학 등 전문 분과를 개척하고 각 분야의 핵심인물이 된 우수한 제자들을 양성했다.

고창순 교수는 새로운 학문, 특히 의학과 인접 학문과의 융합에도 관심이 많았다. 대한내분비학회 회장, 대한내과학회 회장을 역임한 후 대한의용생체공학회, 대한의료정보학회, 대한노화학회, 호스피스학회 등을 창립하고 회장으로 융합학문 분야가 정착하는 데 기여했다.

학문적인 업적 외에도 스승님은 성숙한 인격과 굳은 의지를 갖춘 인간으로 모범이 되었다. 25세 젊은 나이에 찾아온 대장암을 비롯하여 일생 동안 생긴 3번의 진행암을 모두 이겨내고 한국인 평균수명을 누리셨다. 가까이에서 선생님의 투병생활을 보면서 환자의 정신자세가 병의 진행에 얼마나 큰 영향을 주는지 절감했다. 선생님은 귀중한 경험을 《암에게 절대 기죽지 마라》는 책자로 출판하여 많은 환자에게 희망을 주었다. 젊어서부터 생사를 드나드는 힘든 삶을 겪은 선생님은 보통 사람과 다른 가치관과 생활태도를 가지게 되었다. 어떻게 보면 기막힌 질병의 악연을 자기성찰과 의지로 한 단계 높여 좋은 인연으로 바꾼 셈이다.

금세기 가장 위대한 조각가이자 철학적 예술가인 알베르토 자코메티는 이렇게 말했다. "우리 삶에서 가장 아쉬운 점은 사람이 딱 한 번만 죽는다는 사실입니다. 가령 인간이 두 번을 죽는다면 세상이 얼마나 더 진실되고 진지해질 수 있을까요? 한 번 죽고 두 번째 사는 인생을 상상해 봅시다. 우리의 삶을 에워싼 그 많은 부질없는 것을 걷어내는 시기가 되겠지요."

고 선생님은 부질없는 자신의 사소한 이익보다는 많은 사람에게 도움을 주는 진실한 자세와 행동으로 일관했다. 이런 태도는 세상에 대한 예리한 통찰력, 원만한 대인관계와 시너지 효과를 일으켜 모두 원원하는 결과를 낳는 일이 많았다. 그는 자연스럽게 의료계의 지도자가 되어 서울대병원을 비롯하여 여러 의학단체를 성공적으로 운영하고 발전시켰다. 평생 심고 가꾼 진료와 연구성과도 자신의 몫으로 돌리지 않고 아낌없이 제자들에게 주었다. 덕분에 많은 후학들이 유수한 대학의 교수가 되어 학문 발전에 이바지하고 있다.

제14대 김영삼 대통령 주치의로 봉사하고, 1995년 보건복지부에서 보건의료과학진흥법 제정 과정을 주도했다. 이 연구사업으로 우리나라 의료인들이 의과학적 개념을 가지고 인접 과학분야와 함께 발전하는 기틀을 마련했다.

스승님은 제자들에게 아버지 같은 분이었다. 바쁜 교수생활 중에서도 가능하면 제자들과 '살을 비비려고' 애쓰셨다. 학문뿐 아니라 인생살이의 굴곡을 함께하며 어려움을 돕고, 지혜를 가르치고, 희망을 노래했다. 아마 내가 가장 많은 혜택을 받았을 것이다. 은사님은 지난 40년간 든든한 버팀목이 되어 나를 여기까지 길러주셨다. 이 자리를 빌려 은혜를 다시 기리며 천당에 계신 선생님의 명복을 빈다.

두서없는 글이지만 독자는 고창순 교수님의 생애에서 쉽게 배울 점을 찾을 수 있을 것이다. 지금까지 대한의학회 〈명예의 전당〉에 헌정된 111명의 선구자 모두가 업적과 생활에서 우리에게 주는 귀중한 교훈이 많다. 글과 자료를 체계적으로 정리하여 의료인뿐 아니라 일반인에게 적극적으로 홍보하면 참 좋겠다. 의료인은 자부심과 함께 의료 현안에 대한 지혜와 해결책을 얻고, 국민들에게는 의료계를 좀더 이해하고 가까워지는 계기가 될 것이다.

성스러운 기초의학자
─ 조승열 교수님의 1주기를 맞아

의학한림원 제4대 회장이었던 조승열 교수님이 지난 2019년 1월 27일 74세의 안타까운 나이에 별세하셨다. 선생님은 서울대학교 의과대학 기생충학 교수를 시작으로 중앙의대, 가톨릭의대, 성균관의대로 옮기면서 전공 분야를 확장하고 이들 신생 대학이 자리를 잡는 데 크게 공헌했다. 요즘은 인기가 적은 편인 기생충학을 전공하여 많은 어려움이 있었겠지만 내색하지 않고 자신을 충실하게 다그치는 외유내강의 전형이었다.

조 선생님의 의욕에 잔 소교수 시절에 학생으로 직접 가르침을 받은 것은 행운이었으나, 곧 모교를 떠나서 선생님과 가까이 할 기회가 많지는 않았다. 지금도 유감스럽고 아쉬운 인연이다. 사실, 타계하셨을 때 추모의 글을 쓰고 싶었으나 선생님과 친교가 적어 망설이다 행동에 옮기지 못했다. 떠나신 지 1년이 되어 멀리서나마 존경하고 가끔의 만남을 소중하게 여겼던 마음으로 이 글을 쓴다.

아마도 선생님은 우리나라 의학계에서 가장 순수하고 착하고 겸손한 학자일 게다. 저마다 추억이 있겠지만 나도 몇 번 경험한 바 있다. 내가 의과대학생 시절이었다. 과거에 우리나라가 기생충 왕국이었다지만, 앞으로 이런 학문은 거의 필요없겠다고 생각한 나머지 공부를 소홀히 해 시험에서 C학점을 받았다. 우연히 사석에서 선생님을 만났는데 내 이름은 물론 성적까지 알고 계셨다! 더 놀란 일은 "의과대학 성적 중 유일한 C학점"이라고 말한 내게 "흥미있게 가르치지 못한 교수도 책임이 있다."고 진심으로 미안해해서 몸 둘 바를 몰랐다.

그 후로 만남이 뜸하다가 내가 서울대학교병원 의학역사문화원장을 맡고 나서 원내외 행사에서 뵐 기회가 많았다. 선생님은 중앙의대, 성균관의대가 명문 의대로 도약하는 기틀을 만들고 이미 정년퇴직을 하신 후였다. 또한 대한의학회에서 잡지출판과 의학용어 선진화 업무를 성공적으로 수행하고, 대한민국 의학한림원장까지 역임한 의료계의 원로이셨다. 그러면서도 항상 업적에 비해 너무 대접을 받는다고 겸손해 하셨다.

서울대병원 문화원에서 매달 개최하는 심포지엄을 비롯해 각종 행사에 빠지지 않고 나오셨던 선생님은 언제나 후배들을 격려하고 응원했다. 한번은 의학회 용어위원회 회의에서 핵의학

관련 용어를 처음으로 발표한 내게 품격있는 강의였다고 말씀해 주셨다. 강의 후 지금까지 받았던 최고의 찬사였다.

선생님은 나와 분야가 아주 달라서 학문상으로는 접점이 없었으나 내게 관심을 두셨던 것 같다. 독서를 즐기는 선생님 부부는 내가 수필집을 낼 때마다 격려를 잊지 않으셨고, 미국 국립암연구소에서 발행한 책자에 논문이 인용된 것을 찾아내고는 나보다 더 기뻐하셨다. 그러나 후학 중 내게만 특별한 사랑과 배려를 주신 것은 아니었다. 완성된 인격자만 가능한 햇빛 같은 사랑이었다. "누군가를 사랑하는 것은 그를 살게끔 하는 것이다愛之. 慾其生." 공자의 말씀이다.

학자로서의 업적이나 품위보다 선생님을 더 빛나게 만든 것은 소박한 생활, 따뜻한 마음과 높은 도덕률이었다. 이런 품성은 선생님의 지극히 평범한(?) 외모와 환상적인 조화를 이루었다. 선배나 동료에게는 착하고 성실한 KS 보증 인재로, 후학에게는 닮고 싶은 교수님의 모델이었다. 처음에는 친근하여 만만하지만 점차 쫓아가기 힘든 원형임을 깨닫게 된다.

조선 성종 때 대사헌 이석형 공은 한국판 히포크라테스 선서인 〈의원정심醫員正心〉에서 의사를 의자醫子, 의원醫員, 의학자醫學者로 나누고, 의학자란 높은 실력에 성聖스러운 마음으로 환자를 대하여 세간의 존경을 받는 의사로 정의했다. 조승열 교수님은 실로 성스러운 기초의학자였다.

김 종 순 선 생 영 전 에

2018년 5월 17일 안타깝게도 김종순 선생이 불의의 사고로 세상을 떠났다. 우리는 핵의학과 내분비내과뿐 아니라 방사선의 인체 영향 등의 분야에서 탁월한 업적을 쌓은 방사선의학 전문가를 잃었다.

김종순 선생과 나는 의과대학 동기동창이다. 두 사람 모두 얌전하고 조용한 타입이어서 학생 때는 교류가 거의 없었다. 당시 서울대학교 부속병원은 시계탑 건물을 사용할 정도로 규모가 작아서 전공의를 38명만 뽑았다. 160명 졸업생 중 나머지는 전국 수련병원으로 흩어졌다. 나는 서울대학병원에서 내과를 전공했고, 그는 한국전력 부속병원인 한일병원 내과에서 수련을 받았다. 전문의 시험을 앞두고서야 다시 만나 같이 공부를 했다.

그의 학교생활에 관련된 해프닝이 있다. 대학 졸업 후 20년이 지난 어느 날 처가로 올라가는 엘리베이터 안에서 어딘지 낯익은 남자를 만났다. 서로 긴가민가 쳐다만 보다가 결국 다니던 학교를 맞추어 보자고 했단다. 초등학교, 중학교, 고등학교는 다르고 마침내 같은 의과대학을 같은 해에 졸업했다는 사실을 알게 되었다고.

김종순 선생과 다시 인연이 닿은 것은 내가 전공의와 군의관을 마치고 국립의료원에 있다가 서울대학교로 자리를 옮기던 때였다. 내과와 핵의학과를 겸직하던 내 자리를 그에게 부탁하여 인계했다. 결과적으로 핵의학계는 큰 인재를 한 명 발굴한 셈이 되었다. 국립의료원에서 그는 핵의학에 재미를 느끼고 정열을 쏟아 짧은 시간에 많은 업적을 냈다. 그 후 한일병원에 핵의학과를 신설하여 복귀했다. 1980년대 초 '영광 원자력발전소 무뇌아' 사건으로 고창순 교수님이 책임을 맡은 역학조사에 같이 참여하면서 우리는 형제 같은 우정을 쌓았다. 어찌나 죽이 잘 맞았던지 서울 근교에 주택지를 공동구입하여 장래를 설계하기도 했다.

역학조사는 정부와 국민의 의견에 따라 장기화되었다. 우리는 10여 년간 벽지에 있는 네 곳의 원자력발전소를 드나들며 나름 보람을 느꼈다. 역학조사를 탐탁치 않게 여기는 주민과 공기업인 한국전력의 견고한 관료주의가 앞을 가로막기도 했지만 주민들을 설득하고 공기업의 생태에 적응하면서 일을 진행해야 했다. 평범한 의사에게는 쉽지 않은 역할을 그는 잘도 수행했다. 아마 학창시절 송촌 의료봉사 동아리에서 익힌 경험과 능력 때문이리라. 그는 열정과 비전으로 한국전력 측을 설득하여 산하에 '방사선보건연구원'을 개설했고 직접 초대원장을 맡았다. 나는 그의 추진력과 탁월한 조직관리 능력에 깊은 감동을 받았다. 이 연구소는 원전사고에 대비한 비상진료, 방사선 안전관리, 피폭예방, 원전 종사자 관리뿐 아니라 저용량 방사능의 인체효과에 관한 수준 높은 연구를 수행했다.

그는 점차 핵의학과 방사선생물학 분야의 대가로 인정받아 서울의대, 가톨릭의대 초빙교수가 되고 국내외 학회에서 요직을 맡았다. 마침내 뛰어난 리더십을 인정받아 원자력병원을 확대 개편한 한국원자력의학원 초대원장으로 선출되었다. 그때 나는 원장 선정 심사위원이 되어 같이할 수 있었다. 우리의 우정은 2005년 초 내가 조기위암으로 수술을 받았을 때 더욱 무르익었다. 당시 이명철 선생님이 회장이 되어 2006년 세계핵의학회를 서울에서 개최할 예정이었다. 세계학회 사무총장인 내가 앓아눕자 그는 국내 조직위원회 사무총장이 되어 나를 도왔다. 우리 둘은 서로 이해하고 양보하여 큰소리 한번 내지 않고 학회를 성공적으로 개최했다. 그의 원만하고 성숙한 인품 덕이었다.

어릴 때부터 그의 한결같은 꿈은 경희대 김찬삼 교수처럼 세계여행을 하며 외국 풍물을 익히는 것이었다. 의사가 된 것도 그

꿈을 이루기 쉽다고 생각해서였다. 실제로 세 번이나 세계일주를 한 김찬삼 교수만은 못하였으나 적잖게 세계를 돌아다녔다. 아시아와 유럽은 물론, 남미 시골 구석까지 여행했고 최근에는 한일 문화유적에 관심이 많아 일본을 자주 들락거렸다. 태평양 솔로몬 군도에서 큰 조림사업을 하던 P회장이 현지 근무할 의사를 찾아달라고 내게 부탁하여 만나서 희망을 전달하기도 했다.

그는 평범한 용모에 항상 웃음을 띠고 있어 이웃집 아저씨같은 순박한 인상이다. 어디를 가든 누구에게나 호감을 얻어 쉽게 사귀고 친해지는 타입이다. 자기 말대로 변화를 좋아해 여행을 즐기고, 근무지도 자주 변경하고, 새로운 일자리도 잘 찾았다. 이번에도 일본에 가기 직전 중국 신장 위구르 자치구를 방문했고, 다음에는 알래스카로 떠날 예정이었다.

왜 그토록 여행을 즐겼을까? 새삼스럽게 그가 떠난 후 떠오른 질문이다. 평소에 나는 넓은 시야와 정열을 채우기 위해, 또 우리 것에 대한 애정 때문이라고 생각했다. 외국여행에서 보고 들은 것을 우리 사회에 반영하려고 애쓰는 한편, 우리 과거를 살피고 재조명하여 자부심을 가지고자 했던 것이다. 결국 그는 진지한 아마추어 인문학자였다. 예사롭게 경치만 구경하는 데 그치지 않고 역사, 지리, 사회상을 분석해 우리 발전에 연결시키고자 했다. 일본에서 우리 선조의 발자취를 찾아간 두 차례의 규슈 여행기를 그의 블로그에서 보았다. 얼마나 열정을 가지고 준비하고, 전문가 못지않은 지식을 쌓았는지 놀랍기만 했다.

무엇보다도 그는 영원한 방랑자였다. 스스로 역마살이 있다고 했다. 유한한 생명을 가진 인간이면 모두 마찬가지라고 생각한다. 그러나 김 선생, 저 세상까지 우리보다 먼저 그리 빨리 가지는 말 것을...

탁월한 의학자이면서 진정한 인문지리 학자를 꿈꾸던 사랑하는 벗 김종순 선생! 강 건너 피안에서 다시 만나 우정을 나누기를 기약하며 이별합니다. 영원한 명복을 빕니다.

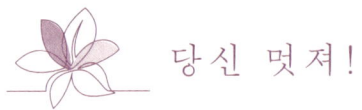

당신 멋져!

병원에 근무하다 보면 이런저런 이유로 회식을 하게 된다. 연장자인 나는 종종 건배사를 부탁받는다. 이때마다 모든 조직이나 사회는 구성원 간의 이해와 화합이 제일 중요하다고 강조한다. 물론 사람의 성격이나 사는 방식에 따라 화목하려고 노력하는 방식은 다르다.

내 성격은 좋게 보면 온순하지만, 나쁘게 말하면 소극적이다. 타인과 갈등이 생기면 내가 양보하고 손해를 보는 쪽을 택한다. 그 쪽이 훨씬 마음이 편하기 때문이다. 또한 다른 사람의 힘든 상황이나 심정에 쉽게 공감하는 편이다. 남이 잘못했을 때도 그 처지가 이해되니 야단치거나 싸움을 할 마음이 들지 않는다.

포항에서 고속열차 편으로 상경하는 어느 날 저녁이었다. 기차에서 내려 택시 정류장까지 가는 길이 제법 멀었다. 내 앞에 젊은 부부가 아들과 함께 걷고 있었다. 초등학교 저학년생쯤 되었을 그 애는 앞서거니 뒤서거니 하면서 뛰어다녔다. 택시 정류장에 도착해 줄지어 기다리는 차에 순서대로 오르는데 아이가 늦게 와 무심코 먼저 택시에 타려고 했다. 그때 아이 아빠가 "왜 새치기를 하십니까?"하며 큰소리로 거의 야단을 치는 것이 아닌가!

졸지에 교통질서를 안 지키는 몰염치한으로 몰린 나는 순간 망설였다. 대기선 밖에 있는 아들과 자동차 사이의 거리보다 내 거리가 더 짧고, 교통법규상 이런 경우 내게 우선권이 있다고 반론을 펴야 할까? 그냥 미안하다고 피하고 바로 뒤에 기다리는 택시를 탈까? 내 사위 또래로 사회생활에 미숙해 보이지 않는 그가 상식과 법규는 물론 한국사회의 미덕(?)인 장유유서長幼有序까지 무시해 한심하고 화도 났지만, 옆에서 어쩔 줄 몰라 하는 부인(내 딸과 비슷한 나이일 것이다)의 얼굴을 보고 마음을 바꾸었다. 당당하게 미안하다고 사과를 하고 뒤차를 탔다.

집으로 가는 택시 안에서 너무 소극적인 내 태도와 생활방식에 화가 났으나 이내 마음을 다스렸다. 왜 그 친구가 싸움닭처럼 예민해졌을까? 식구가 모두 지방에 계신 부모님을 뵙고 온 모양인데, 좋지 않은 일이 있었을지 모른다. 혹시 내 또래인 아버지나 장인이 그를 속상하게 만들어 무의식 중에 내게 투사를 했을까? 그의 입장이 되어보니 이런저런 이유와 변명이 떠올랐다.

나도 반성하고 고칠 점이 있다. 몇 초만 기다려 다음 차를 타면 되는데 항상 이렇게 서두른다. 집에 일찍 간들 딱히 할 일도 없으면서... 교수라고 지금까지 항상 양보와 대우만 받고 살았으니 이제는 먼저 내가 양보하고 주면서 살아야겠다는 등의 생각이 이어졌다.

연기론緣起論으로 보면 이렇다. 순간의 감정을 참아서 우선 그와 나 사이에 나쁜 인연이 생기는 것을 막았다. 이치를 따져 언성을 높였다면 헤어져도 서로 불쾌감과 분노가 남고, 다른 사람들이나 업무에 나쁜 영향을 미쳤을 것이다. 이 일로 좋은 인연이 시작될 수도 있다. 혹시 그가 아내의 객관적 설명을 듣고 자신의 무례함을 이해하고, 나아가 자기성찰과 교정으로 아수라계⁺ 같은 삶에서 빠져나오는 계기가 될지 누가 알겠는가? 아버지 같은 내가 정중하게 사과했으니 자기 부모님에 대한 안쓰러움과 회한이 생겨 앞으로 효도하게 될지 누가 알겠는가? 너무 과한 기적을 바라는 것 같지만 실제 이런 일이 생긴다면 얼마나 신나는 세상이 될까!

가장 현실성이 있는 바람직한 상황은 다음 날 아내가 남편에게 너무 심했다고 충고하는 경우이겠다. 그렇지 않아도 노인에

✦ 불교에서 중생이 윤회하는 여섯 가지 삶의 하나로 지혜는 있지만 서로 헐뜯고 싸우는 세계다.

게 너무 성급했다는 생각에 개운치 않던 그는 다음부터 남을 조금 더 이해하고 존중하는 신사로 변한다. 또 다른 좋은 인연의 시작이다. 세상물정 모르는 일방적인 상상이라고 하겠지만 나는 인간이 본래 착한 존재라고 믿는다.

내가 자주 사용하는 건배사는 "당신 멋져!"다. "**당**당하고, **신**나고, **멋**있게, **져**주자!"를 줄인 구호다. 져주는 것은 나쁜 인연을 막고 좋은 인연을 생기게 하니, 결국은 모두가 멋있게 이기는 마법 같은 길이다.

자, 이제 내가 "당신"이라고 말할 테니, 여러분은 그 뜻을 마음속에 새기면서 "멋져"라고 외쳐주세요!

# 경모궁(景慕宮)과 JP

연건동 서울대학교병원 뒤쪽으로 의학도서관과 기초의과학관 사이에 녹색 펜스로 구분된 직사각형의 유적이 자리하고 있다. 사도세자의 사당인 경모궁景慕宮 옛터다. 한편 1961년 5.16 군사정변으로 집권했던 박정희 대통령 시절 제2인자였던 김종필 JP 전 총리가 얼마 전에 사망했다. JP의 공과에 대한 평가와 무궁화 훈장 추서에 관해 의견 차이가 있었으나, 젊은 사람들은 큰 관심이 없는 것 같다. 매일 출퇴근길에 경모궁 터를 지나면서 두 가지 사건에서 얻을 수 있는 삶의 교훈과 지혜를 생각해본다.

사도세자의 부친 영조는 조선 21대 왕으로 탕평책을 쓰고, 군제와 경제를 개혁하는 등 현명한 군주였다. 가장 오래 산 왕으로도 유명하다. 조선시대 왕의 평균수명은 46세였다. 왕세자가 20~30대가 되었을 때 선왕이 돌아가시니 자연스럽게 세대가 교체되었다. 그러나 영조는 82세까지 권좌를 지켰다. 어떻게 보면 왕세자가 아버지의 사망을 기다리는 모양새가 된다. 여기서 양쪽 세력으로 갈린 신하들 사이에 갈등이 생겼다. 영조는 아들에게 정사를 맡기고 대리청정代理聽政을 해보기도 했으나 결국 철회했다. 노론과 소론의 갈등은 당연히 증폭되었다. 예나 지금이나 자수성가한 집권자들은 권력이 타인에게 넘어가는 것을 용납하지 못하는 경향이 있다. 영조는 무속인 후궁의 자식으로 왕세자가 되기 쉽지 않았다. 사도세자는 성격이 활달하여 무술을 익히며 말을 타는 것을 즐겼다고 한다. 영조는 자기와 비교하여 쉽게 왕세자가 된 아들이 학문보다 무예를 선호하는 것이 마음에 들지 않았다. 결국 신하들이 왕세자를 비난하는 의견에 귀를 기울이게 된다.

진실 여부는 알 수 없으나 광기가 있는 왕세자가 1백여 명의 목숨을 빼앗았다고 한다. 영조는 이를 이유로 아들을 뒤주에 가두어 죽이는 왕조사에서 가장 비극적인 사건을 일으킨다. 마침내 영조가 세상을 떠나고 손자인 정조가 즉위했다. 정조의 첫 번째 어명은 아버지 사도세자를 복권시키는 것이었다. 장헌莊獻이라는 시호를 붙이고 창경궁 옆 함춘원 동산에 사당을 지어 경모궁이라 했다. 또한 지금 창경궁 옆 서울과학관 자리에 어머니인 혜경궁 홍씨의 처소를 마련하여 아버지의 사당을 볼 수 있게 했다. 경모궁의 정문을 함춘문含春門이라 했으니, '함춘'은 현재 서울대학교 의과대학의 닉네임이 되었다.

　JP는 1961년 5월 16일 군사 쿠데타를 일으켜 집권한 군부 세력의 행동대원이자 주축이었다. 불과 1년 전 4.19혁명으로 집권한 민주당 정부가 정치적으로 무능하여 사회경제적 혼란을 야기했다는 것이 이유였다. 군 내부 인사에서 응축된 불만이 원인이었다고도 한다. 정변 초기가 성공적으로 지나자 박정희 장군은 장도영 참모총장을 제거하여 1인자가 되고, 처조카 사위인 김종필 중령이 점차 제2인자로 부상했다. 그는 중앙정보부를 신설하고 공화당을 창당하여 각각 정보부장과 당의장을 맡아 집권 세력을 다지고, 일본과 외교를 시작하는 등 뛰어난 리더십을 보이면서 능력을 인정받고 대중의 인기도 얻었다.

　집권자인 박정희 대통령은 이런 JP를 점차 견제하기 시작했다. 과거 왕조사에서 배웠는지 이를 눈치챈 JP는 자의 반, 타의 반으로 권좌에서 물러나 외국을 돌아다니고, 제주도에서 그림을 그리며 기회를 기다렸다. 그 후 공화당 정권의 위기마다 국무총리로 발탁되어 해결하면서 2인자로서 영화를 누리지만, 절대 최고권력을 넘보지 않는 독특한 처세로 일관했다. 1979년 10.26사태로 박정희 대통령이 죽고 소위 3김시대가 열렸으나 결국 김영삼, 김대중씨만 대통령이 되었다. 그는 이들을 돕고 그 휘하에서 2인자로 자족했다. 1980년 신군부가 정권을 장악할 때 부패정치인으로 수감되었으나 당시 2인자인 노태우 장군에게 자신의 노하우를 전수하고 자유를 얻었다는 이야기도 있다.

두 가지 사건에서 무엇을 배울 수 있을까? 우선 독재자는 자기가 고생해서 얻은 권력을 결코 나누려고 하지 않는다. 또한 2인자는 역사에서 저평가받고 마침내 잊혀진다. 두 가지 명제에서 어느 조합을 선택할지는 자신의 몫이지만, 이에 따라 삶의 양식과 역사적 평가는 영원히 달라질 것이다.

4장.

의학 의료의

현장에서

동전을 삼키면

우리 딸이 다섯 살 때 이야기다. 당시 나는 서울 국군병원 군의관이었다. 나는 지방에 학회가 있어 혼자 참석하고 아내는 아이를 데리고 부모님 댁에 가 있었다. 딸 아이는 뭐든 입에 물거나 빠는 버릇이 있었다. 특히 유아 때 쓰던 포대기를 물고 있어야 정서적으로 안정이 돼 다른 집에서 잘 때는 항상 가지고 다녔다. 프로이트가 지적한 구강기oral stage 정신적 콤플렉스를 들먹이기에는 너무 거창하고, 어린 아이에게서 흔히 보는 행동이다.

그날도 저녁식사 추 십 원짜리 구리 동전을 하나 입에 넣은 채 할머니 무릎을 베고 누워 TV를 보고 있었다. 그때는 십 원 동진이 지금 백 원짜리 크기였다. 입 속에서 동전을 돌리며 놀던 딸애가 갑자기 동전을 삼켰다고 했다. 등을 두드리고 토하게 했으나 동전은 안 나오고 아이도 꾸중이 두려웠던지 크게 불편해하지 않았다. 연락을 받은 나는 바로 응급실로 가라고 했다. 근처 병원에 가니 응급환자로 만원이어서, 복부 X선 사진만 찍고 두 시간을 기다려서야 진찰을 받았다. 복부 사진에 특별한 이상이 없고 아이는 멀쩡했다. 아이에게 자꾸 반복해 물으니 어떤 동전인지 헷갈려하고, 나중에는 진짜 삼켰는지조차도 의심스러웠다. 결국 다음 날 다시 가기로 하고 집으로 돌아왔다.

다음 날 서울에 온 나는 우리 병원 방사선과에서 복부 사진을 다시 찍혔다. 역시 이상이 없었다. 아마도 조그만 일 원짜리 동전을 삼킨 것이 아닐까? 알루미늄이 주 성분이라 X선 사진에 안 보일 수도 있어서 며칠간 대변으로 나오나 잘 관찰하기로 했다. 병원을 나서다 이비인후과 선배 군의관을 만났다. 작은 병원이라 이미 소문으로 알고 있었다. 그는 사정을 듣더니 펄쩍 뛰며 목 부위를 찍으라고 했다. 목에 하얀 보름달 같은 것이 걸려 있는 영상을 보는 순간 잠시 현기증을 느꼈다. 아이가 처음부터 말했던 도망자를 드디어 찾은 것이다. 동전이 식도 입구에 걸리면 좌우로 긴 식도 모양 때문에 X선 사진에서는 동그랗게 보인다. 참고로 전후로 긴 성대 위 기도에 걸리면 동전이 옆으로 서 있으므로 1자로 보인다.

의논 끝에 대학병원에서 내시경으로 동전을 빼내기로 했다. 택시를 타고 가는데 라디오에서 찬송가 〈어메이징 그레이스 Amazing Grace〉가 나왔다. 가사를 하나하나 되새기며 하느님에게 원망 섞인 기도를 했다. 나에게 왜 이런 날벼락이 떨어졌습니까? 그러나 딸 아이를 낫게 해주시면 착하게 살겠다고 약속을 했다. 사람은 자기가 필요하고 약해진 때만 하느님을 찾는다.

대학병원 이비인후과 수석 전공의가 시술을 했다. 전신마취는 안 하고 진정만 시킨 후 입으로 내시경을 넣고 여러 번 시도해 동전을 집어냈다. 시술 후 아이의 호흡이 잠시 멈추어 긴장했지만 몸에 자극을 주니 바로 회복되었다. 시술한 의사는 자기가 숨이 막히는 줄 알았다고 했다. 후배인 그에게 여러 번 치하를 하고, 너무 고마워서 음료수 박스를 응급실 식구들에게 돌린 후 아이를 데리고 귀가했다. 운이 좋아 일이 잘 되었다고 가족들이 사건의 매순간을 되새기면서 함께 위로하고 기뻐했다. 하느님은 다시 까맣게 잊어버리고...

동전을 못 찾고 지내다 나중에 발견했더라면 어떻게 되었을까? 아마 동전이 식도 조직에 달라붙고 음식물이 엉겨 내시경 시술을 못 했을지도 모른다. 그러면 바깥에서 피부를 절개하고 수술을 해야 한다. 치료 후 식도와 상처가 잘 아문다는 보장도 없다. 목에 생긴 상처는? 또 이이가 받을 고생과 정신적 후유증은? 생각만 해도 아찔한 일이다.

이때 나는 환자 진료에 요긴한 몇 가지를 배웠다. 우선 정확한 병력 확인이다. 처음에 아기가 제대로 이야기했지만 크게 거북해하지 않고 복부 사진에서 찾지 못하니 동전을 삼키지 않은 쪽으로 유도한 것이다. 방사선 사진을 설명하기 위해 동전을 삼켰어도 '1 원'짜리였을 거라고 엉뚱한 추측도 했다. 모두 나는 잘못이나 오류가 없다는 전제하에 아전인수격으로 추론한 결과다. 큰 일이 아니기를 바라는 마음에서 객관적 판단을 못한 부분도 있다. 또한 진단과 치료 과정에서 의견소통이 중요하다. 특히 전문가의 의견을 반드시 들어보아야 한다.

35년 전의 이야기를 글로 쓰며 다시 한번 의료인의 진정성과 철저함이 중요함을 느낀다. 의사의 지식과 능력에 따라 생명이 좌우되는 전쟁터에서 어떻게 배우고 행동해야 할까? 능력이 못 미치더라도 최선을 다한 후 하느님의 은총을 기대해야 할 것이다.

좌충우돌 동물실험

친지 중에 의료인이 전혀 없다. 멀리 사돈까지 포함해도 의사는 물론 약사나 간호사, 병원 직원조차 없었다. 평생 공공기관에서 샐러리맨으로 사셨던 아버지는 의사가 안정된 좋은 직업이라고 어릴 때부터 의학을 적극 권유하셨다. 능력과 취향에 맞을까 고민하던 나는 고등학교 2학년 여름방학 때 이광수 선생의 소설 《사랑》을 읽고 주인공인 의학박사 '안빈'이 멋있고 훌륭해 보여 의과대학 진학을 결정했다.

주인공 '안빈'은 개업을 하고 있으면서도 꾸준히 연구해 개의 혈액에서 사랑과 증오를 조절하는 새로운 호르몬을 찾아낸다. 전문가의 입장에서 보자면 개업의로 일하면서 고도의 정밀도를 요하는 호르몬 추출과 정제 실험을 한다는 건 불가능하다. 어처구니없이 비현실적인 줄거리지만 나는 매료되었다. 의대 졸업 후 연구를 하는 분야에 진출한 것도 무의식 중에 소설의 영향을 받은 것 같다. 처음에는 교육과 연구만 하는 기초의학도 고려했으나 당시 의대 졸업생의 절반이 미국으로 진출하는 상황이어서 모델이 되어 이끌어줄 선배가 거의 없었다. 기초의학인 생리학을 전공하신 지도교수님마저 임상의사를 권하여 일찌감치 포기했다. 지금 같이 연구하기 좋은 상황이라면 기초의학을 했을지도 모를 일이다.

여러 인연이 겹쳐 내과 방사성동위원소 진료실 소속으로 전공의 생활을 시작했다. 방사성핵종을 사용하면 쉽게 연구할 수 있겠다는 속마음도 있었다. 당시에는 주로 갑상선 환자를 대상으로 방사성요오드를 많이 사용했다. 레지던트 1년차부터 하시모토병, 아급성 갑상선염 환자의 임상소견을 정리했다. 3년 선배인 홍기석 선생님과 함께 갑상선 세침흡입 세포 병리검사를 우리나라에서 처음 시작했다. 2년차 때 새 병원이 완공되고 새로운 장비가 많이 도입되었다. 컴퓨터를 핵의학 영상에 연결하여 심장병을 정량분석하는 연구를 맡았다.

의학연구는 그 결과를 사람에게 적용하기 전에 대개 동물실험이 필요하다. 세포나 조직의 생리생화학적 변화만으로는 복잡한 생체의 변화를 다 예측하지 못한다. 레지던트 3년차가 되자 동물실험 과제가 배정되었다. 개에게 항암제인 아드리아마이신을 과다투여해 심장근육(심근)에 염증을 일으키고 핵의학 검사로 심근의 수축력을 측정하여 초기 심기능 저하를 연구했다.

그제서야 고등학생 때부터 꿈꾸던 동물실험을 하게 되니 감회가 남달랐다. 그러나 동물을 키우거나 다루어본 적이 없고, 책임연구자인 K 교수님도 동물실험에 대한 지식과 경험이 전혀 없었다. 사육실에 갇혀 있는 순둥이 개의 앞다리 정맥을 찾아 정기적으로 항암제를 주사했다. 하늘같이 맑고 순한 눈동자를 지닌 실험견은 내가 주는 크림빵에 혹해 얌전히 있었으나 점차 예민해졌다. 지금 생각하면 물리지 않은 것도 천운이다. 더 큰 문제는 심장을 촬영할 때였다. 논문에는 마취제인 케타민을 근육주사하고 실험했다고 적혀 있으나 주사 자체도 하기 어렵고, 뒤늦게 나의 책략을 눈치챈 개가 얌전히 있지 않았다. 소설《사랑》에 나오는 사람과 교감하는 듯한 실험동물 이야기는 춘원의 상상에 불과했다! 곡절 끝에 단 한 번 심장핵의학 검사를 하고 개는 사망하여, 심근 조직의 병리검사로 심근염이 발생한 것을 보고했다.

전공의 과정을 마치고 서울 국군병원에서 군의관으로 근무하게 되었다. 모교 교실에서 지방에 있는 선배의 박사학위 연구를 맡아달라고 부탁했다. 개에서 폐전색증(폐혈관이 막혀 생기는 병)을 일으킨 후 폐 말단 모세혈관−폐포 조직투과성을 핵의학적 방법으로 측정하는 실험이었다. 2개월 넘게 일요일이면 대학병원에 가서 동물실험을 주관했다. 나는 마취과의 전폭적인 도움을 받아 마취과 의사가 인공호흡기로 마취를 유지하면서 개 실험을 진행했다. 마취과는 폐전색증 상태에서 측정한 혈액의 산−염기 변화로 다른 논문을 챙겨 서로 도움이 되었다.

개 실험을 경험하며 자신이 생긴 나는 과감하게 군진의학 연구비를 신청했다. 개의 심근으로 들어가는 관상동맥을 막고 심장 핵의학 검사를 하는 실험으로 6~7마리가 필요해 국방부에서 80만 원을 책정받았다. 그런데 88올림픽을 앞두고 한국인이 즐기는 보신탕이 문제가 되었다. 외국의 동물애호협회가 올림픽에 불참하겠다며 압박을 가하자 전두환 정부는 서울에 있는 개고기 음식점을 모두 폐쇄했다. 한 마리에 12만 원이던 개 값이 2~3만 원으로 폭락했다. 부대의 경리 장교는 100% 임무수행을 강조하며 재료비 80만 원에 해당하는 30~40마리의 개를 수령하라고 강요했다. 갑자기 많아진 실험용 개를 소모하느라 특이한 고생을 했다.

전임강사로 대학에 복귀한 나는 박사논문 실험을 기획했다. 당시 미국에서 갓 귀국한 이명철 교수님이 항미오신 항체를 가지고 와 심근괴사를 핵의학적으로 정량분석할 수 있었다. 마취과의 김광우, 이상철 교수님이 도와주고 흉부외과 안혁, 김기봉 교수가 집도하여 개 관상동맥을 묶었다가 재관류시키는 실험을 진행했다. 병리과의 서정욱 교수는 전자현미경 분석까지 해주었다. 나는 주요 역할 없이 기획하고 중재하는 일만 했다. 이것이 바로 현대식 다학제 협동연구 아닌가! 여러 과의 유기적인 협조가 필요한 이 연구는 수행하기 어렵고 수준도 높았으나 고작 일본학회 영어잡지인 《Annals of Nuclear Medicine》에 게재했다. 첫 번째 영어논문으로 경험과 자신이 없었기 때문이다. 이 논문을 1988년 미국 핵의학회 학술대회에서 구연발표했다. 우리나라에서 처음 발표하는 연제여서 강의실에 국내는 물론 미국에 계시는 한국인 회원들이 모두 모여 축하했다. 발표가 끝나고 고창순 선생님이 아이스크림을 사주신 기억이 지금도 생생하다.

1989년 미국 NIH에서 종양 항원-항체를 이용한 연구를 마치고 귀국했다. 동물실험은 대부분 누드마우스에 사람 세포를 주입해 인공적으로 종양을 만들어 진행했다. 이후 우리 실험실이 조직화되어 공정에 맞춰 제품을 찍어내듯 분담해서 동물실험을 하고 있다. 지금은 분자영상과 치료법을 개발하기 위해 쥐나 마우스 같은 소동물용 광학영상기기, 핵의학 영상장비SPECT, PET, CT, MRI는 물론 융합영상장비SPECT/CT, PET/CT도 다 갖춰져 있다.

1995년 전문과목으로 독립한 후 우리나라 핵의학은 급속히 발전하고 연구도 활발해져 미국 핵의학회 학술대회에서 매년 150편 이상을 구연 및 포스터로 발표한다. 이 수치는 전체 발표 수의 10%에 해당하며 발표 논문 수로는 미국, 독일, 일본에 이은 세계 4위다.

고등학생 시절의 동경을 쫓아 '연구하는 의사'를 꿈꾸며 지난

40년 동안 좌충우돌하면서 동물실험과 핵의학 연구를 했다. 의학연구 일선에서 물러난 지금 동물실험에 대해 생각해 본다. 실험동물은 우리 소유물이 아니라 소중한 생명을 지닌 이웃이다. 인류를 살리려는 연구 때문에 부득이 희생시키지만 창조자의 입장에서 생각해야 한다. 고통과 희생을 최소화하는 방법으로 실험해야 한다는 뜻이다. 이렇게 하려면 미리 철저한 공부와 준비가 필요하다. 제자와 젊은 연구자들에게 강조해야 할 부분이다.

좋은 자료를 얻는 데 급급해 일찍 이런 생각을 하지 못한 것이 죄스럽다. 눈동자가 유난히 맑은 실험동물들과 40년 동안 씨름하면서 겪은 일들이 납덩어리처럼 무거운 회한으로 마음의 심연에 가라앉아 있다. 이들의 아픔과 희생이 '의학 진흥'이라는 꿈을 이루는 데 기여했다고 위안하면서 내일 오후에는 오랜만에 학교 뒤뜰에 있는 '실험동물 위령탑'을 찾아보리라.

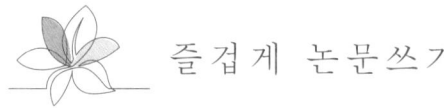

즐겁게 논문쓰기

대학교나 연구소에서는 학술논문 출판이 큰 관심사다. 논문은 개인이나 단체의 연구역량을 평가하는 데 가장 기본적인 자료다. 교수나 연구원을 채용하고 승진시킬 때 공평하고 손쉬운 심사척도로도 쓰인다. 국제적으로도 대학이나 국가 간 과학수준을 비교할 때 객관적이고 신뢰할 수 있는 지표가 된다.

한국과학기술기획평가원 자료에 따르면 2016년 SCI 학술지에 실린 우리나라 과학논문은 59,628편으로 전 세계의 3.6%, 국가별로는 12위를 차지한다. 서울대학교 의과대학에서 그중 약 2,000편을 발표해 크게 기여하고 있다. 지금은 논문의 수뿐 아니라 질적 수준도 객관화한다. 전산 장비의 발전으로 어떤 논문을 잡지나 책에서 인용한 내역을 모두 집계할 수 있다. 이 피인용 횟수로 잡지와 논문의 수준을 평가한다. 참고로 우리나라 논문의 평균 피인용 횟수는 5.59이다. 나도 우리 실험실의 꾸준한 노력으로 300여 편의 논문을 SCI 학술지에 발표했고, 지금까지 16,000번 이상 인용되었다.

이런 논문의 양적 질적 평가는 연구과제 심사에서도 긴요하다. 미국 NIH는 의학분야 연구비의 가장 큰 지원기관이다. 해마다 우리 돈으로 30조 원을 2,500여 개 기관에 나누어준다. 우리 정부의 1년 예산이 450조 원 정도이므로 엄청난 규모다. 예전에는 과제를 선정할 때 발표자와 심사위원이 숙박하면서 집중심사를 했으나, 지금은 과거 논문업적에 중점을 둔다. 두 심사방법 간에 결과의 차이가 거의 없기 때문이다.

국제화 추세에 맞춰 요즘 우리나라에서도 대부분의 논문을 영어로 쓴다. 너무 걱정하지 말자. 영어실력이 낮아도 영어논문은 잘 쓸 수 있다! 나의 지론이고 내 자신이 살아 있는 예이다. 자연과학 논문은 일정한 규칙이 있어 영어를 잘 못해도 수학공식을 유도하듯 영어로 쓸 수 있다. 나는 이쪽에 관심이 있어 책도 읽어보고, 미국 NIH 연구원 시절 한 학기 동안 강좌를 들은 적도 있다. 그러나 확실한 개념을 잡게 된 것은 대한분자생물학회 주관으로 샌프란시스코 대학 전문가를 초청하여 1주간 집중강좌를 들은 후였다. 이 분의 강의는 달랐다. 우선 가장 기초가 되는 적절한 영어단어word를 선택하는 법, 그 다음에는 문장sentence을 만드는 법과 단락paragraph을 구성하는 법을 순서대로 가르쳤다.

몇 문장을 모아 단락을 구성할 때도 원칙이 있고, 각 단락 사이에 연결이 되어야 한다.

논문작성의 최대 원칙은 간결하고 명확하게 쓰는 것이다. 단어를 선택하고 문장을 만드는 기초 작업이나 문단을 엮어 실제 논문을 작성할 때 가장 중요한 원칙이다. 이런 이유로 과학논문은 문학작품이나 다른 글과 다른 몇 가지 특성이 있다. 예를 들면 중심단어keyword를 반복 사용해야 한다. 중심단어가 너무 반복된다고 멋지게 다른 동의어를 사용하면 독자는 읽다 말고 다른 실험이나 결과가 있는지 논문을 다시 살펴보아야 한다. 또한 대칭적 문구를 잘 써야 한다. 의생명논문은 조건을 변화시키면서 얻은 자료를 비교하는 경우가 많다. 이때 두 상황을 기술하는 문장구조가 같으면 독자가 쉽게 이해할 수 있다.

한 단락에는 주제문장과 보조문장이 있다. 단락의 핵심내용을 주제문장에서 말하고, 보조문장에서 주제문장을 설명한다. 주제문장은 보통 단락 초기에 나와야 하고, 각 단락의 주제문장을 연결하면 이야기 흐름이 맞아야 한다. 이 원칙하에 서론, 대상과 방법, 결과, 고안을 써나간다. 다시 강조하면 과학논문은 소설이나 수필이 아니다. 수학공식처럼 일정한 원칙에 따라 작성하는 일종의 보고서이다.

학술논문은 자료의 나열이 아니라, 자료에서 얻은 가설을 논리화한 것이다. 제목과 초록은 독자가 논문을 읽을지 결정하는 데 가장 중요하다. 논리가 흥미를 끌 수 있게 표현돼야 한다. 서론은 독자에게 사전 지식을 제공하고 왜 이 연구가 필요한지를 기술한다. 방법과 결과는 짝을 이루어 조리있게 배열한다. 고안은 연구의 가치와 활용도를 설득한다. 모든 내용의 표현이 앞서 말한 기준을 따라야 한다.

논문쓰기도 반복하면 익숙해져 점차 쉽고 즐거워진다. 일정한 시간에 쓰면 습관이 되어 새로운 소재도 떠오르고 더 많은 논문을 쓰게 된다. 내 경우는 비교적 일이 적은 겨울방학 동안 논문을 많이 썼다. 온 세상이 꽝꽝 얼어붙고 조용해지면 방에 앉아 쇼팽의 피아노 곡을 틀어놓고 원고를 쓴다. 단순명쾌하게 글을 쓰고 논리전개를 생각하며 전체 구도에 맞추어 간다. 가능하면 쉽게, 독자가 이해하기 쉽고 읽기 좋게 쓴다. 세상이 모두 멈춘 것 같은 시절에 생산적인 정신활동을 하니 유쾌한 느낌마저 든다.

지금은 영어 교정을 전담하는 국내 회사가 있으나 내 교수생활 초창기에는 미국대학의 박사를 개인적으로 소개받아 교정했다. 이메일도 없어 모든 절차가 우편으로 이루어졌다. 학술지 편집위원장에게 항공우편으로 논문을 제출하고, 검토를 받고, 원고를 고쳐 보내고, 마침내 수락 편지를 받으려면 보통 몇 개월씩 걸렸다. 그러나 떨어지더라도 희망을 갖자! 심사자의 지적에 따라 고친 논문은 더 좋아져 조금 낮은 수준의 학술지에는 실릴 가능성이 높아지기 때문이다.

　국제적으로 명망있는 학술지에 깨끗하게 인쇄된 자기 이름을 보는 희열은 뭐라 표현하기 어렵다. 논문의 인용 횟수가 높아지면 자부심도 한껏 높아진다. 공자님은《논어》첫 장에서 학문의 즐거움을 소개하셨다. "배우고 때때로 익히면 또한 기쁘지 않겠는가? 벗이 있어 멀리서 찾아오면 또한 즐겁지 않겠는가?學而時習之 不亦說乎 有朋自遠方來 不亦樂乎" 여기서 "벗"이란 친구가 아니라 명성을 듣고 배우고자 찾아온 사람이다. 책이 귀하고 통신수단이 미미하던 옛날에는 현자나 학자를 직접 찾아가 공부를 했다. 결국 공자님 말씀은 자신의 논리와 학설을 세상에 알리고 다른 사람의 인정을 받는 것이 즐겁다는 뜻이다. 지금이라면 이렇게 바꿀 수 있겠다. "배우고 때때로 익히면 또한 기쁘지 않겠는가? 내 논문이 학술지에 발간되어 피인용 수가 늘어나는 것 또한 즐겁지 않겠는가?學而時習之 不亦說乎 有論增加引用 不亦樂乎"

의사와 '던바의 수(數)'

2018년 8월 말에 대학을 정년퇴직했다. 퇴임 즈음해서는 생각보다 바빠 힘들었다. 대학과 병원에서 열리는 행사, 교실과 학회행사 같은 공식모임 외에도 사적인 모임이 적지 않았다. 40년 이상 대학병원에 근무했기에 본인이나 가족의 건강 문제로 도움을 받았던 친구와 친지들이 연락하거나 방문하는 일이 잦았기 때문이다.

오랜만에 나를 만난 사람들은 고마움도 표시하지만 그간의 병력을 이야기하며 의논하기도 한다. 물론 내가 자세히 기억할 거라고 생각해서다. 미안하게도 대부분 기억하지 못한다. 심지어 찾아온 지인의 이름도 헷갈리는 형편이다. 한번은 친구에게 전화가 왔는데 수화기를 제대로 들었을 때는 이미 통성명이 끝나고 그 쪽의 말이 상당히 진행되고 있었다. 다시 말해달라고 하기가 미안해 내 방에서 만나자는 약속에 그러자고 했다. 며칠 후 찾아온 그를 보고 당황했다. 턱수염을 길렀지만 확실히 아는 얼굴인데 누구인지는 물론 나와 어떤 관계인지 아리송한 것 아닌가? 암으로 고생하신 어머니 얘기에 건성으로 대답하며 이름을 기억하려고 안간힘을 쓰다가 잔꾀를 냈다. 최근 발간한 내 수필집을 한 권 주면서 서명을 해주겠다며 정확한 이름을 물었다. 약간 어리둥절한 표정으로 대답하는 이름을 듣고서야 그가 친했던 초등학교 동창임을 알게 되었다. 그러고 보니 털보 얼굴에서 귀엽고 통통하던 어릴 때 표정을 찾을 수 있었다. 정말 미안한 마음에 이야기를 귀담아 들어주고, 병원식당에서 점심까지 대접했다.

다른 의료인도 비슷한 경험이 있을 것이다. 큰 병으로 대학병원 진료를 받는 일은 세상사 중에서 가장 중요한 사건이다. 병자나 가족은 생생하게 기억하고 있으니 의료인도 당연히 잊지 않았을 거라고 생각한다. 잊었다면 소홀히 여긴다고 섭섭해하기도 한다. 그러나 이 모든 상황을 다 기억하려면 우리 머리가 터지지 않을까?

영국 옥스퍼드 대학의 로빈 던바 교수는 세계적인 진화심리학자다. 그는 개인이 사회적 관계를 맺을 수 있는 최대치가 150명이라는 사실을 밝혀냈다. 학계에서는 '던바의 수數'라고 한다. 수렵채집 사회집단의 평균 규모가 150명 정도였고, 예전에 개

인 전화번호 수첩에 적힌 지인의 숫자가 얼추 150개 정도였단
다. 지금도 회사에서 150명 단위의 작업반이 가장 효율적이라
는 주장이다.

현재 우리나라 의료인이 진료하고 관리해야 하는 숫자는 훨
씬 많다. 하루에 진료하는 환자가 50명 정도이고, 명의로 알려
지면 100명을 훌쩍 넘으니 맡아 관리하는 환자는 수천 명에 이
를 것이다. 병세를 파악하고 있는 것이 오히려 예외이고, 차트나
컴퓨터 자료를 봐야 기억이 나는 것이 당연하다. 비교적 환자가
적은 나도 여러 가지 여건으로 만족스러운 진료를 못 하고 있다.

던바의 150명은 서로 진솔한 감정을 나누고 공유하는 범위다.
구성원이 더 많아지면 속내는 숨기고 겉으로는 조직 내 역할에
따라 바람직하다고 여겨지는 태도를 보인다. 요즘 유행어인 '감
정노동자'가 되는 것이다. 판매, 유통, 음식, 관광 같은 서비스
업종은 불가피하게 어느 정도 감정노동을 해야 하는 면이 있겠
지만, 의료인의 태도로는 바람직하지 않다. 의료인은 무조건 환
자의 의견에 동조하는 친절한 의료 판매자가 아니라, 적절한 치
료를 위해 교육, 격려하고 때로는 강요하는 전문가 역할을 해야
한다. 질병에 대한 깊은 의학적 지식과 환자의 처지에 공감하는
정서는 말할 것도 없다.

진정한 감정의 공유와 교류는 지위의 높낮이에 따른 일방적
흐름이 아니라 동등한 입장에서 서로 주고받으며 신뢰를 쌓는

것이다. 의사와 환자 관계도 주고받는 것이 중요하다. 우리나라 의사들은 평소에 많은 환자에 지쳐 감정에 여유가 없는 편이다. 환자의 병이 악화되면 의사는 자신을 감정적으로 보호하기 위해 마음의 문을 닫고 겉으로는 냉정해지는 경향이 있다. 그렇지 않아도 외로운 병자는 문 밖에서 더욱 추위를 느낄 것이다. 일반인이 의사를 이기적인 자기보호 집단으로 여기는 원인 중 하나다.

 '던바의 수'는 지속적이고 안정된 관계를 맺을 수 있는 인지의 한계를 정량화한 숫자다. 우리나라 의료가 한 단계 오르려면, 아니 현재의 질곡에서 벗어나려면 의료인에게 적용되는 새로운 '던바의 수'를 찾아내야 한다. 더불어 감정적 교류가 가능하도록 적정 수의 환자만 진료해도 충분한 경제적 보상을 해주어야 한다. 이상론처럼 들릴지 모르지만, 건실한 의사와 환자의 관계를 위한 중요한 기초작업이다. 의료진의 권고에 따르지 않는 환자와 가족을 이해하고 설득해야 하는 경우도 있고, 다소 감성적인 한국인의 성향도 염두에 두어야 한다. 한 사람의 의사가 감성적으로 원만하게 진료하고 신뢰를 유지할 수 있는 환자의 최대치, '의학적 던바의 수'를 산출해내는 창의적 의학자의 출현을 기대해본다.

저출산 고령화 시대의 한국의료

　우리나라의 정책결정과 시행과정에서 의료계가 주도하고 해결한 적은 거의 없다. 보건 분야의 사안도 마찬가지다. 그 결과 의료보험, 의약분업 같은 중요 제도에 의료계의 의견이 제대로 반영되지 못해 불합리하게 고생한다. 이런 일을 막으려면 의료정책이나 의료관리학을 전공하는 전문가뿐 아니라 다른 의사들도 평소에 의학이나 의료에 관련된 사회적 변화에 관심을 가지고 적절히 대응해야 한다. 최근에 급변하는 인구 수 동향 역시 의료계에 매우 중요한 변화다.

　연세대 철학과 김형석 명예교수가 세인의 관심을 모은다. 젊어서부터 학문활동 외에 대중에게 감명을 주는 에세이를 발표하던 그가 99세(1920년생)가 되어서도 강의와 집필을 활발하게 계속하기 때문이다. 나도 대학시절 선생님의 수필집을 섭렵해《고독이라는 병》,《영원과 사랑의 대화》등 45년 전에 본 책제목이 지금도 아련히 떠오른다. 작년 겨울 선생님 강의를 들었는데 한 시간을 흐트러지지 않는 자세로 조리있게 말씀을 이어가는 모습에 감탄했다. 가까운 의학계의 원로 중에는 90세 중반을 넘기신 서울대 홍창의, 권이혁 두 명예교수님의 활동이 눈에 띈다. 소아심장학과 혈액학의 창시자인 홍 교수님은 서예에 몰입해 작년에 아들, 며느리와 〈삼인삼락三人三樂〉이란 전시회를 열었다. 서울의대 졸업생의 정신적 지주인 권 교수님은 최근까지도 매년 한 권씩 꾸준히 책을 쓰신다.

이런 활동은 보통 사람이 넘볼 수 없는 아주 특별한 것일까? 놀랍게도, 이런 노익장 사례는 점차 많아질 것이다. 작년 12월 통계청에서 발표한 〈2017년 생명표〉에 의하면 한국인의 수명은 가파르게 늘고 있다. 평균수명은 82.7세(남자 79.7세, 여자 85.7세)로 전해보다 남자는 0.4년, 여자는 0.3년이 늘었다. 10년 전과 비교하면 남자는 3.8년, 여자도 3.3년이나 늘었다. 현재 성인들의 기대수명, 즉 여명餘命도 점점 늘어난다. 2017년에 65세인 사람이 80세까지 생존할 확률은 남자 67.9%, 여자 83.9%로 남자는 향후 평균 18.6년, 여자는 22.7년을 더 살 것으로 예상한다. 지금 80세인 남자는 8.1년, 여자는 10.2년을 더 살아 구순九旬 가까이 살게 된다. 2011년에 태어난 아기 중 3%가 100세 이상을 살게 되어 초장수하는 사람도 점점 많아질 것이다. 그러나 건강수명은 아직 짧다. 현재 60세인 남녀 모두 71.5세(2016년 자료), 즉 향후 11.5년만 건강하고 이후 평균 13.6년을 지병으로 고생하다 가 타계한다.

한국인의 수명은 전 세계적으로도 높은 편으로 한국인의 평 균수명은 OECD(경제협력개발기구) 평균치보다 남자는 1.7년, 여자 는 2.4년이 길다. 남자는 OECD 36개국 가운데 15위, 여자는 3 위다. 선진국과 비교해 남자의 기대수명이 상대적으로 짧다. 그 만큼 힘들고 스트레스가 많아서일 것이다. 우리나라는 65세 인 구가 13.8%로 빠른 속도로 초고령화 사회가 되어간다. 의료계는 급증하는 노인환자를 적절하게 관리하는 시스템을 마련하는 한 편, 신체적 정신적으로 건강하게 장수하도록 계몽, 유도하는 정 책을 마련하는 데 앞장서야 한다.

또 하나의 특징적 변화는 저출산 상황이 지속된다는 것이다. 1997년 외환위기 이후로 출산율은 빠른 속도로 하락하여 마침 내 2001년에는 1.30명이 되었다. 초저출산 사회로 접어든 것이 다. 정부의 출산장려책에도 불구하고 2004년 1.16명, 2008년 1.19명, 2012년 1.29명, 2016년 1.17명으로 계속 악화일로를 걷 는다. 2018년에 태어난 아기는 32만 명으로 한 세대 만에 1/3로 줄었다. 이런 추세이면 수년 안에 출생아가 연 20여만 명인 시 대에 진입할 것이다.

이처럼 사태가 심각해진 원인으로 여성의 경제활동 증가, 자녀 양육비와 교육비 증가, 고용 불안정의 심화로 인한 결혼연기와 출산기피 등이 지적된다. 저출산 문제는 사회 구성원, 특히 경제활동 인구의 축소, 고령화에 따른 복지비용을 담당할 노동인구의 부족 등 부정적 결과를 초래할 것이다. 그간 정부와 지방자치단체가 다양한 방법으로 출산율을 올리려고 노력했으나 효과가 없었다. 여자만 양육을 책임지는 불평등한 현실 때문이라는 측면도 있다. 출산과 양육에 대한 사회적 의무와 권리를 강조하고, 양성이 평등한 사회문화를 만들어 출산과 육아의 부담이 여성에게 집중되지 않도록 해야 한다. 더 큰 우려는 자녀에 관한 젊은이들의 생각이다. 한국보건사회연구원이 작년에 20~44세 미혼 인구를 대상으로 실태조사를 해보니 "자녀가 없어도 무관하다"는 남녀가 각각 28.9%, 48.0%였다. 2015년보다 두 배 증가했다. 우리나라는 자녀가 행복하게 자라기 힘든 구조라는 부정적 사고 때문이다. 결코 해결이 만만하지 않은 상황이다. 우리 모두 위기감을 갖고 전방위적 노력을 기울여야 한다.

저출산과 고령화는 경제인구 감소와 경쟁력 감소로 이어지며 당연히 앞날의 의료활동에도 큰 영향을 미친다. 저출산은 어느 정도 우리의 노력으로 호전이 가능하겠다. 다양한 창의적 방법으로 변화를 예측해 의료시스템을 적절하게 재조정해야 한다. 의료계가 사회구성원으로서, 또 전문가로서 주도적으로 참여하고 다른 전문분야와 협조해 충실하고 효과적인 대책을 마련

하는 데 기여해야 한다. 이것이 명분과 실리를 함께 얻는 길이
기도 하다.

 마 이 너 비 인 기 과 의 애 환

　졸업 후 의대생의 진로는 크게 기초의학과 임상의학으로 나뉜다. 임상의학 계열은 직접 환자를 보는 진료과와 환자를 직접 상대하지 않고 진료의사를 보조해주는 진료지원과로 나눈다. 임상 진료과는 상황에 따라 인기의 부침이 있으나 기초의학과 진료지원과는 대부분 만성적으로 지원자가 미달이다. 내 전공인 핵의학을 예로 들어 소위 '마이너 비인기과' 전문의가 겪는 애환을 들여다보자.

　우리나라에서 핵의학은 1995년에 전문과목으로 독립해 전공의専攻醫 수련과정이 만들어졌다. 현재 170여 개 의료기관에서 300여 명의 전문의가 일하고 있다. 전문과가 된 후 똑똑한 인적 인프라를 바탕으로 급성장해 세계 3~4위권의 진료와 연구수준을 유지하여 그간 제법 우수한 의대생들이 지원했다. 그러나 요즘 PET 검사 등 보험적응증이 축소되면서 인기가 떨어져 지원자가 극소수에 불과한 형편이다. 아직도 핵의학은 일반인뿐 아니라 의료인에게도 낯선 분야다. 병원에 핵의학과가 있는지도 모르는 사람이 많다. 이런 무지 때문에 당연히 이용 자체가 감소하고, 이는 다시 전공지원자의 감소를 불러와 계속 미지의 분야로 남는 악순환이 이어질 수 있다.

영상의학과(진단방사선과)나 방사선종양학과(치료방사선과)는 외부에서 인체에 방사선을 투과시켜 촬영이나 치료를 하지만, 핵의학과는 방사성 물질을 인체 내부에 주입해 세포대사나 장기기능에 따라 전신에 분포된 후 나오는 방사능을 이용하여 영상을 만들고 치료효과를 얻는다. 즉, 저쪽은 물리적 현상, 우리는 생리 생화학적 현상을 이용해 진료한다. 기본원리가 다르니 지식과 연구와 진료하는 방법이 다를 수밖에 없다.

마이너 비인기 분야 의료진이 공통적으로 느끼는 것이 외로움이다. 핵의학 전문의 제도를 만들 때도 많은 회원이 내과, 방사선과로 돌아가고 몇 명만 남았다. 동료가 적고, 때로는 혼자 일하니 길을 잃은 것 같기도 하여 불안하다. 어쩌다 핵의학 용어를 쓰는 사람을 보면 친척을 만난 것처럼 반갑다. 미국의 유명한 전원시인 로버트 프로스트는 〈가지 않는 길〉에서 외진 분야를 선택한 사람의 마음속 고독을 우회적으로 표현했다.

노란 숲속에 두 갈래 길이 있었습니다.

나는 두 길을 다 가지 못함을 안타깝게 생각하면서

– 중략 –

똑같이 아름다운 다른 길을 선택하였습니다.

그 길은 풀이 더 있고 사람 발자취가 적어

아마 더 걸어야 될 길이라고 생각했지요

– 중략 –

훗날 나는 어디선가

한숨을 쉬며 이야기할 것입니다.

나는 사람이 적게 간 길을 선택하였고

그리고 그것 때문에 모든 것이 달라졌다고

현대인은 여러가지 이유로 점점 물질주의자와 배금주의자가 된다. 특히 젊은이들은 이런 생각으로 행동하는 경향이 있다. 마이너 비인기 분야는 다른 분야보다 수입이 적은 경우가 많다. 갈수록 지원자가 급감하는 또 다른 이유다. 본인의 미래를 결정하는 데 안정되고 보수가 높은 분야를 선호하는 것을 비난할 수는 없다. 장점은 없을까? 약점이 바로 장점이라고 생각한다. 즉, 특수성과 희귀성이다. 상대적으로 경쟁이 적기 때문에 노력하면 다른 분야보다 쉽게 연구원이나 교수가 되고 세계적 수준에 도달할 수 있다. 이런 관점의 차이는 각자의 인생관과 가치관에 따라 생긴다. 자신과 가정의 소시민적 안락도 중요하지만, 남다른 안목과 이상을 가진 젊은이라면 험난하나 보람있는 길에 도전할 수 있겠다.

마이너 비인기 분야의 전공자는 개업을 하여 고소득을 올릴 수는 없지만(개업해 성공하는 경우도 있지만 극소수다), 연구나 교육에 전념할 수 있다. 어떻게 보면 의학의 주류에서 벗어나 외딴길을 걷는 것 같지만, 현대의학은 극도로 세분화되어 메이저 인기분야 전공자도 한정된 분야의 일을 하기는 마찬가지이다. 응급환자가 없고 비교적 시간여유가 많다는 점을 이용해 개인적 취미를 거의 전문가 수준으로 발전시키는 사람들도 있다.

현재 지적 능력이 가장 뛰어난 젊은이들이 의료계로 진출하므로 이들의 능력발휘와 자기성취가 개인이나 사회 전체의 발전에 아주 중요하다. 환자를 직접 치료하는 것도 중요하지만 기초의학 연구나 새로운 진료법 개발에 뛰어난 능력을 발휘해 인류복지에 기여한다는 사명감과 자부심을 키워야 한다. 그렇게 되면 명예와 부는 자연스럽게 따라온다. 또, 선배가 적으니 젊은 나이에 주도적으로 일할 기회가 많다. 학계를 대표하여 일하다 보면 안목, 대인관계, 리더십 등 지도자의 자질이 저절로 키워진다. 적지 않은 비인기과 의사들이 다양한 의료기관의 운영에 관여하고, 의학계의 대표로 활약하는 이유다.

우리 핵의학계는 정면돌파 전략을 세웠다. 우선 반원자력 정서를 피하기 위해 '핵의학과'란 이름을 애매하게 바꾸지 않을 생각이다. 왜곡된 현실과 과대포장된 미래로 지원자를 혼동시키지도 않는다. 의료는 아직도 해부학과 생리학 시대의 논리에 머물고 있지만 점차 생화학, 분자생물학의 시대로 발전한다는 비전을 제시하려고 한다. 핵의학 고유의 추적자 원리, 표적치료법과 진단법의 융합theranostics, 유전자 영상법과 방사성핵종 유전자 치료법, 핵의학영상과 빅데이터의 관계 등 미래 의학에서 핵의학의 기여를 연구하고 강조한다. 과학적 자료를 토대로 방사능 피폭의 단점을 훨씬 능가하는 핵의학 진료의 이익을 설득할 것이다.

마이너 비인기과는 분야마다 특수성이 있지만 소수집단에서 느끼는 고독감을 선구자의 호연지기로 승화시킬 수 있는 비전을 제시해야 한다. 구성원이 적을수록 단결해야 한다. 이런 노력과 본보기를 보여준다면 우수한 의과대학생의 잠재된 지적 호기심과 사명감을 자극해 지원자가 늘고, 다시 연구와 진료 수준이 재도약하는 선순환이 이어질 것이다. 나아가, 어려움과 위기를 극복하는 과정에서 체험한 리더십으로 보건의료계뿐 아니라 미래 우리 사회 전체를 선도하는 뛰어난 인재가 나오는 역전 드라마도 기대해본다.

이 시대의 바람직한 의료인

　요즘 의과대학이 선망의 대상이다. 학업성적이 최우수인 학생만 입학하기 때문이다. 의대 지원생 이야기가 최고 인기 TV 드라마의 주제가 될 정도이다. 그들은 대학에 가서도 남보다 더 열심히 공부하고, 의사가 되면 그만큼 사회에 봉사하고 리더역할을 할까? 성공적인 인생을 산다고 평가받을까? 수긍하지 못할 사람도 많고, 다른 전문가 집단보다 못하다는 의견도 있을 것이다. 공부할 것이 많고 일이 너무 전문적이어서 일반 국민과 거리를 좁힐 여유가 없어서일까? 그것도 아닌 것 같다. 이제는 보건의료 분야조차 의사보다 비전문가가 정책을 좌지우지하는 경우가 많다. 왜 이런 괴리가 생겼을까?

　흔히 의대생의 선발과 교육 과정에서 원인을 찾는다. 의학은 우수한 지능을 지니고도 장기간 꾸준히 공부해야 배울 수 있다.

게다가 의술은 인술이기 때문에 자기희생과 봉사정신이 바탕에 있어야 한다. 그러나 이런 기본적 신념과 자세를 갖춘 의과대학 입학생은 많지 않다. 어떤 학생은 단지 학업성적이 좋다는 이유로 응시한다. 높은 소득과 경제적 안정에 대한 본인과 주위의 기대 때문에 의대를 택하는 학생도 많다. 대학에서도 방대한 지식을 가르치다 보니 의사의 사회적 역할에 대한 교육은 소홀하게 취급되기도 한다. 설령 의학교육에서 강조한들 모델로 삼을 만한 사람이 적고, 구체적 실행방법도 분명치 않다.

여기 훌륭한 모델이 있다. 원주에 있는 곽병은 원장이다. 의대를 졸업한 뒤 의사로서뿐 아니라 사회복지사로서 소외되고 가난한 사람들을 꾸준하게 돌보았다. 역시 의사였던 아버지는 오히려 의학 전공을 반대했으나, 그는 아버지를 본받아 봉사의 꿈을 키웠다. 30년 전 원주에서 의사인 부인과 함께 개업하면서 '갈거리사랑촌'을 설립해 사회의 사각지대에 있는 이들을 무료로 진료하고 사랑을 나누며 살고 있다.

곽병은 선생의 봉사는 시대에 따라 융통성있게 변해왔다 평소 소외된 분들을 위해 노인공동체 시설인 '아네스의 집'과 지적장애인 시설인 '베닉노의 집'을 만들어 운영했다. 국가적 경제위기였던 1997년에는 노숙자 무료급식소인 '십시일반'을 개소해 무려 140만 명 분의 식사를 빈민들에게 제공하고, 자립시설인 '원주노숙인센터'와 '봉산동 할머니의 집'을 열었다. 이런 사회복지사업은 '갈거리협동조합'으로 이어졌다. 정부의 의료혜택이 등한시되는 곳에도 눈길을 돌렸다. 1991년부터 원주교도소 보건의료과장을 겸직하면서 재소자의 보건과 인권을 돌보았다. 한편 원주의 유곽지역에 진료소를 설치하여 보건활동도 펼쳤다. 중앙의대에서 의학박사학위를 취득한 그는 전문적으로 사회복지를 공부해 가톨릭대학원에서 박사학위를 받았다. 그때 "인권은 모두가 지닌 하늘이 준 권리다. 인권의 사각지대에 있는 어려운 이웃들 편에서 참 의사의 소명을 다하겠다"고 다짐했단다.

근 40년 동안 의업과 사회사업에 전념한 그는 자연스럽게 '원주의 슈바이처'로 불린다. 대한민국인권상, 아산상 대상, 성촌의료봉사상을 수상했다. 아산상 상금과 뜻을 같이하는 의사들의 성금으로 '빈의자 의사회'를 만들어 현재 빈곤층에게 의료지원을 하고 있다.

우리는 모 문화재단의 일로 처음 만났다. 그는 겸손하고 친화력이 좋아 금방 오래된 친구처럼 느껴졌다. 출신 대학은 다르지만 같은 나이인 우리는 가까운 지인이 겹쳐 쉽게 공감대를 형성했다. 이렇게 스스럼없는 마음으로 이웃집 아저씨같이 친근하게 일반인에게 다가섰으리라.

우리는 요즘 젊은 의료인의 자세와 생각을 염려하고 대책을 논의했다. 의대교육의 문제점을 지적하는 나에게 그는 초청강연으로 의대생들에게 자기 경험을 이야기해도 별로 관심을 보이지 않는다고 털어놓았다. 그들에게는 경제적 대가가 아주 중요하단다. 그러나 통념과 달리 이제 의료인은 경제적으로 그리 넉넉하지는 못하다. 의술은 인술이고 의학은 생명과 건강증진이 목적이다. 이처럼 쉽게 인류에게 봉사할 수 있는 분야가 없다. 더 늦기 전에 국민에게 다가가고 국민을 이해시켜 보건의 리더라는 본래 위치를 찾아야 한다. 우선 높은 소득을 기대하거나 추구하지 말아야 한다. 원가 개념의 전국민 의료보험이 시행되는 우리 현실에서는 불가능하다. 대폭적인 제도개선이 필요하나 현실은 부정적이다. 대다수 선진국에서도 의사의 평균소득이 아주 높지는 않다. 경제적인 면만 추구한다면 다른 분야를 선택하는 편이 낫다.

정신분석가이자 철학자인 에리히 프롬은 《소유냐 존재냐》라는 책에서 제목 그대로 소유의 삶과 존재의 삶을 비교했다. "소유적 삶의 방식"에 집착하는 한 결코 만족할 수 없다. 소유욕은 끝이 없기 때문이다. 그는 진정 행복해지려면 "존재적 삶"에 집중해 가치를 창출해야 한다고 조언했다. 의료인이 소유에 집착하면 일반인과 간격만 더 커진다. 사람을 고치고 국민보건을 주도하는 존재로서 의사의 가치와 행복을 찾아야 한다. 이렇게 생각하고 행동으로 보여주면 사람들은 그 능력과 가치를 인정하고 리더로 추앙할 것이다.

헤어지면서 그에게 왜 의료봉사를 계속하는지 물어보았다.

"습관적인 행동? 자기만족? 자아완성? 아직 잘 모르겠다. 앞으로 계속 봉사하면서 답을 찾아보겠다."는 대답이 돌아왔다. 곽병은 선생은 사회봉사자의 모델을 넘어서, 에리히 프롬의 "존재적 삶"을 진정으로 실천해 자아완성에 다다른 이 시대의 바람직한 의료인이다.

 의사가 국민에게 바라는 것

요즘《의사신문》을 보니 '산부인과의사 법정구속'과 '원격의료 특례'에 관한 의사들의 반대시위가 중요 뉴스로 나와 있다. 산 부인과 이야기는 사산아를 유도분만하는 과정에서 의사의 과실 로 산모가 사망했다는 것이다. 또 다른 이슈는 정부가 강원도 산 간과 오지에 사는 만성질환자(당뇨병, 고혈압) 중 재진환자를 대상 으로 의원급에서 원격의료를 시행한다는 것이다. 두 사건을 보 면 국민들이 의료인의 전문성에 강한 불신을 갖고 있음을 알 수 있다.

대구지방법원은 사산아를 유도분만하는 과정에서 '은폐형 태 반조기박리'를 진단하지 못해 산모가 사망했다는 이유로 담당 의 사를 법정구속했다. 분노한 산부인과의사 600여 명이 서울역광 장에 집결해 규탄대회를 열고 대책마련을 촉구했다. 모든 의료행위는 위험성을 안고 있어 형사처벌의 대상이 되어서는 안 된다. 특히 분만은 돌발변수가 많고, 사전예측이 불가능해 의료진의 과실이 없어도 사망이나 중증질환으로 이어질 수 있다. 산부인과의사들은 결의문을 통해 △의사 전과자를 양산하는 형사입건을 당장 중단하고 의료사고처리특례법 제정 △뇌성마비와 같은 불가항력 의료사고에 대한 국가책임제 시행 △원래의 목적과 기능을 상실한 의료분쟁조정중재원 해체 △의사를 법정구속하고 과도한 배상판결로 분만인프라를 무너뜨리는 법원의 각성을 촉구했다.

한편 정부는 원격의료를 시범 시행한다고 발표했다. 그간 의료계와 시민단체는 우리나라가 의사 밀도가 높고 교통 접근성이 좋아 사실상 오지가 거의 없으므로 원격의료는 실효성이 없다고 줄곧 설득해왔다. 무엇보다 환자를 직접 대면하고 진찰한다는 의학적 원칙에도 어긋난다는 점을 지적했다. 그러나 정부는 당사자인 의사협회는 물론, 강원도의사회와 협의도 없이 시범사업을 발표했다. 대한의사협회 회장은 "국민들의 의료이용에 중요한 영향을 미칠 의료정책을 정부는 산업적, 기업적, 영리추구 관점에서 접근하고 있다. 보건복지부도 아닌 중소벤처기업부 장관이 원격의료 추진계획을 발표하는 어처구니없는 상황"이라며 "정부가 의료를 벤처사업과 기업활동의 일환으로 생각하고 있다는 증거"라고 꼬집었다.

이런 에피소드도 있다. 내 친구가 장맛비가 억수같이 쏟아지던 날 출근을 하다 넘어져 얼굴에 큰 상처가 나고 머리를 땅에 부딪치는 사고를 당했다. 주위 사람의 도움으로 119 구급차를 불러 근처 종합병원 응급실을 찾았다. 다행히 머리 CT에 이상소견이 없어 이마 상처만 꿰매고 집으로 돌아왔다. 물론 실력 좋은 성형외과 의사가 시술했다. 그가 낸 돈은 모두 얼마일까? 파상풍 예방주사와 5일간 약값 포함 20만 원이었다. 미국과 독일에서 살아본 그는 우리나라 의료보험제도가 비용과 질적인 면에서 세계 최고 수준이라고 감탄했다. 특히 응급상황 대처는 감사를 넘어 감동적이었다고 했다. 해외교포가 중증질환이 생기면 무조건 고국에 와서 치료를 받는 이유를 실감했으나, 단지 응급실에 근무하는 젊은 의사, 간호사가 좀더 따뜻하게 환자의 심정을 헤아려주었으면 하는 아쉬움이 있었다고 한다.

그러나 이렇게 수준 높고 효율적인 의료를 전 국민에게 제공하는 시스템은 의료계의 일방적 희생 위에서 이루어진다. 의료보험 수가가 원가 수준으로 책정되어 있기 때문이다. 일부에서 문제점을 지적하면서 근본적인 개혁을 주장하나 국민들은 이미 제도의 단맛에 빠져 있어 고치기는 불가능할 것이다. 현재는 대학병원조차 의료행위만으로는 적자가 나고 식당, 주차장, 영안실 등에서 얻는 이익으로 지탱하는 형편이다. 정부 관계자는 근본적으로 왜곡된 상황은 외면하고 보험수가를 찔끔 인상하면서 생색을 낸다.

전국민에게 최고의 의료를 착한 가격(?)으로 제공하는 의료인이 정부나 국민에게 진정으로 바라는 것은 무엇인가? 먼저 보건의료 분야의 유일한 전문가로 인정받는 것이다. 국가적인 의료정책을 기획하고 실행할 때 의사의 전문적 지식과 판단을 존중해야 한다. 또 전문성이 떨어지는 집단이 의료행위를 조사평가하는 행태를 고쳐야 한다.

다음은 의료인들이 안심하고 소신껏 진료할 수 있는 환경과 제도를 만들어달라는 것이다. 자기 환자가 악화되기를 바라는 의사가 있을까? 면책제도가 확립되면 결과적으로 의사가 아니라 환자에게 도움이 된다. 풍부한 경험에 의한 소신진료, 새로운 진단과 치료법, 환자에 따른 맞춤치료법 등 효율적 의료를 의사의 판단에 따라 적용할 수 있기 때문이다. 의료계에 대한 불신이 생긴 원인은 일단 논의 밖이다. 의사라는 전문성의 인정과 보장을 넘어 존경과 애정 어린 국민의 시선을 기대하는 것은 현실을 모르는 순진한 의과대학 교수의 꿈일까?

 이 메 일 을 지 우 며

2018년 여름 대학교를 퇴직하면서 여러 행사와 모임으로 바쁘게 지냈다. 퇴임식을 마치고 방을 비우기 전에 PC 앞에 앉아 이메일을 지우기로 했다. 평소에도 주기적으로 메일함을 정리했지만 아직도 1년에 1,000개 정도의 메일이 남아 있었다. 모처럼 예전에 주고받았던 내용을 다시 보니 내 생활의 흔적이 고스란히 되살아났다. 뜻하지 않게 과거여행을 하는 셈이었다.

각종 행사와 회식에 관한 메일이 많았다. 교수생활을 하는 동안 일주일에 3~4일 정도는 저녁모임을 가졌다. 학교, 교실, 학회, 병원 모임이 대부분이나 친구나 다른 사교행사도 적지 않았다. 과연 꼭 필요한 모임은 몇 개였을까? 여러 가지 이유와 핑계가 있지만 어떻게 보면 그 시간만큼 본분인 연구와 교육에 전력을 하지 않은 것이다. 핵의학 분야에서 우리 팀의 연구성과와 논문발표, 새로운 연구과제 선정과 국제학회 초청강연 등 자부심을 느끼는 내용도 있었다. 대충 세어보니 외국에서 100여 차례나 강의를 했다. 진료에 관한 메일도 있다. 내게 치료받고 건강해진 환자들이 가끔 고마운 마음을 이메일로 표현한다. 대부분 갑상선암 환자로 수술 후 검사와 약물치료를 평생 계속하면서 마치 친지처럼 지낸다.

가장 큰 보람은 나를 따르는 제자가 적지 않다는 점이다. 우리 대학에는 의학과醫學科와 의과학과醫科學科 등 두 종류의 대학원 과정이 있다. 내게 배우는 학생은 연구 특성상 자연과학대학 출신인 의과학과 전공 대학원생이 많다. 학문적인 일 외에도 인간적으로 가까워지려고 노력하니 세대차이가 크게 느껴지지 않아, 외국에서 공부하고 활동하는 제자들과 이메일로 사랑과 격려를 주고받는다. 제자가 점차 훌륭한 학자와 교수로 성장하는 모습을 보는 것은 특별한 기쁨이다.

십여 년 전부터 수필을 쓰는 취미가 생겨 어느새 책으로 다섯 권을 출간했다. 친지, 동료, 선후배, 제자들에게 새 책을 보내면서 보통 이메일로 인사를 주고받는다. 내 글이 재미있고 좋았다는 피드백에서 보람과 의욕을 되찾곤 했다. 그러나 지금 다시 읽어보니 독후감이나 진정한 축하가 아닌 립서비스 성격의 내용이 많아 보인다.

이렇게 지나온 인생길을 반추하며 이메일을 정리하니 보람과 회한이 섞인 감정이 밀려왔다. 기쁘고 행복했던 내용들은 지우지 않고 간직하기로 했다. 그러다 친구가 보낸 이메일에서 우연히 러시아 국민 시인 푸시킨의 시 한 편을 읽었다. 관광지 기념품에서도 흔히 볼 수 있는 〈삶이 그대를 속일지라도〉이다.

삶이 그대를 속일지라도
슬퍼하거나 노여워하지 말라.
설움의 날을 참고 견디면
기쁨의 날이 오고야 말리니.

마음은 미래에 살고
현재는 언제나 슬픈 것.
모든 것은 순식간에 지나가고
지나간 것은 또 다시 그리움이 되나니.

어릴 때 동네 이발소에 이 시가 적힌 액자가 걸려 있었다. 너무 교훈적이고 상투적이라고 생각했으나, 65세가 넘고 보니 시인의 마음을 알 것 같다. 우리는 고통과 기쁨, 절망과 희망이 뒤섞인 삶을 살면서 보다 나은 미래를 꿈꾼다. 그러나 현재로 다가온 미래는 과거로 변한 현재와 크게 다르지 않다. 다시 생각해보면 기뻤거나 슬펐거나, 보람이 남았거나 회한으로 끝났거나, 지나간 과거사는 모두 나름대로 의미가 있다. 인생이란 항상 즐겁고 보람있지만은 않으며, 괴롭고 낙담하는 시간도 내 삶의 소중한 일부이기 때문이다. 그렇다면 아프고 괴로웠던 메일도 남겨야겠다는 생각이 들었다. 좋든 싫든 두 번 다시 갈 수 없는 내 발자취 아닌가.

애닳고 낭만적인 시의 마지막 구절을 조용히 음미해 본다. 삶에 대한 고독한 성찰에서 깨달은 긍정의 감성을 같이 느끼면서.

모든 것은 순식간에 지나가고
지나간 것은 또 다시 그리움이 되나니.

 국 립 암 센 터 바 자 회 에 서

나는 대학병원 퇴직 후 현재는 경기도 일산에 있는 국립암센
터에서 초빙의사로 근무하고 있다. 이은숙 원장님이 나를 국립
암센터 발전기금재단 이사로 임명했다. 마침 지난 수요일 재단
주최로 바자회가 열려 참여했다.

행사는 〈국립암센터와 함께하는 꿈, 나눔, 사랑 자선경매〉라
는 이름으로 암센터 검진동 8층에서 열렸다. 공식 경매는 저녁
6시에 국제회의장에서 시작하지만, 낮부터 세미나실에서 사일
런스 경매, 로비에서 바자회를 진행했다. 발전기금재단 팀에서
는 그야말로 소통과 나눔의 한마당으로 만들려고 노력했다. 고
양시 지역주민단체를 중심으로 다양한 상품과 먹거리를 준비하
고, 암센터 직원뿐 아니라 입원환자, 지역주민들이 찾아와 이야
기를 나누었다. 나도 조금이나마 도움을 주고자 화장품 제조업

을 하는 친구에게 부탁해 고가 세트 10개를 기부받았다. 참석한 부서장과 재단이사들도 한두 품목을 경매에 기증했다. 재능기부에 참여한 연예인들이 소장품을 가져오기도 했다. 특이한 품목은 폐암환자인 화가 한 분이 수십 명의 달마 스님을 한 폭에 담은 그림이었다. 독실한 불교신자인 그는 이 그림을 기부하고 유명을 달리했다고 한다.

국립암센터 발전기금재단은 올해부터 중견탤런트이며 서울예술대학 교수인 박상원 박사를 회장으로 추대했다. 전 회장은 문화체육부 장관을 지낸 유인촌 씨였다. 대중에 다가가는 데는 인기연예인이 적격이다. 처음 만나도 반갑고 친지처럼 느껴진다. 이번에도 모든 참석자가 박상원 회장을 반겨 악수하고 사진을 같이 찍으며 좋아했다. 나도 예외는 아니어서 휴대폰에 한 컷을 담았다. 본격적인 경매에 앞서 작은음악회가 열렸다. KBS 앵커로 친숙하고, 재단이사이기도 한 임성민 아나운서가 사회를 보면서 암센터와 발전기금에 대해 소개했다. 여성 사중창단과 평창 어린이합창단이 노래를 불렀다. 어린이합창단은 한 달 전에 만들어져 많이 어설펐지만 〈고향의 봄〉에 이어 〈나는 할 수 있다고 말해줘〉를 정성껏 불러 감동과 함께 잠시 생각할 기회를 주었다. 암환자의 사기를 돋우어주려는 주최 측의 탁월한 기획이었다.

개그맨 이경규 씨가 진행한 경매는 처음 참석한 내게 흥미의 대상이었다. 모두 암환자의 진료와 연구에 도움을 준다는 선의로 참가했지만 아쉽게도 큰 수익은 올리지 못한 듯했다. 하지만 마지막 경매품인 네덜란드 자전거를 박상원 회장이 예상치의 5배가 넘는 가격으로 입찰한 후 암환자 어린이학교에 기부해 마지막을 감동으로 장식했다. 그는 서울대 안규리 선생의 외국인 노동자 진료활동을 돕는 등 착한 인상과 걸맞게 좋은 일을 많이 한다고 알려져 있다. 박 회장이 오랜 기간 꾸준히 인기를 누리며 국민 탤런트가 되어 가는 이유를 알 수 있었다.

재단 측의 많은 준비와 노력으로 A학점을 받을 만한 행사였다. 아쉬운 것은 직원들의 참여가 적었으며, 전국이 아닌 고양시에서만 후원한 행사였다는 점이다. 직장은 경제적 수입을 얻는 장소이자, 사회적 공헌과 자기완성을 위한 장소이기도 하다. 개인업무는 물론이지만 직장 전체적으로 협조하며 이루어야 하는 일도 적지 않다. 나도 그렇지만 우리가 평소에 너무 이런 개념이 없이 사는 것은 아닌지? 암센터 직원들 중에서도 업무상 의료인이 중심이 되듯이 이런 행사에서도 의료인들이 자각해 다른 직원들을 이끌어야 하겠다.

국립암센터는 우리나라 전 국민의, 국민에 의한, 국민을 위한 암센터이다. 이를 실현하기 위해 고려할 점이 있다. 장소와 교통 문제다. 전 국민을 대상으로 암 관련 사업과 진료를 맡는 국립암센터를 접근하기 매우 어려운 곳에 만들어 놓고도 전혀 보완하지 않고 있다. 암센터는 특성상 병원이 있어야 하고, 편리한 교통수단이 반드시 마련되어야 한다. 지금이라도 보건복지부 등 관계부처나 국회에서 근본적인 보완책을 마련해야 한다. 자선행사는 별개로 치더라도 평상시 암 환자와 가족들을 위한 통원대책이 절실하다. 지금대로라면 국가적 암관리, 예방, 연구, 검진 등 사업이 많아질수록 비효율이 커질 것이다.

그나마 고양시 지역사회와 주민들이 자부심을 가지고 국립암센터를 적극 도와준다는 생각에 밤 늦게 귀가하는 발걸음이 가벼웠다.

아시아핵의학교 컨퍼런스와 마천루

우리나라 핵의학은 지난 30~40년간 고속성장했고 이를 인정받아 2002년부터 2006년까지 세계핵의학회 회장국으로 선출되었다. 세계핵의학회 구성단체로 아시아대양주핵의학회가 있지만 4년 간격으로 학술대회를 갖는 것이 활동의 전부였다. 우리는 우선 낙후된 아시아 국가에서 핵의학을 발전시키기 위해 동남아시아 원로들과 상의해 2001년 아시아지역핵의학협력기구 ARCCNM, Asian Regional Cooperative Council of Nuclear Medicine를 만들었다. 이 지역 십여 개 후진국에 집중하여 진흥하자는 뜻에서였다. 이명철 교수님이 창립회장을 맡고, 이듬해 세계학회장이 되면서 내가 십 년간 회장을 맡았다. 전남의대 범희승 교수, 일본 오사카의대의 하타자와 교수가 뒤를 이었다. 핵의학 진흥에는 교육이 중요하다는 의견이 모여 2004년 ARCCNM 산하에 아시아핵의학교ASNM, Asian School of Nuclear Medicine를 개설했다. 실제 시설은 없이 인적자원과 프로토콜만 있는 가상학교였다. 싱가포르 교수가 초대학장을 맡은 후, 일본과 필리핀 출신 학장을 거쳐 작년에 중국 상하이 P 교수가 인계받았다.

올해 5월 초 중국 상하이에서 3일간 열린 ASNM 컨퍼런스에 참석했다. P 학장이 작년에 이어 마련한 교육 겸 학술활동 자리였다. 그와 친분이 있는 사업가가 35만 불을 조건없이 지원했다. 25개국에서 200여 명이 참석했는데 주최측에서 상하이 주변의 괜찮은 호텔에서 숙박과 식사를 무료로 제공했다. 실상 ARCC-NM 본 대회보다 더 큰 규모였다. 작년보다 올해 더 크게 준비했다고 하여 나도 참석했다. 우선 개회식이 볼만했다. 강단의 전면을 다 덮은 LED 스크린의 현란한 불빛에 배경음악으로 나오는 관현악기의 명쾌한 음향이 어우러져 분위기를 한껏 띄웠다. 세계핵의학회 회장, 국제원자력기구 핵의학 담당관과 중국핵의학회장도 초대된 데다 P 교수와 사회자의 연기자 못지않은 능숙한 진행과 연설로 보통 개회식과 사뭇 다른 근사한 행사였다.

컨퍼런스는 호텔에서 셔틀버스로 30분이 걸리는 보건건강과학대학교에서 열렸다. P 교수가 총장으로 있는 이 대학은 병원기사, 기술과학자를 양성하는 곳이다. 넓은 대지에 반듯한 새 건물과 잔디밭이 단정했다. 주최측은 모든 면에서 준비가 철저했다. 친절하고 적극적인 안내원에 자원봉사자도 남을 정도로 충분했다. 그러나 뜻밖에도 화장실이 재래식 변기여서 많은 외국 사람들이 불편해했다. 또한, 차분한 교육적 모임이 되리라는 기대와 달리 일반 학회와 비슷하게 다양한 내용과 다소 산만한 분위기였다. 물론 아시아 핵의학전문의 시험이나 ASNM 교육회의 등은 계획대로 진행되었으나, 일반 학술대회처럼 구연 포스터 발표, 젊은 연구자 경연이 있어서 두 방으로 나뉜 학회장은 강의 후 사진촬영과 감사장 수여로 얼룩졌다. 첨단지식과 기술을 가르치고 배우는 내실있는 교육과정이 되었다면 더 좋았겠다. 결국 ASNM의 기본정신을 구현하기보다 P 교수와 중국학회의 능력과 힘을 과시하려는 행사였다. 이제 뒤로 물러선 내가 공식적으로 의견을 말할 수도 없는 아쉬운 상황이었다.

마지막 날 오후에 MD앤더슨 암센터의 김의신 교수와 함께 상하이 중심부에 있는 황푸강으로 관광을 갔다. 1842년 아편전쟁에서 패한 중국이 유럽 강국에 조차지로 빼앗겼던 강 서쪽과 마주보는 동쪽 지역에 마천루 숲을 건설하고 있었다. 김의신 선생님은 평소에 "건축가는 남의 자본으로 자기가 만들고 싶은 건축물을 세우고 그 창조물에서 자기만족을 느끼는 사람"이니 가장 행복한 직업이란 지론을 갖고 있다. 할아버지의 영향인지 여덟 살 된 손자가 건축에 흥미와 관심이 많아 상하이 마천루 사진을 찍어달라고 부탁했다고 한다.

중국 정부는 황푸강 동쪽인 푸동 지역을 1984년 경제특구로 개방하고 2013년에는 자유무역지역으로 지정하여 외국자본과 기술이 물밀듯이 들어왔다. 그 결과 발전을 거듭하여 지금은 상하이에 16층 이상의 고층건물이 4천여 동이나 있다고 한다. 황푸강 서쪽에는 제국주의 유물인 서양식 건물이 즐비하고, 강의 동쪽에는 현대화를 상징하는 초고층 건물들이 숲을 이루고 있다. 중국 스타일인 동방명주, 101층(높이 492미터)인 상하이 세계금융센터, 125층(높이 632미터)인 상하이타워가 대표적 건물이다. 상하이 마천루는 새로운 건축 디자인의 경연장이다. 건물 전체가 장식걸이 모양, 건물 꼭대기가 병따개 모양, 건물을 휘감는 나선형의 유리 벨트 등 비슷한 모양이 하나도 없다. 밤에는 건물마다 산뜻하게 조명을 해 많은 관광객이 찾는다. 동방명주 전망대는 주말이면 1만 명이 넘는 인파가 몰린다고 한다. 가장 높은 상하이타워는 허리를 비틀며 승천하는 용을 형상화하여 속내를 상징적으로 드러낸다. 아랍에미리트 두바이에 있는 부르즈 칼리파(829미터)에 이어 세계 두 번째로 높고, 잠실 롯데월드타워보다 77미터가 더 높다. 역사적으로도 세계에서 가장 높은 마천루는 중국에 있었다. 516년에 지어진 낙양의 영녕사 구층 목탑은 273미터(63빌딩 정도)로 상상을 초월하는 크기였다고 기록되어 있으나 최근 조사 결과 134미터 정도라는 설도 나온다. 참고로 성경에 나오는 바벨탑은 98.5미터로 추정한다.

내가 보기엔 상하이의 마천루들도 과시 선전용이다. 현재 중국은 마르크스가 제시한 공산경제도 아니고 자유경제도 아닌 후진국형 독재경제다. 어떤 미래학자는 빈부격차에 불만인 저소득층과 부패에 저항하는 지식인층의 도전으로 결국 중국이 분열된다고 예측한다. 정부는 이들을 달래기 위해 스포츠, 경제, 문화, 과학 등 여러 분야에서 과시용 성과를 만들어 세계 제1의 중국을 국민 자신과 동일시하는 대리만족형 회유전략을 사용한다.

고층건물은 경제적으로 긍정적이기도 하고, 부정적이기도 하다. 좁은 땅 위에 높은 건물을 지어 효율이 높다지만 건축비용과 유지비용이 너무 커서 손익계산을 잘 해야 한다. '마천루의 저주'라는 경제용어가 있다. 세계적인 마천루가 세워지면 바로 세계 경제가 위축되곤 했다. 호황기에 값싼 이자를 얻어 마천루를 건설하기 시작하나 완공 시점에는 경기과열이 정점에 이르고 버블이 꺼지면서 결국 경제불황을 맞는다는 것이다. 경제침체가 마천루 때문은 아니지만, 마천루의 건설이 경제환경을 반영하는 것이다. 의학적 면에서는 어떨까? 따로 지식은 없지만 조류가 아닌 인간이 높은 하늘에서 생활한다는 것은 언뜻 생각해도 자연스럽지 않다. 고층에 살면 스트레스를 더 많이 받고, 호흡기질환과 심혈관질환에 잘 걸린다는 보고도 있다. 앞으로 이런 관심과 지식도 꼭 필요하겠다.

귀국하는 비행기 속에서 지난 15년간의 ARCCNM과 ASNM 활동을 생각해보니 걱정과 함께 많은 기억과 감상이 떠올랐다.

초창기 자금난과 주위의 몰이해로 이명철 선생님과 고민했던 일, ASNM 전 학장들의 명예욕과 무성의, 후진국 핵의학 전공자의 유대감과 자신감 회복, 구체적 발전성과, 일본과 중국의 깊은 관여, 이에 따른 상황호전, P 교수의 과시적인 운영행태… 그러나 크게 보면 이 기구는 이런 과정을 거치면서 마치 살아있는 생물체처럼 스스로 변화하고 성장한다. 관계자의 이해에 따라 그때그때 달라지기도 하지만 자체적인 힘과 탄력에 의해 앞으로도 생존하고 번영할 것이다. 좋은 생각과 의지로 만든 단체는 결국 많은 사람의 호응을 이끌어내기 때문이다.

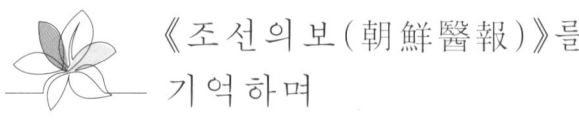

《조선의보(朝鮮醫報)》를
기억하며

 이 사진은 1946년 12월에 발간된 《조선의보》 창간호 표지다.
해방 후에 생긴 우리나라 최초의 종합의학 학술지로 이듬해 5
월에 창립된 조선의학협회(현 대한의사협회) 공식잡지와 서로 경쟁
하고 보완했다. 이전에 윤일선 교수가 창간한 또 다른 《조선의
보》가 있었다. 우리나라 최초의 병리학자인 그는 1929년 교토대
학에서 의학박사학위를 취득했다. 스승인 후지나미 교수는 암
병리학의 태두인 독일 피르호 교수의 직계 제자였다. 윤일선은
1926년 경성제국대학 의학부 부수로 시작해 조수를 거쳐 1928
년 한국인 최초로 제국대학 조교수가 되었다. 그 후 세브란스의
학전문학교 교수가 되어 해방될 때까지 근무했다. 매우 학구적
이어서 학술지의 필요성을 이해했던 그는 1930년 11월 세브란스
의전 병리학교실에서 《조선의보》를 창간했다.

《조선의보》 창간호 표지
제공 서울대학교병원 의학역사문화원

한편 1911년 이미 일본 의사들이 한반도에서 조선의학회를 결성하고 《조선의학회지》를 발간하고 있었다. 이에 맞서 조선 의사들은 1930년 2월 조선의사협회를 만들었는데, 《조선의보》는 그 기관지 역할을 했다. 이 잡지는 어려운 여건으로 인해 7년 만에 폐간되었다. 해방 후 서울의대 의사학교실 김두종 교수가 문교부에서 발행하던 《조선의사시보》를 인계받아 《조선의보》란 이름으로 재발간한 것이 사진 속의 잡지다.

해방 후 윤 교수는 서울대학교로 자리를 옮겨 연구뿐 아니라 학교행정에도 몰두했다. 1956년 서울대학교 총장이 되어 서울대학교 '미네소타 프로젝트'를 주도했다. 이 계획으로 의대 77명의 젊은 교수들이 미국 미네소타대학에서 의학 분야별로 연수를 받고 복귀해 우리나라 현대의학의 기초를 다졌다. 1973년 가을, 내가 의대생 시절에 선생님의 강의를 들었다. 병리학 첫 시간이었다. 큰 키에 마른 체구의 선생님이 긴 가운을 단정하게 입고 조그마한 목소리로 진지하게 강의하시던 모습이 지금도 머리속에 남아 있다.

다음은 《조선의보》 첫 페이지에 실린 '창간의 말'이다.

학술의 진보는 연구를 필요로 하며 연구의 확충은 발표를 기대한다. 우리가 해방된 지 이미 1년이요 또 4개월인 오늘에 아직까지 의학연구의 발표기관을 완성하지 못함은 의학동인들의 가장 유감으로 아는 바이더니, 마침 문교부 의학교육과에서 발행 중이던 《조선의사시보朝鮮醫事時報》를 본사가 인계하여 지면을 확장하며, 내용을 혁신하여,《조선의보》로 개명 창간하게 되었나이다.

이런 일이 실현되기까지는 의학교육과 담당자의 후의와 이해가 가장 크려니와 본보 편집관계 직원의 부담과 성원에도 많은 영향이 있는 것으로 믿는다. 특히 이 점에 대하여 감사의 마음을 표하는 바이다.

지금 건국建國 도중에 있는 우리들은 민족갱생民族更生의 결의와 웅상雄想으로 각 분야, 각자의 총력을 집결하여 이 대업을 달성할 중대한 임무를 가졌다. 특히 의학이 민족갱생의 직접 기초가 되는 체력과 정력의 증강에 긴밀한 관계를 가진 것은 첨언을 필요로 하지 않으려니와, 의학지식의 발달이 일반 민족문화의 진도에 반영된다는 것은 의학역사의 고찰에서 뚜렷하게 증명할 수 있는 사실이다. 이 책무를 마땅히 수행할 의료계 동인들은 현상을 통찰하며 장래를 고려하여 의학 신생국의 강력한 일익一翼을 맡아야 할 것이다.

생각하건대 의醫는 학문과 술기가 결국 하나가 되는 조화에 의하여 목적을 달성할 수 있으며 이 조화로운 실현은 오직 의도醫道의 발현에 귀착된다. 의학, 의술, 의도 3자의 일치는 의료인의 이상이며 의도의 극치이다. 의학분야에 있어 학문연구와 술기의 응용과 의도의 실천을 종합적으로 단명하게 소개하여 신생국가의 의학건설을 촉진케 하는 동시에 의료인의 도의道義를 확립하게 하려는 것이다. 이것이 본보의 당면한 사명使命이며 부담이다. 충분한 이해와 관대한 아량으로 협조와 성원을 지속하여 주시기를 희망하여 마지않나이다.

《조선의보》를 통해 신생조국의 의학과 의료를 발전시키고 의도를 확립하겠다는 다짐이 느껴지는 명문이다. 창간호의 내용은 더욱 흥미롭다. '창간의 말'에 이어 '종설', '임상실험', '임상강의', '사회의학', '의사(의학역사)', '미국 의약품해설' 그리고 '외국문헌 소개'의 순서로 논문을 배열했다. 기초의학과 임상의학을 아우르면서 의도의 확립을 위해 사회의학과 역사를 포함시키고, 미국에서 새로 나온 의약품을 소개했다. 편집진의 의학에 관한 넓은 안목과 열정을 보여준다. 더욱 감탄할 것은 높은 수준이다. 한국인의 영양에 관한 기초자료, 바일—펠릭스Weil-Felix 반응, 수혈의 합병증 같은 중요한 기초지식을 다루고, 임상강의의 주제는 놀랍게도 호킹 박사가 앓았던 근위축성측색경화증 amyotrophic lateral sclerosis, 루게릭병이었다. 시대적 요구였던 의료의 민주주의를 논의하고, 우리 고유의 의약품을 다룬 후 당시 초기 항생제인 페니실린과 스트렙토마이신을 소개했다. 시금의 종합학술지와 비교해도 손색이 없는 편집기획과 내용으로 우리 선구자들의 의학에 대한 진지함과 철저함을 느낄 수 있다. 넓은 안목과 식견은 여기서 저절로 생기는 법이다.

이 잡지와 인연이 많은 윤일선 교수는 이듬해 발행한 제2호의

'권두언'에서 아래와 같이 의학자로서의 자세와 신념을 밝혔다.

신년을 맞이하여 우리는 해방 후 제2의 새해를 맞게 되었다. 그간 지난 과거를 돌아보아 감회가 무량하다. 의료계는 혼돈을 지나 정돈되는 듯하나 미지수에 있는 의학계는 모든 정세에 따라 아직껏 그 시작을 보지 못한다. 그러나 우리는 장구한 동안 고뇌와 인내에 살아나온 사람이다. 장래에 대한 기대와, 희망과, 이상을 버리지는 않았으며 또 버려서는 아니되겠다.

금년에는 의료계가 통일정비되어 의도의 본질을 수행하는 데 일치하여야 하겠다. 또 의학계는 침체된 것을 발휘하여 여러 가지 난관이 많으나 의학도는 스스로 정진하여 조선의학을 진전해 국내외에 소개시키며 세계의학에 공헌할 바 있어야 하겠다.

의학의 통일된 기관, 한층 더 나가서 과학을 포함한 학술 전체의 통일된 기관이 형성되어 우리 학문 전체의 추진력이 되기를 바라는 바이다.

어느 나라나 그러한 것은 소수의 열熱과 성誠이 있는 사람으로 형성 시작되는 것이다. 그러나 형식은 내용을 요구한다. 의학에 있어서도 매일매일을 묵묵히 열심히 연구하는 것이 다 그 재료가 되겠다. 과학은 입보다는 손이요 두뇌에 있다. 1예의 환자, 1개의 실험이 다 그 재료가 되겠다. 의사는 의사의 길로, 의학도는 의학도의 길로 돌아가야 하겠다. 그러면 자기 근방의 재료를 살펴 발견할 기회가 많을 것이다. 진리는 항상 뜻을 거기에 두는 사람에게 그 발견의 기회를 줄 것이다.

당시 의학계의 어렵고 혼란스러운 상황에서도 꾸준한 열정을 강조하던 그는 위대한 생리학자 이반 파블로프의 말을 인용하면서 글을 마쳤다.

과학은 한없는 긴장과 불타는 정열을 우리에게 요구하고 있다. 일과 탐구에 원하건대 정열적이 되라!

5장.

불교
이야
기

 생로병사와 맞춤의료

불교에서 사람의 일생 중 생기는 네 가지 고통이라는 생로병사生老病死는 우연인지 필연인지 모두 의학에서 다루는 사건이다. 생로병사는 부처님이 처음 가졌던 종교적 질문이자 화두話頭다. 불교의 수많은 경전은 이에 대한 답이고 행동강령인 셈이다.

2,600년 전 인도에 살았던 싯다르타Siddhartha, 석가모니 인간 존재와 숙명에 대해 깊은 성찰을 한 선각자이며 해답을 제시한 천재였다. 당시 인도반도를 할거했던 수많은 소국 중 한 곳에서 왕자로 태어난 그는 부왕의 정성 어린 배려로 29세까지 안락한 생활을 했다. 불경에 의하면 그의 아버지는 출가해 세상을 구하는 부처님이 될 아들의 운명을 바꾸어 왕국을 유지하려 했다고 한다. 그러나 목적을 가진 행동은 때때로 반대의 결과를 낳는다. 인연이란 끈의 마지막은 인위나 숙명에 의해 한 번 더 꼬이기도

한다. 아버지가 알코올 중독자라면 아들은 진저리를 치며 술을 입에 대지 않기도 하지만, 아버지와 똑같은 알코올 중독자가 되기도 한다. 세상살이의 스산함을 전혀 몰랐던 그는 어느 날 우연히 늙어서 모습이 추해진 노인과 일어나지도 못하는 병자를 만난다. 그것이 일생을 바꿔놓았다. 태어나고, 늙고, 병들고, 죽는 네 가지 고통은 자기 잘못으로 생긴 것이 아니라 숙명이고, 왕자를 비롯한 어느 누구도 피할 수 없다는 사실을 깨닫는다. 시간이 되면 누구나 세상을 떠난다는 것은 더할 수 없는 충격이었다. 더욱이 그는 이미 결혼해 아들까지 있었다.

불교에 심취했던 독일작가 헤르만 헤세의 소설 《데미안》에 비슷한 이야기가 나온다. 부자이고 가정적인 아버지가 만든 밝은 세계에서 자란 주인공은 불량배들이 사는 어두운 세계를 만나 갈등을 겪는다. 석가모니 왕자는 밝은 세계에서만 철없이 살아왔다. 어두운 세계를 아는 사람보다 훨씬 큰 충격을 받은 그는 철없이 문제의 답을 찾고자 한밤중에 출가出家를 감행한다. 그리고 순수함과 진지함과 탁월한 영적능력으로 깨달음을 얻어 불교를 창시한다.

그가 깨달은 진리란 무엇인가? 여러 책에 의하면 그는 삶에 만연한 고통의 실상을 통찰하고 원인을 파악하여 해답을 제시했다. 모든 세상사는 원인과 결과로 연결되고, 우리가 겪는 고통과 속박은 나를 중심으로 생각하는 아집과 집착 때문이다. 따라서 밝은 지혜로 나의 무지無知를 없애고, 깊은 선정禪定으로 욕망을 잠재우고, 올바른 생활로 자신을 다스리라고 가르친다.

싯다르타가 깨달음을 얻어 세상을 구하는 부처Buddha로 숭배받게 된 것은 해탈 후 45년간의 가르침과 행적 때문이다. 그는 일생을 통해 일관되게 질문하고, 답을 구했으며, 깨닫고 말한 것 그대로 행동했다. 뛰어난 사람의 특징은 철저하다는 데 있다. 철학적, 종교적 질문은 누구나 할 수 있다. 문제는 그 질문을 얼마나 진지하게 추구하고, 진실로 답을 찾으려고 노력하느냐는 것이다. 초심을 유지하는 것이다. 부처는 생로병사를 물질과 현상적인 문제로 보지 않고 정신과 영혼적인 갈등에서 생긴 폐해로 파악했다.

생로병사를 의학적으로 살펴보자. 왜 태어나는 것 자체가 괴로움일까? 누구나 늙고 병들고 죽는 괴로움에서 벗어날 수 없으니 태어나는 것이 고행의 시작이란 뜻이겠다. 사실 출산은 어머니와 자식 모두에게 생사가 걸려 있는 중요한 순간이다. 인간은 다른 동물과 달리 영아의 머리가 커서 일종의 조산을 하는 셈이기 때문이다. 대부분의 병은 나이 늘어 생긴다. 병들어서 늙는 것이 아니라, 늙어서 병이 든다. 질병이란 몸의 항상성과 균형이 깨진 가운데 생기기 때문이다. 예를 들면, 유전자와 미세환경 때문에 이상세포가 나타나지만 다양한 방어기전으로 정상상태를 유지하다가 더이상 대처하지 못하면 질병으로 진행한다.

나이가 들면서 환경변화에 적응하는 유연성이 떨어지고 그 결과 병이 생기는 것이다.

이렇게 대부분의 질병이 신체의 유기적 현상에서 시작되고 진행한다고 가르치는 현대의학에서 부처님의 사상체계는 무슨 의미가 있을까? 같은 질병이라도 사람에 따라 병력, 진행, 치료효과, 예후가 다르다. 물질이 아닌 마음과 의지의 요소가 각자의 인연에 따라 다르게 영향을 미치기 때문이다. 소위 환자별 맞춤의료가 필요한 것이다. 서양의학에서는 최근에야 화두가 되었으나 원래 의료는 환자 개인별로 다르게 접근해야 하는 것이다.

인간 자체가 전체적 공통성과 개인별 특수성의 혼합체이다. 우리의 몸과 정신과 영혼은 같고도 다른 환경에서 작용하는, 같고도 다른 인연에 의해 형성된다. 이런 맥락에서 부처님의 가르침을 의학에 접목하면 더 온전한 진료를 할 수 있다. 불교는 신의 종교가 아니라 실존의 괴로움에서 시작된 인간의 종교이기 때문이다.

삼장법사 현장의 참모습

관심을 끄는 중국의 옛 인물 판화가 하나 있다. 까까머리에 인생무상을 의미하는 뼛조각 목걸이와 고귀한 인물을 상징하는 귀걸이를 한 지체 높은 스님이다. 불경을 가득 채운 대나무 책 상자를 머리 위에서 다리까지 뒤로 메었다. 많은 경전을 안전하게 운반하려는 차림새다. 밤중에도 걷기 위해 등불을 달았고 한 손에는 날벌레를 쫓는 채를, 다른 손에는 불자佛子를 들었다. 지친 기색이지만 눈빛은 또렷하고 입술은 다부지다. 이 스님이 현장 법사로 그림은 중국 시안西安 흥교사興教社에 있는 비석의 탁본이다. 일본에서는 가마쿠라시대에 이 초상화에 채색을 한 복사품도 만들어졌다.

중국 불교는 당나라 시대에 이르러 전성기를 구가했다. 여기에 큰 공을 세운 이가 삼장법사三藏法師 현장玄奘이다. 그는 직접 인

■ 현장삼장상(玄奘三藏像)
　출처 http://bitly.kr/4JLtGRPQSv

도에 가서 불교를 공부하고, 많은 경전을 한문으로 번역했다. 일반인들에게도 오승은이 지은 《서유기西遊記》를 통해 널리 알려진 삼장법사란 호칭은 불경 중 경장(사물의 진리에 관한 책), 율장(계율을 모아 놓은 책), 논장(불법을 논한 책)에 모두 통달했다는 뜻이다. 현장은 서기 600년 중국 수隋나라에서 태어나 664년 당나라 고종 때 사망했다. 13세에 불교에 귀의하여 열심히 공부했으나 불경이 턱없이 부족하고 잘못된 번역도 많았다. 본고장에 가서 불교를 배우려고 627년 인도로 떠났다. 아무도 가본 적이 없는 길을 헤쳐가며 목숨을 건 여정 끝에 인도에 도착했다. 인도 전역에 있는 불교 사적을 찾아 정진하고, 불교의 중심지인 날란다 사원에 들어가 시라바드라 밑에서 수행과 연구에 힘썼다. 학식이 깊어지자 카나우지에서 하르샤 대왕의 우대를 받으며 강론했다. 28개국의 국왕과 3천 명의 고승이 참석한 법회에서 18일간 토론을 주도하기도 했다. 마침내 641년에 640여 질의 경전과 불상을 가지고 귀국길에 올랐다. 힌두쿠시와 파미르 험로를 넘어 645년 대대적 환영을 받으며 장안으로 돌아왔다. 현장의 순례길은 139개국, 16,000킬로미터에 이른다.

그 후 당 태종의 적극적인 후원을 받아 19년 여생을 불교 경전의 번역에 몰두했다. 수나라와 당나라 사이 200년 동안 54명이 2,713권의 불전을 번역했는데, 절반인 1,335권을 현장이 완성했다. 불경 번역은 제2의 창작이라 할 만큼 어려운 구법求法의 길이었다. 방대한 분량의 산스크리트 용어를 한문으로 바꾸고 원본에 충실한 직역을 바탕으로 어려운 교리는 적절히 의역했다. 유능한 승려들의 협조로 역장譯場을 조직하고 체계적으로 운영한 결과였다. 대부분 대승불교 경전으로 중국뿐 아니라 한국, 일본, 티베트, 베트남 등 한자권 국가에서 불교 중흥의 밑바탕이 되었다. 현장은 또 다른 공을 세웠다. 그로 인해 중국과 인도 간에 외교가 시작되었고, 그가 개척한 길은 교역로인 실크로드가 되었다. 그의 여행기《대당서역기大唐西域記》12권은 인도, 네팔, 파키스탄, 방글라데시의 고대 역사와 지리와 고고학을 연구하는 데 귀중한 자료다.

법사의 생애를 거친 진리탐구의 열정과 실현은 후세의 귀감이다. 당시 인도유학은 십중팔구 죽음의 길이었다. 오직 부처님의 가르침을 깨닫고자 하는 일념으로 모험을 한 것이다. 불경 번역사업은 또 다른 모험이었다. 두 가지 필생의 과제는 서로 다른 재능을 필요로 했다. 험로를 수년에 걸쳐 개척하는 담대함과 체력, 인도유학 중 보인 지력과 성실함, 인도와 당나라 지도층의 지지를 얻는 설득력과 친화력, 불경번역에서 보여준 인문사상과 지도력 등 실로 다양한 능력이 발휘된 것이다. 뜻밖에도《서유기》영화나 만화영화에 나오는 현장법사는 모두 앳된 여성 같은 용모다. 시안西安을 여행할 때 본 현장의 동상도 마찬가지였다. 수많은 난관을 극복하고 찬란한 성취를 이룬 위인이라고 믿기 어려운 평범하고, 오히려 연약한 모습이었다. 《서유기》 속에도 거대한 목표를 성취하기에는 약점이 많은 너무나 인간적인 성격으로 묘사되어 있다. 언뜻 보아 무능하게도 보이나 확고한 신념에 선한 고집이 있어 미워하지 못하고 도와줄 수밖에 없는 인물이다. 물론 소설은 허구이지만 어느 정도는 실제 모델의 됨됨이를 참조했을 것이다. 현장이 지닌 재능에 그를 응원하는 민중의 협조가 더해져 큰 업적을 세울 수 있었던 것이다.

삼장법사 현장은 과연 어떤 인물이었을까? 높은 종교인의 체취는 엄격함보다는 부드러움으로 나타나게 마련이다. 생전에 많은 사람들이 그에게 보여준 무한한 애정은 어떻게 설명할 수 있을까? 화려한 업적과 상반된 전설로 가려져 있는 현장의 참모습을 찾는 것은 우리가 앞으로 공부해야 할 숙제일 것이다.

탁실라박물관의 부처얼굴

　20년 전 파키스탄의 수도 이슬라마바드에서 국제원자력기구 IAEA 핵의학 교육과정이 있었다. 전문강사로 참여했다가 뜻밖에 그 지역이 간다라 불교미술의 현장이라는 사실을 알게 되었다. 한국에서 같이 온 최원식, 천기정 선생과 함께 차를 빌려 북쪽으로 한 시간을 올라가 사찰과 집터 등 불교 유적지를 관광했다. 특히 인상 깊었던 것은 탁실라박물관에 있는 사암砂巖으로 만든 불두(부처머리)였다.

　간다라 지방은 지금의 파키스탄 페샤와르 일대를 가리킨다. 문화적으로 볼 때 페샤와르 북쪽의 스와트 지방과 아프가니스탄 일부를 포함한다. 기원전 4세기 알렉산더대왕이 동방원정에 나서 인도 북부인 이 지역까지 정복했다. 그 후에는 그리스인이 통치하여 헬레니즘 문화가 유입되었다. 한편 2,600년 전 인도 중

북부에서 시작된 불교는 아소카왕 재위 시(기원전 268~232년) 전폭적 지원을 받아 인도 전역에 전파되었다. 80세에 타계한 부처님은 우상숭배를 배척하고 죽은 후에도 그의 가르침에만 의존하라고 유언했다. 자등명법등명自燈明法燈明 즉, 저마다 자기자신을 등불로 삼아 주체적으로 살아가라는 의미였다. 따라서 초기 불교에서는 불상을 만들지 않고 유골과 법문을 탑(스투파)에 안치하여 숭배했다. 그러나 시간이 흐르면서 대승불교가 생기고 종교적 색채가 뚜렷해지면서 불상이 제작되었다. 불상은 크게 제불상과 제보살상으로 나눈다. 제불 즉, 부처상으로 아촉불, 아미타불, 미륵불, 약사여래상이 있고, 자비정신을 실행하는 사람을 뜻하는 보살의 형상으로는 관세음보살, 문수보살, 보현보살상이 있다. 당시 인도에는 불상을 제작할 기술도 없다가 간다라 지방에 불교가 들어오면서 그리스 조각기법으로 가능해졌다. 동양의 정신세계를 서양미술로 표현한 인류사상 유례없는 독특한 불교예술이 시작된 것이다

초창기의 불상은 그리스 조각과 유사했다. 당당한 남성적 체격에 곱슬머리, 높은 코, 짙은 쌍꺼풀이 전형적인 서양인의 모습이었다. 양 어깨를 덮는 사실적인 옷주름, 윗옷 상단의 깃이 아폴로 조각상을 연상시켜 자연스럽지 않고 눈에 거슬린다. 그러나 점차 두 문명의 예술양식과 내재된 미적 사상, 감성이 융합되면서 독창적인 불상이 나오기 시작했다. 처음에는 어색했던 작

▌굽타왕조의 불상(탁실라박물관)
　제공　이주형 교수(서울대학교 고고미술사학과)

품이 점차 다듬어지고 조화를 이루면서 상승작용을 일으켜 높은
예술성을 갖게 된 것이다. 대표적 작품이 바로 탁실라박물관에
서 본 4~5세기 굽타왕조의 불상이다. 인성人性 속에서 신성神性을

이상적으로 표현한 보기 드문 걸작품이다.

이 불상은 전체적으로 계란형인 단순하면서도 아름다운 두상을 갖고 있다. 단정한 머리, 깨끗한 이마는 심성을 그대로 반영한다. 이마와 연결된 오똑한 콧등, 적당한 눈두덩은 의지와 예지의 반증이고 도톰한 아랫입술, 갸름한 두뺨은 진지한 청춘을 뽐낸다. 이 불상은 석가모니를 표현한 것으로 아마 열반에 들기 직전 막 진리 파악의 정리를 끝내는 순간의 모습일 게다. 깊은 명상에 잠긴 모습이 완벽하게 표현되었다. 두 눈을 반쯤 감고 아래를 응시하면서 그간의 미망과 사유 끝에 얻은 생각을 정리하고 있다. 속세를 벗어난 조용한 모습에 근엄하고 범상치 않은 얼굴에 막 미소가 떠오를 듯하다. 미소가 나타난 다음 순간의 모습은 우리의 반가사유상에서 볼 수 있다. 왜 부처님상이 아닌 태자상일까? 이미 열반에 든 것이 아니라 아직도 진리를 탐구하는 자세를 표현하려는 것이다. 신의 길, 믿음의 길인 다른 종교와 달리 불교는 자신이 갖추어야 할 인간의 길, 지혜의 길이기 때문이다. 두상에서는 우주와 인생의 근본 진리를 알고 올바른 실천의 도를 제시하는 충만한 자신감이 느껴진다. 삶은 나의 몫이며, 나만의 업이라는 주체적인 깨달음이 우러난다.

간다라 불상의 얼굴은 석굴암의 부처와도 자주 비교된다. 중국이나 일본의 불상은 딱딱하고 심각하지만, 백제의 불상은 보통 사람의 얼굴에 미소 띤 눈매와 입으로 친근하다. 반면 석굴암의 부처는 표정뿐 아니라 체형도 간다라의 정형이다. 정치경제적으로 여유가 생긴 통일신라에서 사람을 인도에 보내 직수입했을까? 어쨌든 이 불두는 모든 제불상과 제보살상을 뛰어넘어, 나아가 동서양의 모든 조각품을 뛰어넘어, 인간이 만들 수 있는 최고의 표정이다. 동서양을 합친 인류의 염원과 노력으로 영원한 진리와 지혜를 찾는 아름다운 얼굴이 탄생한 것이다.

철학자 야스퍼스는 일본 국보 1호인 목조 반가사유상을 보고 이렇게 썼다.

> 나는 지금까지 수많은 신상들을 보아 왔습니다. 고대 그리스의 신상, 로마시대의 뛰어난 조각상과 기독교적 사랑을 표현한 조각상들을 보아왔습니다. 하지만 이들은 감정과 인간의 자취가 남아있고 진실로 인간 실존의 깊은 곳까지 도달하는 절대자의 모습을 표현한 것은 아니었습니다. 그러나 이 미륵상에는 인간 실존의 깊은 이념이 표현되어 있습니다. 인간 존재의 가장 정화되고 원만하며 가장 영원한 모습을 보여준다고 생각합니다.

간다라에서 시작한 불교 예술이 중국, 한국을 거쳐 일본에 전파되어 만들어진, 일종의 아류라 해야 할 반가사유상에 부친 찬사이다. 그렇다면 그 본류인 탁실라 부처의 얼굴에는 어떤 헌사가 적합할 것인가?

# 왜구와 신라의 불교건축물

서울의대 31회 동기들은 2017년 봄에 졸업 40주년 기념행사를 가졌다. 모교를 방문해 장학금과 동창회 발전기금을 기탁하고 2박 3일간 여행을 다녀왔다. 서울을 떠나 강원도 정선을 거쳐 경주와 하회마을을 돌아오는 코스였다. 공교롭게도 북한이 핵탄두 미사일로 한미일 삼국을 위협하고, 우리는 미사일 방어시스템 사드의 배치와 분담금을 두고 중국, 미국과 갈등이 생겨 국제정세가 험악했다. 버스가 감포 바닷가를 거쳐 경주시로 들어설 때 자연스럽게 선조들의 호국정신을 되새겼다.

당시 일본 해적 왜구倭寇의 폐해는 말로 다할 수 없었다. 바다와 인접한 곳은 번번이 약탈의 대상이 되었기에 바닷가를 따라 성곽을 조성하고 군이 주둔할 정도였다. 왜구는 예사로운 도적 떼가 아니었다. 세력이 강력하여 중국 항주의 서호西湖까지 공격

한 기록이 있다. 동해 감포와 통하는 대종천大鐘川과 계곡 사이 산 길은 왜군이 경주로 쳐들어오는 통로였다.

문무왕은 고구려를 멸망시키고 당의 침략을 막아 삼국통일을 완성한 군주다. 통일신라의 마지막 남은 걱정거리는 왜구의 침입이었다. 그는 죽은 후에도 바다의 용이 되어 나라를 지키겠다는 일념으로 왜구의 침입로인 감포 앞바다에 해중왕릉을 만들게 했다. 뒤를 이은 신문왕은 아버지의 호국정신을 기리는 의미에서 대종천 물가에 감은사感恩寺를 세웠다. 감은사에는 해룡이 된 문무왕이 왕래하도록 강에서 법당 안으로 들어오는 물길을 만들었다는 전설이 있다. 부처님의 가피*를 받고 백성들의 칭송을 접할 수 있게 하려는 것이었다. 근세 들어 법당 섬돌 아래에서 배수로 구조가 발견되어 신라인의 높은 감성과 과학기술 수준을 보여주었다. 다만 1,500년 세월 동안 물길이 바뀌어 현재 감은사는 강물과 상당히 떨어져 있다. 그러나 다른 절에 없는 거대한 석탑 한 쌍이 버티고 서서 당대의 호국 의지를 시위하는 듯하다.

토함산에 있는 석굴암 역시 쳐들어오는 적군을 막기 위한 장치다. 석굴암은 동해바다와 경주로 올라오는 길이 훤히 보이는 요충지에 조성했다. 부처님의 힘으로 적의 침략을 막으려는 것이었다. 나는 특히 부처의 손 모양에 주목한다. 손과 손가락 모

✦ 加被, 부처가 자비를 베풀어 힘을 줌.

양을 수인手印이라 하여 깨달음과 서원을 상징적으로 표현한다. 석가모니는 해탈할 때 악귀의 유혹을 물리친 일을 나타낸 항마촉지인降魔觸地印을 하고 있다. 마군魔軍를 이기고 땅속에 묻은 후 올라오지 못하게 오른쪽 다섯 손가락을 합쳐 힘차게 땅을 누르고 있는 모양이다(그림 1). 그런데 석굴암 부처님은 항마촉지인을 변형하여 오른쪽 검지와 중지를 약간 위로 들고 있다(그림 2). 왜 손가락을 모두 수직으로 뻗지 않았을까? 나는 두 손가락이 왜구가 들어오는 길목을 가리킨다고 감히 추측한다. 마군을 이긴 부처의 손가락 힘을 빌려 왜군의 침입을 막고자 했던 것이다. 신라시대 다른 부처의 수인은 어떨까? 경상북도 군위군에 석굴암보다 100년 전에 만들어진 삼존석굴(국보 제109호)이 있다. 우리나라 최초로 항마촉지인을 한 불상인데 다섯 손가락이 땅을 향한 전형적 모양새다. 이 의도적인 차이에서 석굴암 부처님 수인의 숨은 뜻을 짐작할 수 있겠다.

석굴암이 있는 토함산 고개를 넘으면 불국사佛國寺가 나온다. 말 그대로 아무도 침범하지 못하는 부처의 땅이다. 그러나 산을 넘기 전에 또 다른 부처님 영토인 기림사祇林寺가 지키고 있다. 일반인에게는 거의 잊혀졌으나 규모가 불국사에 못지 않았다. 기림사란 부처님이 생존 시 세웠던 인도의 기원정사를 뜻한다. 역시 불교의 힘으로 왜군을 막으려는 의도일 것이다.

선조들은 이렇게 외적의 침략을 종교의 힘으로 막으려고 모든 노력을 했다. 물론 군사적, 외교적, 사회경제적, 문화적인 면에서도 가능한 모든 방법을 공들여 준비했다. 마음을 모아 최선을 다하는 태도야말로 신라가 삼국을 통일하고 찬란한 천년왕국을 유지했던 원동력이 아니었을까? 짧은 여정이지만 선조들의 다양한 호국 의지와 노력을 엿볼 수 있었다. 지금 우리를 둘러싼 어려운 국제정세를 극복하는 데 무엇을 배울 수 있을까?

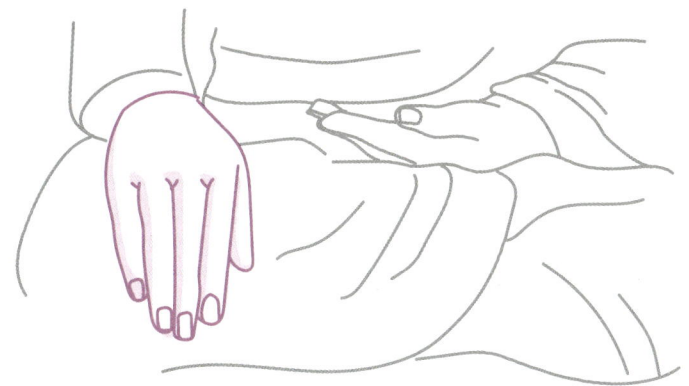

▎그림 1. 악마를 항복하게 하는 인상(印相)인 전형적 항마촉지인(降魔觸地印)

그림 2. 석굴암 본존불의 변형된 항마촉지인(降魔觸地印)
출처 http://bitly.kr/yGHhHHnQTz

불일암에서 생각한 무소유

이 시대의 스승인 법정스님은 입적한 지 10년이 지났어도 아직 우리 가슴에 남아있다. 종교를 불문하고 누구나 스님을 생각하면 그가 일생 동안 추구한 '무소유'가 떠오르고, 그가 남긴 글에서 감명을 받는다. 그러나 과연 무소유를 진실로 원하고 실천하는 사람이 얼마나 될까? 많은 사람이 어떻게 하면 돈을 좀더 벌고 더 많이 소유할 수 있을까 궁리를 하는 것이 현실이다. 어떤 이는 소유물이나 재산을 자기성취와 연결시키기도 한다.

스님의 '무소유'에 대해서 사람들은 보통 두 가지 반응을 보이는 것 같다. 첫 번째는 그 순수한 마음을 존경하면서도 실생활에서 따르지는 않는다. 세상물정을 잘 모르고 수도생활만 하는 고승이나 추구할 가치로 여긴다. 두 번째는 빈곤할 때 그 말씀을 위안 삼는 것이다. 성경에도 "부자가 천당에 가는 것은 낙타가 바늘구멍을 지나가는 것과 같다."고 했다. 이런 말씀에서 마음의 평안을 얻고, 부자들이 불행을 겪으면 통쾌하다고까지 느낀다.

지난 3월 법정스님의 기일 전날 순천 불일암佛日庵을 방문했다. 불일암은 송광사 소속으로 폐허가 된 옛 자정암 터에 스님이 1975년 중건한 암자다. '부처의 빛'이라는 이름을 짓고 장년기에 17년간 기거하면서 많은 글을 쓰고 사회활동을 했다. 그 뒤로는 강원도 산속에 오두막을 짓고 무소유를 실천하다가 지병으로 2010년 열반했다. 송광사 주차장에 도착하니 어느덧 오후 4시가 넘었다. 청량각 계곡에서 다리를 건너자 심상치 않은 편백나무 숲이 나타났다. 하늘을 향해 수십 미터를 곧게 자란 모습이 장관이었다. 숲과 저만치 떨어져 있는 삼나무는 마치 등대처럼 보였다. 진리를 깨달아 삶의 등대가 되는 것이 젊은 날 출가한 법정의 소망이었다. 법정이라는 승명도 '부디 수행을 잘하여 불법法의 정수리頂에 서라.'는 스승 효봉 스님의 기대와 격려였다. 이른 봄이라 아직 추워 편백나무 잎은 나오지 않았으나 줄기에 물기가 오르는 것이 느껴졌다. 향기와 함께 나날이 변하는 몸통의 적갈색이 그렇게 아름다울 수 없었다. 산길 1.5킬로미터는 제법 가팔라 40분 오르는 동안 몇 차례 쉬어야 했다.

마지막 언덕은 우거진 조릿대나무가 하늘을 가려 마치 터널 같았다. 컴컴한 숲을 지나자 피안의 세상인 양 환해지면서 불일암이 한눈에 들어왔다. 사각형의 작은 텃밭을 둘러싼 단정한 14

평의 법당, 2칸짜리 아래채와 해우소가 전부다. 찾는 이 없어 고요한 절간에 묵언默言이란 팻말이 놓여있고, 오랜 오동나무와 후박나무가 고즈넉하다. 키 큰 후박나무는 스님이 평소 좋아하여 말동무로 삼고, 어디 갔다가 돌아올 때마다 껴안아 주었다고 한다. 스님은 이 나무 아래 흙이 되어 누워 계신다. 암자 벽에는 스님이 웃는 사진이 걸려 있고, 그 아래 유명한 빠삐용 나무의자가 방명록과 기념용 책갈피를 안고 서 있었다. 아궁이 군불거리로 쓰고 남은 참나무로 스님은 손수 의자를 만들고 때때로 여기 앉아 자연을 즐겼다. 빠삐용 의자로 이름 붙인 것은 인생을 허비하지 않으려는 경각심에서였다.

절은 잔잔한 장식과 소박한 아름다움이 깃들어 있었다. 샘터는 연꽃 기와조각으로 둘레를 삼았고, 법당 앞에는 매화와 파초를 심었다. 온돌을 데우기 위한 장작이 사각형 샌드위치 박스처럼 가지런히 쌓여 있고, 샘물 옆에 방문객을 위해 검은 탁자와 의자를 마련했다. 단순하나 정갈하여 고결한 스님의 내면을 보는 듯했다. 의자에 앉아 찬물을 마시며 그윽한 절간을 내려다보니 저절로 사색에 접어든다. 대학생 때 학교 도서관 벽 낙서에서 보았던 마음에 드는 글귀가 생각난다. "생각은 높고, 생활은 낮게". 법정 스님은 말씀했다. "무소유란 아무 것도 갖지 않는 것이 아니라, 불필요한 것을 갖지 않는 것이다. 우리가 선택한 맑은 가난은 넘치는 부보다 훨씬 값지고 고귀한 것이다. 선택한 가난에는 낭만과 멋과 운치와 향기가 있다."

스님이 말하는 무소유를 알 것 같다. 기본적인 삶을 유지하지만 지성과 감성을 계발하고 즐기는 약간의 여유와 재화도 필요하다. 그는 마실 차와 들을 음악, 볼 책만 있으면 족하다고 했다. 남은 여분은 다른 사람을 위해 사용해야 한다. 그들도 인간적 삶을 누려야 하기 때문이다. "본질적으로 내 소유는 없다. 어떤 인연으로 해서 내게 왔다가 가버린다. 나라는 실체가 없는데 내 것이 어디 있겠는가? 그저 한동안 맡아 가지고 있을 뿐이다."

법정 스님에게 무소유는 삶의 방편이자 목표인 듯하다. 왜 무소유로 살아야 하는가? "삶은 소유물이 아니라 순간순간에 있음이다. 이 한때를 최선을 다하여 최대한으로 살 수 있어야 한다. 그러면 삶은 놀라운 신비와 아름다움이 될 것이다." 소유욕과 재화는 정신과 영혼에 시간적 공간적 부담을 지워 참된 삶을 가로막는다. 자기성취와 자아완성을 위해서는 소유에서 자유로워져야 한다.

어느덧 어둠이 내려 떠나야 할 시간이었다. 빠삐용 의자에 놓여 있는 기념 책갈피를 한 개만 집어들었다. 방명록에는 아무 말도 적지 않았다. 기일 전날 참배객이 없어 적막하기까지 한 불일암에서 나름대로 무소유를 생각하며 거닐던 시간은 스님에 대한 존경심과 함께 내 마음속에 영원히 남을 것이다.

아소카 왕의
위대한 반전(反轉)

과거 왕조시대에는 왕위 계승 때마다 왕자나 친족 간에 심한 갈등이 있었다. 가까운 조선조만 해도 초기에 이방원이 주도한 '왕자의 난'이 있었다. 태조의 다섯째 아들로 야심만만했던 그는 친형인 정종을 몰아내고 즉위했다. 그러나 왕이 된 후에는 건실하게 국정을 돌봐 500년 왕조의 기틀을 다졌다.

인도에는 영국의 역사학자 웰즈와 토인비가 각각 '세계 역사상 가장 훌륭한 군주'라고 칭송한 왕이 있었다. 마우리아 왕조의 아소카 왕(재위 기원전 268~232)이다. 그는 인도 역사상 가장 넓은 통일제국을 건설했을 뿐 아니라 높은 윤리적 덕목들을 갖춘 것으로 유명하다. 그러나 처음에는 그도 방탕하고 포악했다. 아버지인 빈두사라 왕은 16명의 부인에게서 101명의 아들을 얻었는데 아소카 왕이 가장 뛰어났다. 부왕이 죽은 후 왕위쟁탈 끝에 그는 모든 이복형제와 신하 5백 명을 몰살하고 수많은 사람을 괴롭혀 '악惡의 아소카'라 불렸다.

아소카 왕은 통일제국을 실현하기 위해 늘 전쟁터에서 살았다. 즉위 8년에 처절한 전투 끝에 전략적 요충지인 칼링가 왕국을 점령했다. 전쟁 사상자뿐 아니라 뒤이어 발생한 전염병과 기근으로 수많은 사람이 죽어 피해자는 수십만 명에 이르렀다. 승리했지만 이런 참상을 본 그는 깊은 슬픔에 잠겼다. 그리고 고뇌와 참회 끝에 전쟁의 죄악을 통감하고 불교에 귀의했다. 현실에서 죽음의 문제를 깊이 체험하고 부처님의 가르침에서 해답을 찾아 실천한 것이다. 폭력적인 점령 정책을 포기하고 문화적으로 동화시키는 정책으로 전환했다. 합리적, 보편적 가르침인 다르마Dharma, 법(法)에 의한 통치가 '기쁨을 만드는 진정한 정복'임을 깨달았던 것이다.

아소카 왕이 불교도가 된 데는 다른 이유도 생각해볼 수 있다. 제국 건립 후 다양한 계급과 계층을 포용하는 데도 법의 만민평등을 주장하는 불교사상이 필요했을 것이다. 그가 생각한 법은 보편상식적인 윤리이념을 초월하여 현세와 내세에서 일체 생명의 이익과 안락을 도모하는 것으로 이를 왕의 최고 의무로 삼았다. 요즘 용어로 법치法治를 뛰어넘어 인치仁治를 추구한 것이다. 이런 이상을 보급하기 위해 본인이 깨달은 법을 선포하고 44개의 비석에 새겨 후세에 전하게 했다. 마침내 그는 인도 전역의

문화, 역사, 사상, 사회, 경제 등 다방면에 큰 영향을 준 성군^聖_君이 되었다.

그는 포교활동으로 인도 각지에 수많은 사찰을 건립하고 석가모니 사리를 모신 84,000개의 불탑을 조성했다. 또한, 스리랑카, 시리아, 이집트 등에 불교사찰단을 보내 불교전파에 공을 들였다. 우리나라에는 4개 사찰에 부처의 진신真身 사리가 안치된 탑이 있다고 한다. 나머지 절은 사리 대신 부처의 말씀을 기록한 경전을 불탑 속에 보관했는데 필사본보다 활자로 인쇄된 불경을 선호했다. 이 때문에 우리나라에 목판인쇄, 금속인쇄가 일찍부터 발전했다는 주장도 있다.

사회적 동물인 인간은 권력지향적이어서, 최고 권력인 왕권이나 정권 쟁탈에 피눈물을 가리지 않는다. 아소카 왕의 경우처럼 골육상쟁으로 후유증이 심하기도 하다. 오늘날 이런 권력투쟁은 재벌의 상속과정에서도 볼 수 있다. 민주국가에서 대통령 선거는 어떻게 보면 정당한 규정에 따른 왕자들의 경쟁 같기도 하다. 정치인들은 국민을 진보와 보수로 나누고, 세대별, 지역별로 편을 갈라가면서 치열한 선거운동을 펼친다. 이제는 이런 갈등을 멈추고 모든 국민이 한 민족이라는 형제애에 입각한 협조와 이해가 절실하다. 지도자는 아소카 왕처럼 먼저 자기성찰로 정화하고 상대방을 포용하여 법치와 인치를 실천해야 한다. 이런 역사적 인식이 부족한 우리나라 정치 형태 때문에 우리 대통령은 대부분 말년을 불행히 지내고 있다. 아소카의 위대한 반전을 거울 삼아야 할 것이다.

내가 생각하는 5계율

온 나라가 시끄럽다. 정치권의 최상부에서 원칙에 어긋나는 행동을 오랫동안 해온 결과다. 부처님은 인간이 지켜야 할 최소한의 규범을 제시했다. 불교에 대해서는 문외한이지만 불교에서 기본으로 여기는 5계율을 소개하고 해석을 덧붙인다. 넓은 아량으로 읽어 주시기 바란다.

계율은 계戒와 율律의 복합어이다. 계는 불교신도라면 누구나 지켜야 할 일반적인 행동 규범이고, 율은 출가한 스님을 위한 규율이다. 수많은 규범이 있지만 5계율은 가장 기본으로 불교 초창기부터 일반인과 스님이 모두 지켜야 하는 실천 덕목이었다. 부처님 생존 시 인도의 특수한 상황에서 비롯한 항목도 있어 원래 의도를 상상하며 각 항목을 재해석하면 이렇다.

살생하지 말라(不殺生)

고기는 필수영양소인 단백질의 주요 공급원이다. 식용으로 고기를 먹는 것은 건강상 어쩔 수 없고 질병의 치료에 필수적이기도 하다. 물론 과다한 고기섭취는 자제해야 하고, 다른 이유로 살생을 한다면 죄악이다. 동물뿐 아니라 나아가 식물도 보호하고 번성시키자는 적극적인 의미도 있다. 같은 순간을 사는 모든 생물은 자연을 공유하고 보호받을 권리가 있다.

도둑질하지 말라(不偸盜)

본래의 뜻보다 확대해석해야 할 항목이다. 거짓말, 사기, 강도질 등 타인에게 직접 손해를 주는 행위는 물론 부패, 탈세, 횡령 등 공공의 정의와 이익을 잠식하는 부정부패도 금해야 한다. 나아가 재물을 불필요하게 낭비하는 것, 재산을 사회에 환원하지 않는 것도 포함해야 한다. 즉, 넓은 의미로 무소유의 구현이다.

음행을 하지 말라(不邪淫)

올바른 관계의 이성異性을 삶의 동반자로 여기고 진심으로 사랑하라는 뜻이다. 확대해석하면 모든 인간을 사랑하자는 뜻이리라. 개인적으로는 승려도 일부 결혼을 허가하는 것이 어떨까 한다. 가족은 구도의 길을 가는 데 큰 짐이 되지만, 일반 신도들을 이해하고 이끄는 데 도움도 될 것이다. 물론 일생을 독신으로 진리탐구에 바친 구도자는 더욱 존경받아야 한다.

거짓말을 하지 말라(不妄語)

진리가 아닌 말로 사람을 현혹시키지 말라는 뜻이다. 정직은 선진사회의 가장 기본적인 요소이다. 상호 믿음과 존중으로 타인을 대하라는 권고도 된다. 즉, 개인이 사회와 관계를 맺는 올바른 방법을 제시하고 있다.

술을 마시지 말라(不飮酒)

당시 인도에서는 음주의 폐해가 심했던 모양이다. 술은 약으로도 사용했기에 과음이나 약물중독 등을 피하라는 뜻이다. 본래의 뜻을 현대적으로 유추하면 운동이나 좋은 생활습관으로 건강을 지키자는 것이다.

5계율은 문법상 모두 부정어否定語 형식으로 쓰여 나쁜 짓을 금하는 내용이다. 기본적으로 인간을 선善한 존재로 인식하여 삶에서 특별히 범하기 쉬운 조항만 나열했거나, 운율을 맞추느라 통일했을지도 모른다. 부정어는 닫힌 문장으로 확대해석이 불가능하다. 반면 긍정어는 열린 문장으로 포괄적인 뜻을 내포하고 다양한 해석이 가능해 확장성과 융통성이 있다. 부처님과 수행자들이 의도한 바를 추측하여 긍정어 표현으로 바꾸어보면 어떨까?

　　모든 생명과 자연을 보호하고 사랑하자 不殺生

　　상식과 정의에 맞는 생각과 행동을 하자 不偸盜

　　인간을 진정으로 아끼고 사랑하자 不邪淫

　　사람 사이에 진실과 믿음이 있게 살자 不妄語

　　술이나 약물에 의존하지 말고 건강한 생활을 하자 不飮酒

　　5계의 기본 주제는 처음 나오는 생명존중 사상이고, 다음 항목들은 점차 사회생활 규범에서 개인생활 규범으로 좁혀진다. 마지막 항목부터 거꾸로 보면 개인의 신체적 정신적 건강(5계), 타인과 진정한 관계형성(4계), 짝에 대한 윤리와 인간사랑(3계), 사회 정의를 바탕으로 한 집단 윤리(2계), 생명존중과 자연보호(1계) 순으로 진정한 자아의 확대과정이 된다. 즉, 5계율은 단계별 기본요소를 잘못 행동하지 말라는 경고인 셈이다. 의도를 이해하기 어려운 일반 대중에게는 부정어 형식이 더 효과가 있었으리라.

　　결론적으로 부처님은 2,600년 전에 생명존중의 윤리관을 쉽게 가르치고 행行하게 하기 위해 5계율을 만드셨다. 우리나라 정치사에서 매번 비슷한 분규와 혼란이 되풀이되는 상황이 5계율이 아직도 유용하다는 반증으로 보인다. 딱한 현실이다.

부처가 보는 생존양식

　불교의 세계관으로 보면 모든 중생은 괴로움의 바다(고해, 苦海)
인 세상에서 의미없는 삶을 반복한다. 진리를 깨달아 윤회에서
벗어나는 열반을 지고의 가치로 여기나, 일반 대중은 전생에 행
한 선악의 업보에 따라 6가지 길(육도, 六道)로 바뀌어 다시 태어난
다. 육도는 '세계 또는 장소'라는 뜻의 취趣을 써서, 6취六趣라고도
한다. 소개하면 다음과 같다.

　첫째, 천상天上계
　아직 열반에 이르지는 못했지만 모든 욕망이 충족되고 모든 즐거
움이 온전히 갖춰진 세계다. 지혜가 밝고 마음이 착한 성인이 선
정禪定을 익히고 닦는 곳이다.
　둘째, 인간人間계

괴로움, 탐욕, 분노, 어리석음과 같은 고통과 함께 즐거움이 섞여 있는 미망의 중간세계다. 마음을 다스려 깨달음을 얻는 불법을 수행하기에 가장 적합한 곳이다.

셋째, 아수라阿修羅계

지혜는 있지만 서로 헐뜯고 싸우기 좋아하는 사람이 머무는 곳이다. 수라는 싸움을 잘하는 귀신의 이름이다. 여기서 아수라장이라는 말이 생겼다.

넷째, 축생畜生계

사람을 제외한 모든 길짐승이나 날짐승이 축생이다. 욕심 많고 인과를 무시하는 어리석은 짓에 대한 업보로, 태어나 죽도록 일해야 하는 고통의 세계이다.

다섯째, 아귀餓鬼계

큰 욕심의 과보로 머무르는 곳이다. 굶주림과 목마름으로 고통받는 세계다. 여기서 아귀다툼이란 말이 생겼다.

여섯째, 지옥地獄계

육도 중 가장 고통이 심한 곳이다. 중생이 어리석음과 무지함으로 삼독심三毒心을 일으켜 어둡고 거칠고 탐욕스럽고 우악스러운 행위에 대한 과보로 태어나 한없이 고통을 받는 세계다.

여기서 천상계, 인간계, 아수라계는 상대적으로 착한 세계여서 3선도 또는 3선취라고 하며, 뒤의 세 가지인 축생계, 아귀계,

지옥계는 나쁜 세계여서 3악도 또는 3악취라고 한다. 중생은 모두 이런 세계를 윤회한다. 물론 독실한 불교신자가 아니라면 이 말을 곧이곧대로 수긍하기는 어렵다. 윤회와 6도가 실제 존재하는지를 떠나 부처님 시대의 세계관과 말씀한 의도를 고려해 보아야 한다.

나는 이것이 중생이 살아가는 환경과 경험하는 세계를 관념적으로 분류한 것이라는 일부 학자들의 의견에 동의한다. 6도를 세상을 살아가는 상황과 생존 방식으로 해석하자는 뜻이다. 우리는 함께 지내지만 각자 지은 인연과 업보에 따라 서로 다른 6가지의 상황으로 현재를 산다.

불교에서는 인간 고통의 원인이자 해탈을 방해하는 삼독三毒이 탐욕, 분노, 어리석음이라고 가르친다. 어떤 사람은 이런 독에 가득 차서 한없는 고통으로 지옥 같은 나날을 사는 반면, 올바른 마음을 꾸준히 닦아 인간계, 천상계에서 환희에 찬 삶을 사는 이들도 있다. 그 중간에 귀중한 생명의 시간을 생각없이 허송하는 축생계, 사람으로 태어났으나 채울 수 없는 욕망으로 고통받는 아귀계, 질투와 다툼으로 일상을 보내는 아수라계의 삶이 있다.

어떤 존재양식으로 살든 특정한 사회조직이나 개인에게는 유별나게 다른 양식으로 반응하기도 한다. 즉, 직장과 집안에서 존재양식이 다를 수 있다. 직장에서는 덕망있고 마음수련에 노력하는 천상계에 살지만, 가족 간에는 몰이해와 다툼으로 얼룩진 아수라계를 살아갈 수 있다. 상대방에 따라 달라지기도 한다. 다른 사람과는 인간계인 평정한 상황이지만 부부끼리는 지옥계인 악연이 생길 수 있다. 자기가 속한 존재양식도 세월의 흐름에 따라 달라진다. 살면서 새로운 인연과 업을 쌓아 앞으로의 생활에 영향을 끼치는 것이다.

위와 비슷한 해석은 불경에서도 찾을 수 있다. 화엄경에서는 "일체유심조一切唯心造"라 하여 육도, 육취가 모두 인간의 마음 속에서 이루어진다고 설명한다. 육도가 어디 따로 있는 것이 아니라 사람의 상태에 따라 변한다. 다시 말해 부처님은 중생이 살아가는 방식을 분류하여 쉽게 비유로 설명하고 정진할 방향을 제시한 것이다.

유독 여섯 세계로 나눈 이유가 있다. 삼독에서 물질적 탐욕을 버리지 못한 자는 아귀처럼 살고, 마음의 독소인 분노로 살면 아수라계로 떨어지며, 참된 지혜를 지니지 못한 자는 짐승처럼 우둔하게 살 탐진치✦의 축생계에서 살아간다. 지옥은 모든 잘못이 극대화되어 심한 고통을 받고 천상계는 해탈보다는 못하지만 삼독이 없어져 선하게 살아가며 행복을 누릴 수 있는 곳이다. 인간계에는 이들이 공존한다. 그러면 인간계에 있는 우리는 어떻게 해야 더 높은 세계로 올라갈 수 있을까? 당장이라도 탐진치

✦ 貪瞋癡. 탐욕(貪欲)과 진에(瞋恚)와 우치(愚癡), 곧 끝없는 욕심과 노여움과 어리석음.

의 해악을 진심으로 파악하고, 이를 버리면 마음의 지혜가 밝아져 어느덧 천상계에 도달할 수 있다. 지금 생각과 행동에 따라 지옥부터 천상까지 삶이 달라진다. 끊임없이 윤회하더라도 지금 삶의 생존양식은 본인이 결정하는 것이다. 지옥에서 살지, 천상에서 살지는 내 생각과 행동에 의해 결정되는 것이다. 독자 여러분의 마음의 지혜가 밝아져 삶이 온전한 즐거움으로 가득하기를 기원한다.

"《이 세상에 오직 하나》발간을 축하드리며"

미국에서 제자 부부가

레지던트 때 이런저런 일로 전공의실에서 한숨을 쉬고 있을 무렵, 마침 들르신 정준기 선생님을 붙잡고 핵의학 연구의 어려움을 토로한 적이 있다. 선생님께서는 "재미있어. 좀 더 해 봐."하고 간단하게 말씀하셨던 것 같다. 그때 지으신 연한 미소는 엄한 꾸지람이나 진지한 설득보다 훨씬 마음을 달래주었다. 핵의학이라는 희귀한 특수 전공에 대한 자부심과 즐거움의 시작이었다.

이 책《이 세상에 오직 하나》에는 그때 선생님의 온화함을 떠오르게 하는 담백한 문장들이 담겨있다. 각 장의 이야기들이 '젊은 히포크라테스'에게 주는 곶감 한 '동'처럼 풍성한 울림으로 다가온다. 평소 사람을 아끼고 자아성찰과 시대에 대한 사유를 게을리하지 않는 인품에서 나오는 진정성의 힘이 아닐까. 학문적인 깊이에 인생의 너비가 더해져 무르익어가는 선생님의 삶을 닮고 싶다. 선생님처럼 자아완성을 향한 노력과 더불어 사는 삶의 지혜가 있다면 코로나 이후의 비대면 사회와 뉴노멀 경제에서도 행복을 지킬 수 있을 것 같다.

살면서 나는 누구인가, 여기는 어디인가를 외치고 싶을 때마다 선생님께서 틈틈이 보내주시는 글은 '소소한 일상 속 한줄기 위안'이었다. 타국에서도 글을 통해 애틋한 추억담을 듣고, 따스한 시선에 공감하고, 선생님 삶의 호흡을 보다 가까이 할 수 있어 감사하다. 학문을 넘어 인생의 스승이신 선생님과의 '참 좋은 인연'에 감사하며, 존경의 마음을 가득 담아 여섯 번째 수필집 발간을 축하드린다.

박은경 교수(아이오와대학교 핵의학과)

인문학을 업으로 삼아도 글 쓰는 일은 언제나 힘들다. 글이 풀리지 않아 커피만 축낼 때가 있다. 헌데 글쓰기의 어려움은 어디나 마찬가지인가 보다. 글쓰기를 어릴 때부터 강조하는 미국도 매주 월요일이면 교수 모임에서 글쓰기를 격려하는 소식지를 보내온다. '매일 일어나자마자 써라. 틈만 나면 써라' 등등. 그 편지를 받으면 지난 주에도 대다수가 글을 쓰는 데 실패했겠구나 하는 생각이 들곤 한다.

철학은 '인간이란 무엇인가'처럼 수천 년간 반복된 똑같은 물음에 답하는 일이라, 쓸 거리를 얻으려면 마른 수건을 쥐어짜는 느낌이다. 공부 초기에는 글쓰기의 고통이 더했다. 한 글자도 쓰지 못하고 불면의 밤을 보냈다. 그때 아내가 정준기 선생님과 논문을 쓸 때 "세상에 논문 쓰기만큼 즐거운 일이 어디 있나"하고 말씀하셨다는 이야기를 해주었다. 와닿지 않는 말이었다. 이미 대가이신 데다가, 분야도 다르니까. 하지만 그 말씀이 내내 지워지지 않았다. 몇 번 직접 뵙고 느낀 선생님의 인품으로 볼 때 허투루 얘기하신 게 아닐 테니까. 기쁘게 글을 쓰는 경지의 문턱에라도 가고 싶은 마음은 지금도 간절하다.

알고 보니 선생님께서는 논문만 즐겁게 쓰시는 게 아니었다. 미국에서도 수시로 수필 몇 편씩이 담긴 글 묶음을 받을 수 있었다. 다양한 글감과 주제를 담박한 필치로 버무린 글들은 하나같이 '명경지수明鏡止水' 같은 선생님의 마음이 담겨 있었다. 그런데 그 글들이 끊이지 않았다. 책에 담긴 무수한 이야기들을 미처 다 읽기도 전에 다음 책을 만나는 듯했다. 글을 쓰는 게 주업인 사람으로 복잡한 기분이 들었다. 존경심 반 부러움 반. 양도 양이지만, 글마다 배어있는 생기가 인상 깊었다. 많은 사람들과의 따뜻한 만남에 관한 이야기들은, 철학을 핑계로 고독과 고립의 성을 쌓던 나에게 인간적 삶의 중요성을 일깨워주었다.

장자莊子는 사람에 얽매이지 말고 '명경지수'를 거울 삼아 살라고 말한다. 장자가 보기에 도道의 실마리를 '사람과의 관계仁'에서 찾은 공자의 가르침은 덧없다. 하지만 자신을 곱씹으면서도 타인과 마음 나누기를 지속할 수 있다면, 그보다 훌륭하고도 완성된 인간의 삶이 없지 않을까. 선생님의 글은 치열하셨던 학자적 삶의 궤적과 씨줄 날줄로 엮여 후대에게 숭고한 인간의 모습을 전해준다. 혼자 걷는 듯한 글쓰기의 길에서 큰 가르침을 주신 정준기 선생님께 이 기회를 빌어 감사와 축하의 말씀을 올린다.

최도빈 교수(아이오와대학교 철학과)

에 필 로 그

어느덧 여섯 번째 수필집이다. 내 삶 속에서 전혀 상상조차 하지 못한 일이다. 수필을 쓰기 전까지 전공분야의 학술논문 외에는 글을 써본 적이 없었다. 1998년 인도 타지마할을 관광하고 우아한 건축물과 애절한 사연에 감흥을 느껴 여행기를 적은 것이 어쭙잖은 글쓰기의 시작이었다.

본격적으로 수필을 쓰기 시작한 것은 두 가지 큰 병을 앓은 뒤였다. 2005년 초, 위암 수술을 받았다. 위암은 초기였으나 위치가 나빠 위를 모두 떼어내야 했다. 수술 후유증을 견디며 회복할 무렵, 이번에는 파킨슨병을 진단받았다. 전부터 숨어 있던 병이 수술 후 신체 변화와 영양부족으로 진행된 것 같았다. 암에 걸렸을 때보다 정신적으로 충격이 훨씬 컸다.

그러나 삶에서 불행과 행운은 손잡고 오는 수가 많다. 두 가지

지병이 쌍두마차가 되어 나를 수필의 세계로 이끌 줄 어떻게 알았겠는가? 1971년 청운의 꿈을 꾸며 의과대학에 입학했던 때로부터 대학교수가 되기까지, 그리고 그 뒤로 겪고 생각한 것들을 사람들과 나누고 싶었다. 환자 입장에서 경험한 질병과 의료에 관한 생각도 말하고 싶었다. 2011년에 첫 산문집《젊은 히포크라테스를 위하여》를 발간한 후 다섯 권의 수필집을 냈다. 의사신문에 〈마로니에 단상〉이란 칼럼을 맡아 꾸준히 글을 썼다. 파킨슨병으로 시간이 촉박하다는 조바심도 있어 다작多作을 한 것이다.

다행히 암은 재발하지 않았고, 신경병도 급히 진전되지 않아 계속 글을 쓸 수 있었다. 글쓰기가 몸과 마음을 지켜주는지도 모른다. 어떻게 보면 병은 삶에 이상이 생겼음을 경고하고 회복시키는 과정이다. '아픈 만큼 성숙해진다'는 말처럼 병과 씨름하면서 자기 절제, 타협, 양보를 배웠다. 또 자연히 삶에서 무엇이 중요한지 철학적 사유를 하게 되었다. 특히 나름대로 예술, 학문, 종교 같은 문화에 대한 지견을 주위 분들이 공감하고 호응해주는 것이 투병생활에 큰 힘이 되었다.

이번 책에는 불교에 관한 글이 많아 독자의 양해를 구한다. 내 삶과 세상사의 모든 현상을 연기론으로 아우를 수 있었다. 나아가 '호모 루덴스'인 인간이 만든 문화와 예술도 같은 관점으로 해석할 수 있었다. '인연'은 여전히 내 글의 중심 단어다. 책의 제목처럼 모든 존재는 인연에 의해 '이 세상에 오직 하나'로 소중하다. 아니, 인연이 아직 없더라도 근본적으로 존재 자체가 무한한 가치를 가지고 있다. 그런 사실을 좀더 잘 드러내고 싶은 마음에서 사실fact에 허구fiction를 일부 가미했다. 혹여 글에 등장하는 분들의 행적이 오해받지 않도록 넓은 이해를 부탁한다.

우리 인생의 끝이 언제인지는 아무도 모른다. 그러나 현대의학은 100세 시대를 현실화하였다. 지금까지도 많은 분의 도움으로 투병생활을 비교적 잘해온 내가 첨단의학의 혜택을 얼마나 더 받을지는 역시 아무도 모른다. 남은 삶의 농도를 짙게 유지하고 싶다는 철없는 소망이 조금이라도 이루어진다면, 그것은 여러분들의 한결같은 애정과 성원이 만든 기적이리라.

전 세계가 코로나바이러스 전염병으로 어려움을 겪는 와중에도 기꺼이 책을 출판해준 꿈꿀자유 출판사의 원경란, 강병철 선생님께 깊이 감사드린다. 양현숙 편집장, 노지혜 디자이너의 노고에도 감사드린다. 많은 글을 정리해 준 최정희, 남은주 님께 고마움을 전한다. 그간 의사신문의 김기원, 김원일 편집국장님께 많은 신세를 졌다. 아직도 내가 그런대로 건강히 지내는 것은 사랑하는 아내와 의료진은 물론, 가족과 친지들의 헌신적인 간호와 보살핌 때문이다. 이 자리를 빌려 내 건강을 관리하고 염려해주시는 모든 분께 감사드린다.

애독자 여러분과 가족에게 특별히 고마움을 전한다. 내 글을 즐겨 읽어주는 여러분이 있기에 이 책이 나오고, 사랑하는 가족

이 있기에 내 존재가 의미있기 때문이다. 본가와 처가에 90세가
넘은 어머님과 장모님이 계신다. 법당과 성당에서 우리 부부를
위해 하루에도 몇 번씩 정성껏 기도하고 계신 두 분의 건강하고
행복한 노후를 염원하면서 이 책을 바친다.

2020년 7월
거여동 서재에서
정준기

이 세상에 오직 하나

1판 1쇄 인쇄 2020년 7월 15일
1판 1쇄 발행 2020년 7월 15일

지은이 정준기
발행인 원경란
편집 양현숙
디자인 노지혜
펴낸곳 꿈꿀자유 서울의학서적
주소 제주특별자치도 제주시 국기로 14 105-203
전화 편집부 010-5715-1155 ㅣ 마케팅부 070-8226-1678 ㅣ 팩스 0505-302-1678
이메일 smbookpub@gmail.com
홈페이지 www.smbookpub.com
등록 2012. 05. 01 제 2012-000016호